第13位名偵探

THE 13TH DETECTIVE

13人目の探偵士

山口雅也

劉姿君 譯

導讀——

當解構主義遇見《第13位名偵探》

【推理評論家】黃羅

1

想像力是小說家不可或缺的法寶，尤其是寫推理小說的作者，總不能先殺個人來體會血腥的箇中滋味，然後才得以掰出駭人聽聞的兇殺案吧。雖說有些推理作家會親手測試自己發明的殺人詭計是否行得通，但是，要憑空想像出那些什麼機關啊、密室啊之類的玩意兒，這可不是一般人腦袋能硬拗出來的事情。難怪某些寫出匪夷所思、千奇百怪的有趣懸案的小說家，被戲稱往生後應該送去解剖腦袋，看看裡頭究竟裝了什麼怪東西。真要舉例，最該把腦子送去解剖研究的西方作家應屬美國的「短篇推理之王」愛德華·霍克（Edward D. Hoch），至於東方作家的話嘛，我會投日本的山口雅也一票。

史家評判一個作家的屬性和未來發展，通常都從處女作著手。生於一九五四年的山口雅也，被歸類為新本格作家之一，從一九八九年的出道作《活屍之死》來看，他的作品風格和情節設定充滿了各種實驗性與幻想性，故事背景經常是一個超越現實的世界，然而不管劇情架構有多麼天馬行空，其背後的敘事邏輯仍以本格推理為基礎。以《活屍之死》為例，它的時空居然設在一個「死人可以復活」的異常世界，甚至連故事中的偵探都能死而復生繼續查案，這概念真是教人瞠目結舌，但最終卻能合乎理性地找出事實真相。如果這是恐怖僵屍片「活死人之夜」（Night of the Living Dead）或浪漫愛情片「第六感生死戀」（Ghost）也就罷了，偏偏《活屍之死》標榜的可是一部理性掛帥的本格推理小說，像書中這樣生死不分的設定，對訂下「推理十誡」或「推理二十誡」的前輩大師們而言，絕對有如犯下滔天大罪！

話說回來，《活屍之死》若只是單一個案的產物，或許我們可以說偶一為之的山口雅也堪稱推理界的搗蛋鬼，用惡搞KUSO的文風來嘲諷推理文學。然而今日的歷史卻告訴我們實情並非如此，山口雅也的作品一貫秉持著顛覆傳統為原則，他的奇思異想每每為日本推理文壇帶來不同的衝擊，正如這本《第13位名偵探》便是一例。日後山口雅也的腦袋會不會被科學家解構，這問題的答案我們不得而知，但至少現在有一件事可以肯定：他用這本《第13位名偵探》解構了推理文學。

眾人一定好奇在《第13位名偵探》小說中，山口雅也做了什麼樣奇妙的設定？故事開場沒多久，他就借用「平行宇宙」理論，進行了一個「平行英國」的背景設定；也就是說，書中即將描述的故事舞臺，並非我們熟知的「英國」，而是分歧並行的另一個世界——平行世界中的英國。雖是另一個世界，它的歷史概況、科技發達程度、文化、風俗、市民生活等等，卻與我們這個世界的英國相似，猶如鏡像對稱，但兩者還是多少有些不同。比方說：柯南・道爾爵士有寫出第五部長篇鉅作《福爾摩斯的冒瀆》；披頭四的約翰・藍儂並沒有移居美國，因此也沒有遭到暗殺；經濟長期低迷、高失業率的狀況持續、人心萎靡，程度上比這個世界嚴重得多，取締犯罪的警察機構腐敗到極點，辦案人員無能、貪瀆賄賂的風氣橫行。因為如此，民間的私家偵探取代墮落警察原有地位、贏得人民信賴，導致「偵探大師協會」這樣的組織成立，英國皇室甚至厚待該協會的偵探，並賜與終身貴族的身分。議會還通過法案，讓偵探大師享有優先於檢警七十二小時的偵辦權，倫敦警察實際上淪為「偵探大師協會」下的組織。

2

先決條件設定完成後，故事立刻猶如《愛麗絲夢遊仙境》般展開，第一人稱敘述的「我」甦醒過來，卻不知自己是誰、從哪裡而來、經歷了什麼事情；「自我」形同陌生人，偏偏這時又被指控是連環殺人魔……「我」到底是好人或惡徒，是受害者還是兇手？當真實／虛構的界線變得模糊時，二元對立的關係和觀點便無法存在。而解構理論正是要跳脫傳統非此即彼的二元對立價值。接下來，「我」在釐清謎團的過程中，先成立的推理架構一再被後來的理論解構，彷彿一切都如夢似幻；真相的意義在整個過程裡不斷地生成、轉換，然後又不斷消失，最終則闡明「意義」的不可決定性。要知道解構主義的主要特色就是「沒有特色」，因為它要讓一切破碎；此種「解構」不但沒有盡頭，也沒有最後的凝聚點，難怪它否定世界上存在著終極不變的意義，這和《第13位名偵探》所指涉的涵義不謀而合。

在一般小說閱讀中，作者和讀者之間通常帶有制式的主從關係。《第13位名偵探》卻有一種特別的閱讀樂趣，那就是作者取消自身的權威性，不再強逼讀者逐字逐句逐頁硬邦邦地往下讀。故事中的「我」可雇用三位偵探大師中的某一位來協助破案，就像電玩遊戲系統設下三個選項，讀者代替「我」挑了不同選項，故事就會有不同發展，命運也就此改寫。既然這個世界是建立在另一個選擇上，那麼「我」為何不能有別的選項（或說命運）？倘若挑了本格密室派偵探，辦案走向如同上了一堂密室課程；若是找硬漢偵探出馬，會被教導如何破解暗號密碼；女私家偵探則是告知「死前留言」的奧祕。一個故事有三位偵探，一樁案件有三種解法，情節要如何發展，任君選擇，主隨客便。這麼說吧，《第13位名偵探》藉由解構主義提供一種遊戲性的閱讀方式，透過對推理文學的解析，將一百六十多年來的整個文本內容、流派、方法論與獨特性，企圖全盤打亂並在閱讀過程中呈現出來。有趣的是，本書原是一九八七年JICC出版局以「冒險小說系列」發行的遊戲書，五年後山口雅也應東京創元社之邀改寫成小說讀本。某種程度上，這也算是文本解構而造成意義繁衍的結果。

對於資深「推理迷」來說，《第13位名偵探》是一部以完全浸淫在推理趣味為目標的作品。在這個出場人物全是偵探的倒錯世界中，你會遇上連續謀殺案、變態殺人狂、密室奇案、死前留言、煙燻鯡魚、仿照童謠殺人、不在場證明、敘述性詭計、記憶喪失的懸疑性，以及從「破案」開始、以「開端」結束的顛倒結構。每個角色都有所本，可與我們所在的這個世界相對照；每個符碼都令人眼熟而會心一笑，甚至可與推理同好津津樂道。就像殺人魔「貓」如同我們世界中的開膛手傑克，把二十世紀末、平行世界中的英國搞得天翻地覆；偵探即受害人的矛盾設定，也破除了精英主義（亦即名偵探）高高在上的優勢。

大抵上來說，整部小說的時空稍嫌凌亂，敘事方面恍若沒有焦點，故事線像是壓根兒不存在，不過這正是作者的刻意所為。片斷而零碎的情境，造就這本書的非凡之處在於不同的讀者，在不同的場合時間下，以不同的心情、思緒和觀點去閱讀它，皆會產生截然不同的感觸。山口雅也的平行宇宙論，是建立在我們對推理小說既有的認知下，然後當《第13位名偵探》和解構主義相互碰撞時，進而解構一切我們對推理文學所了解的意義。至於故事的真相為何，其實已微不足道，重點是能獲得什麼樣的閱讀樂趣。或許山口雅也會賊兮兮地跟我們如是說：「《第13位名偵探》可以順著看，也可以跳著讀，只要你願意動腦子去想。」

推薦序——

徹底耍弄鵝媽媽與名偵探的山口雅也

【推理評論家】張東君

山口雅也是「邏輯的鬼才」、「童謠的玩家」，自由跳躍於現實與想像、此世與彼世之間。在《第13位名偵探》之中，他以前人未到的切入點，將連續殺人、密室、死前留言、消失的兇器、毒品、名偵探與世仇、奇怪的兇器、顛覆的結局等等推理小說的有趣元素全都用上。不但把鵝媽媽童謠當成小說的伏筆、玩弄名偵探於股掌之間，還讓故事有多重結局，像是文字版的電腦遊戲。若是想要認識山口雅也的平行世界，就絕對不能錯過這本被玩得很兇的小說！

山口雅也的推理小說，讓你N個願望一次滿足

【推理作家】寵物先生

有著類似電玩選項分支推演的小說結構，以及密室、童謠、死前留言、記憶喪失、不在場證明、暗號、失落的環等本格要素的諧擬大放送，甚至連偵探角色都可以選擇要用本格神探、冷硬私探，或是Cozy女探？這可真像是健達出奇蛋，三個願望一次滿足……不，是N個願望一次滿足吧！

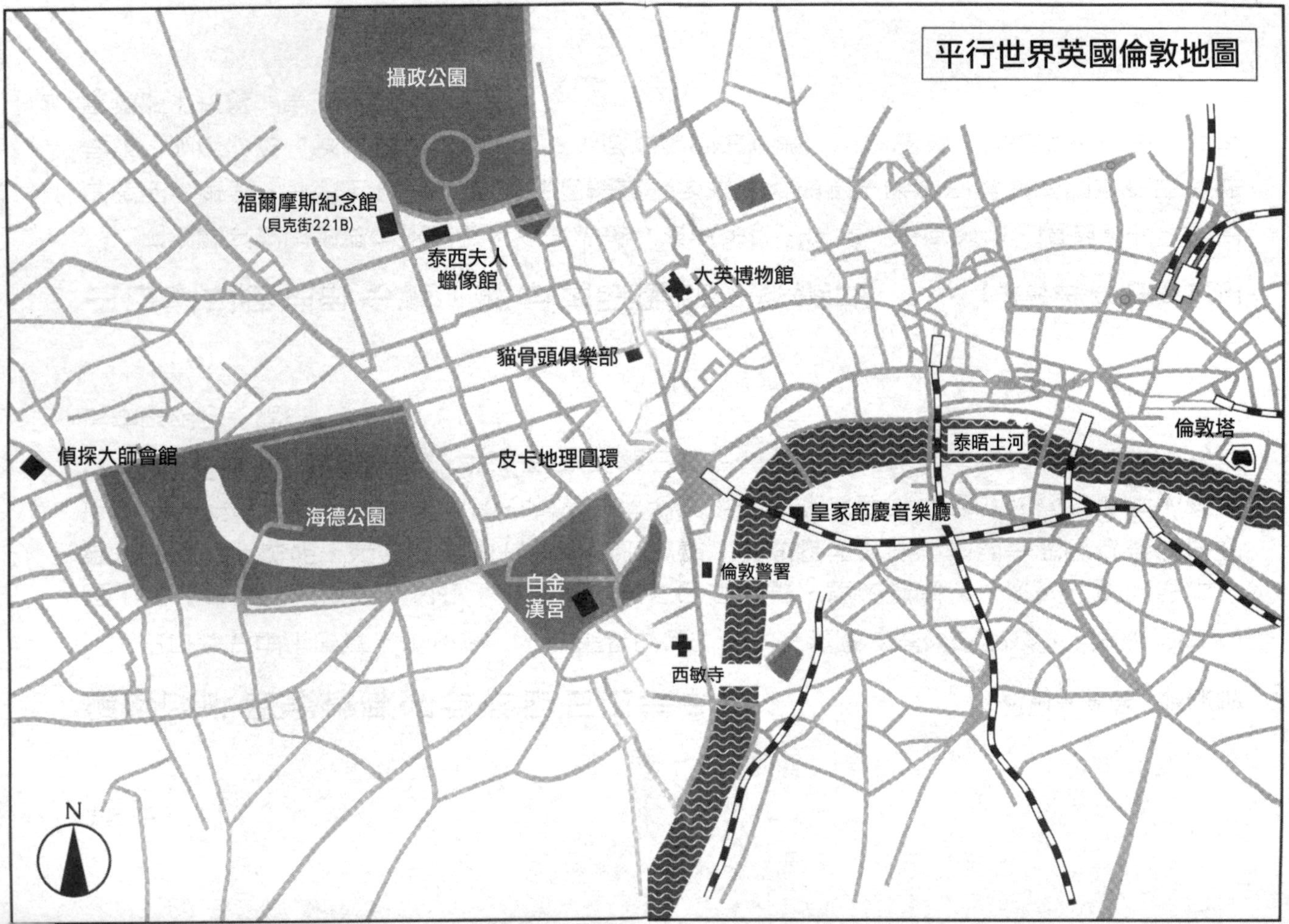
平行世界英國倫敦地圖
攝政公園
福爾摩斯紀念館
(貝克街221B)
泰西夫人
蠟像館
大英博物館
貓骨頭俱樂部
偵探大師會館
皮卡地理圓環
海德公園
白金
漢宮
倫敦警署
皇家節慶音樂廳
泰晤士河
倫敦塔
西敏寺
N

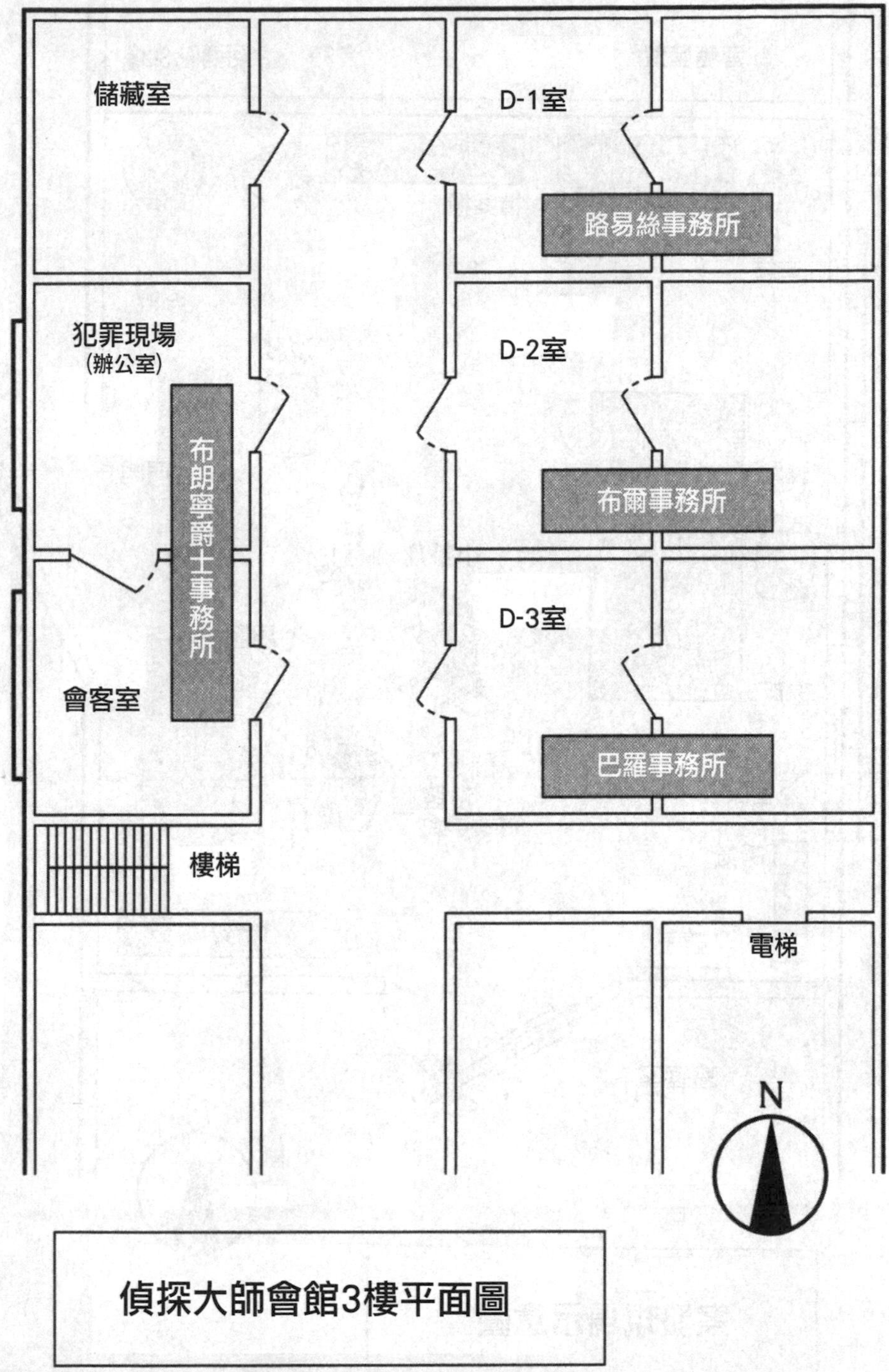

偵探大師會館3樓平面圖

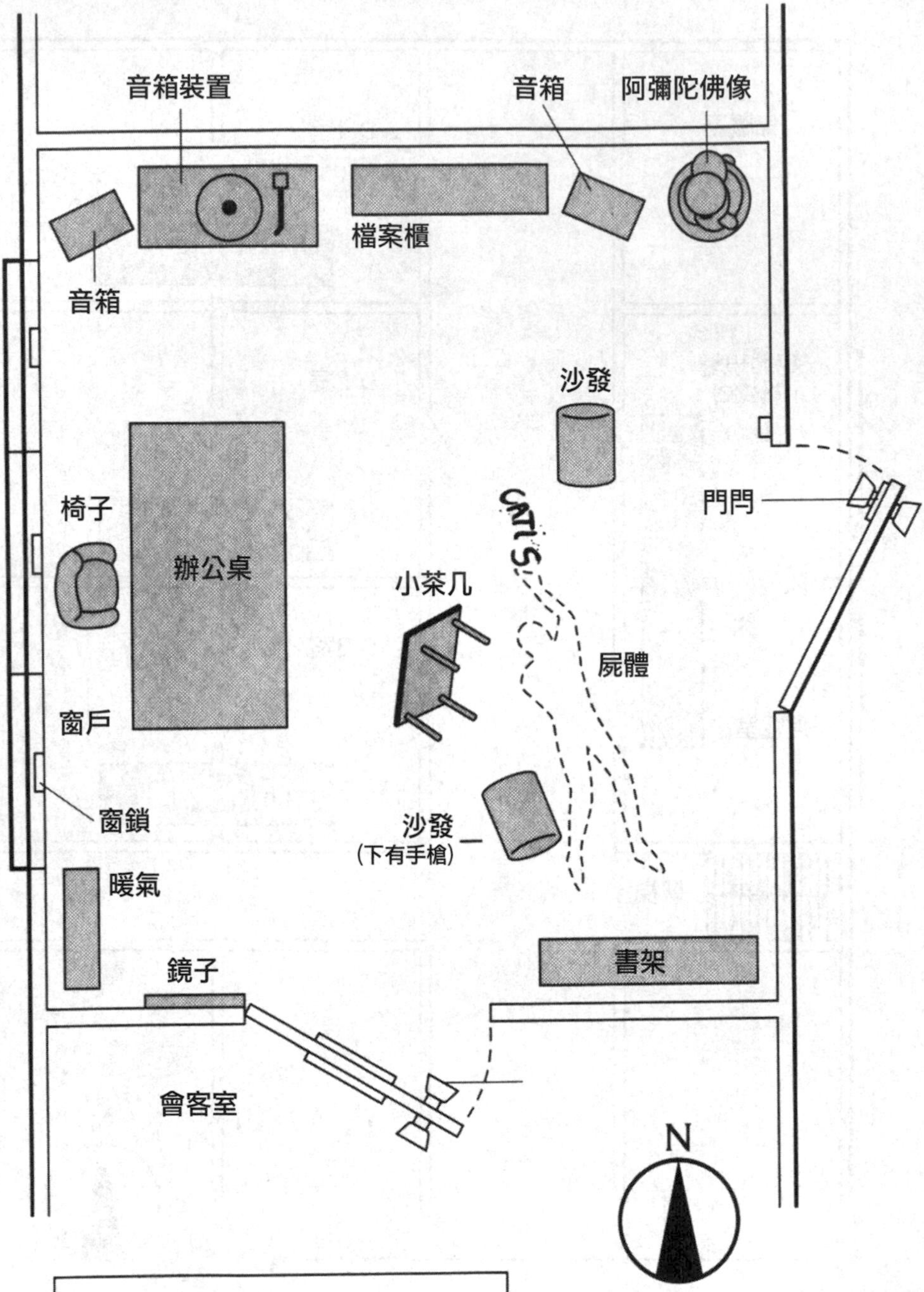
音箱裝置
音箱
阿彌陀佛像
檔案櫃
音箱
沙發
門閂
椅子
辦公桌
小茶几
屍體
窗戶
窗鎖
沙發
(下有手槍)
暖氣
書架
鏡子
會客室
N

案發現場示意圖

contents

破案／冷笑的貓

1

破案

「兇手，就是你吧。」

偵探凝視著對方的臉，像是要確認自己說的話有沒有效果。

「哦，兇手就是我？這倒是挺有趣的。你這話有什麼根據？」

「貓」說話的同時，以狡獪的眼神回敬偵探。他那聽不出是男是女、是老是幼的尖銳嗓音，刺激著偵探的神經。

「證據要多少有多少。」偵探舔舔乾透了的嘴唇，開始說話。「六月發生的『顛倒的房間』兇殺案中，被害者艾瑞克．詹森爵士的屍體旁，放著塗有發泡鮮奶油的禮帽——這條線索指出兇手就是你。你無論如何都必須掩蓋禮帽頂上沾到的番茄醬，於是便大量抹上餐桌上現有的鮮奶油。

「接著是八月的『瘋狂聖經』兇殺案。被害者留下的死前留言：『約翰頭朝東』，指的也是你。你這次也蓋下了藏書章，留下比亞茲萊（Aubrey Beardsley）為愛倫坡初版《莎樂美》畫的插畫圖像。但是，你蓋錯了地方。莎樂美所捧的約翰頭部朝向了另一個方向——東方。被害者在臨死之際指出了這一點……

「九月的『粉紅幽靈』兇殺案，也是出自你的手筆。你那個電話詭計實在高明，只不過切換了一次開關，就讓死者死而復生。

「而最巧妙的，莫過於十月的『四個鬧鐘』兇殺案吧？你在那樁兇殺案中，把第二個鬧鐘的指針……」

「夠了！」

「貓」突然歇斯底里地打斷偵探的話。房間頓時被沉默籠罩，偵探不由得嚥了一口口水。但是，「貓」立刻平復了心情，眯起眼睛開口：

「你相當聰明，不愧是超一流的名偵探啊！至今還沒有半個偵探把我逼到這個地步，你比那個無能的老傢伙——夏洛克．福爾摩斯二世聰明多了。」

「夏洛克．福爾摩斯二世？」偵探重複了「貓」說的最後幾個字，語氣不由得激動起來。

「果然不出我所料，犧牲者名單當中，果然也有福爾摩斯二世。殺死十一位著名的偵探之後，你想要血祭繼承偉大名偵探血脈的前『偵探皇帝』，以此作結，這就是你邪惡的目的！」

「嘻嘻嘻嘻！誰知道呢？」貓嗤笑著，以裝蒜的表情望著天花板。偵探把握這個機會，丟出最厲害的一張王牌。

「我知道你真正的名字。」

「貓」的身體略略顯得有些僵硬。

「哼！不要隨口胡扯，這種瘋言瘋語……」

「我說的不是瘋話，你真正的姓氏是莫里亞堤。」

「貓」沒作聲，以銳利的眼神看著偵探。偵探不理會「貓」的反應，繼續說下去。

「前些日子，我到瑞士去調查過了。我徹底調查了萊辛巴赫瀑布那一帶，也就是約一百年前，福爾摩斯與死對頭莫里亞堤教授展開殊死鬥的地方。經過為期數週的調查後，我查出距離瀑布車程約兩小時處，有個叫羅森勞伊的地方。我在那裡的戶政事務所發現了一樣東西，那就是……」

「──我的出生證明。」貓終於忍不住了，自己把話接下去。「沒錯，我就是莫里亞堤教授的後人。」

「莫里亞堤沒有死？」

「不，死了。福爾摩斯後來說得沒錯，在打鬥之後，教授不敵福爾摩斯的東方武術，墜落瀑布而死。但是，他有個兒子。在那件事發生後一週，他來到瑞士領取被人發現的遺體，悄悄將遺體埋葬，之後便在羅森勞伊這個鎮上定居。託福爾摩斯與華生的福，在那件事之後，莫里亞堤這個名字便成為『犯罪』的代名詞。因此，莫里亞堤家族再也無法安心住在英國了。我們家族根本沒有犯過什麼重大罪行，但拜他們之賜，大家開始認為：莫里亞堤教授才是犯罪的拿破崙，君臨倫敦黑道，幾乎所有的懸案以及半數的罪案，都是教授的傑作。真是胡說八道！後來我親自調查，發現當時與教授有關的案件只有寥寥數起，那些人卻把教授塑造成前所未有的大罪犯……」

「與莫里亞堤教授有關的寥寥數起案子是……？」

「例如，妓女連續殺人案——」

「原來莫里亞堤教授就是開膛手傑克？」

「貓」似笑非笑地說：「是啊。」

「『是啊』？光是這一連續兇殺案，就已經是遺臭萬年的大犯罪了！」

「貓」似乎完全不以為意，更加得意地說：

「還有，利物浦港口打撈起來的埃及貓木乃伊離奇失蹤案——」

「那果然也是莫里亞堤教授幹的？」

「對。但是，貓木乃伊根本不值錢。辛辛苦苦得到的十八萬具木乃伊，只能當作田裡的肥料。教授上了福爾摩斯的當，那是狡猾的福爾摩斯設下的陷阱——一種誘捕偵查。」

「你相當痛恨福爾摩斯，是吧？」

「什麼相當？我們家族代代就是為了報仇雪恨，才存活下來的。父母會向子女述說怨恨，我的雙親也不例外，他們一邊咒罵、一邊扶養我長大。有時，我還得接受萊辛巴赫的瀑布洗禮，進行東洋式的精神訓練，將快要消弭的復仇之念重新激起。」

「接受瀑布的洗禮啊……」偵探低語，聲音有些無力。

「你一定是在想，我們很有耐性吧？萊辛巴赫的事已經都快一百年了，再說，冤家債主福爾摩斯早就已經死了。我個人在來到英國之前，對於自己是否真的打算復仇，也是半信半疑……」

「然而，這時候卻發生了那件事，讓你下定決心。」

「哦，不愧是名偵探，調查得真透澈。沒錯，距今十年前，我最愛的人受到某案牽連。那是個小小的醜聞案，我的愛人明明是無辜的，某個三流偵探卻窮追不捨，害對方最終走上自殺這條絕路。」

「你的意思是，那個偵探就是夏洛克．福爾摩斯二世？」

「沒錯，命運真是諷刺啊！沒想到他們父子兩代都惹惱了我們家族……於是，我復仇的決心變得堅定不移，我不只想對福爾摩斯復仇，也開始痛恨所有低等獵犬般，對無辜民眾窮追猛打的偵探。」

「……所以，十一個人遇害了，每個都是偵探。兇手按照鵝媽媽數數兒童謠的內容，在半好玩的心態下殺人。在我看來，你仿照童謠殺人的動機，還是和莫里亞堤家族有關吧？」

「當然。你既然會這麼說，我想你應該明白，我並不是瘋子，不會做無意義的事情。那首童謠，確實與莫里亞堤家族有關——雖然那已經是四百年前的事了。」

「四百年啊……為什麼事到如今才……」

「因為今年正是『偵探大師百年慶』，來自世界各地的名偵探將齊聚一堂，這個國家的偵探大師也會備感光榮。這是對偵探來說最輝煌燦爛的時刻，我就是想在這最精采的一刻讓他們顏面掃地，告訴他們：『怎麼樣？「貓」比你們高明多了。』只要能成功，我就滿意了。我想，等世人拜見第十三個犧牲者，也就是福爾摩斯二世的屍體之後，要我摘下『貓』的面具，也沒關係了。我要向世人宣告：『如何？這一切都是我幹的。』我要震驚世界。所以，在那之前……」

「第十三個犧牲者？數數兒童謠的最後犧牲者就是夏洛克．福爾摩斯二世？」

「是啊，他高踞『偵探皇帝』的寶座多年，可說是偵探大師的代表。當然要以地位最高超的名偵探作為最後的高潮，否則豈不是太不夠看了嗎？」

「這麼說，在那之前，還會犧牲一個人，也就是會有第十二個犧牲者出現……」

窗外夕陽如血，逐漸昏暗的房內，唯有「貓」奸笑的嘴角形狀清楚浮現。簡直就像《愛麗絲夢遊仙境》當中的赤郡貓，在微暗中朦朧浮現，不懷好意地笑。

「對，你算得很清楚，我打算依照童謠的歌詞，殺死十三個人。第十三具屍體將會是福爾摩斯二世，所以必須再殺一個人充數——是的，這光榮的第十二具屍體，就請你這位天才偵探來當吧！嘻嘻嘻嘻……」

「貓」的手上不知何時已握著兇器，在夕陽的照耀下，兇器發出不祥的光芒，看起來像吸了血般。

「貓」的喉嚨發出呼嚕呼嚕的笑聲，突然襲向偵探。

2

平行英國概論

這是二十世紀末，平行世界中的英國。

首先，讓我們從「貓」說起。要先談的是，物理學家海森堡（Werner Karl Heisenberg）於一九二七年所發表震驚全球的「測不準原理」（Uncertainty principle），以及薛丁格（Erwin Schrödinger）緊接在後的有趣思考實驗——「箱子裡的貓」。話雖如此，這本小書並非物理學的入門書，作者必須避免用大篇幅來討論深奧的量子力學，否則難免會招致讀者不快。所以說，我們只會在此簡單介紹這充滿魅力的物理理論，是如何意外地對領域全然不同的詩人與夢想家大放異彩。

關於薛丁格之貓的思考實驗，要給大家的基本背景知識如下：箱子裡有隻貓，生死命運取決於箱中放射性物質衰變的波動系數，在觀測者觀測前生死不明，在觀測者前來觀測的那一瞬間，宇宙一分為二。其中一個宇宙中，觀測者因看到活著的貓而高興；另一個宇宙中，觀測者則為死去的貓傷心難過。

若要換個說法，可以這樣說：每當電子要跳到另一個能量層，卻跳不過時，一個新的宇宙便會被創造出來。(這樣能了解嗎?)總之,這個劃時代的學說,除了讓鑽研科學一輩驚歎之外,愛幻想的人更是為之欣喜若狂(姑且不論他們的理解是否正確)。

在現代科學之前向來抬不起頭、藏身於暗處的空想詩人們,知道自己描繪的幻想世界(不是「此處」的另一個「世界」),已獲得現代科學的承認了。也就是說,時代最尖端科技的知識領域,再也無法否認世界經常保持分歧的可能了。還有,除了我們所居住的這個世界之外,可能還存在著另一個平行世界。

這樣的世界會因為悲觀者的觀察而出現,還是會因為樂觀者的觀察而出現呢?這方面並無定論,但總而言之,接下來即將描述的故事,其舞臺並非「此處」,而是分歧並行的另一個世界——平行世界中的英國。這點必須先讓讀者明白,因為平行世界英國的歷史概況、科技發達程度、文化、風俗、市民生活等,雖與我們這個世界的英國相似,猶如鏡像對稱,但兩者還是多少有些不同。畢竟,鏡子或多或少會扭曲成像啊。

舉文學為例吧。在這個平行世界裡,莎士比亞的《哈姆雷特》是喜劇(哈姆雷特與弄臣約力克的骷髏唱雙簧般一搭一唱的對話場面,總是逗得觀眾哄堂大笑);柯南.道爾爵士則寫出第五部長篇鉅作《福爾摩斯的冒瀆》,紀錄這名偉大名偵探的事蹟。

至於音樂界的差異,可舉下面這些例子:約翰.藍儂並沒有移居美國,因此也沒有遭到暗殺,他不時仍有驚人之舉,廣受群眾愛戴;披頭四這令人驚豔的四位音樂人依然健在,隨著歲月的腳步逐漸老去。另一方面,英年早逝的吉米.罕醉克斯則……哎!說也說不完。總歸一句，在流行音樂方面，那個世界的好事是多了一些。

接下來看看社會狀況。

平行世界英國的經濟長期低迷、高失業率的狀況持續、人心萎靡，程度上比這個世界嚴重得多了。工黨祭出大量社會福利政策，導致懶惰與滿腹牢騷的人增加，而保守黨的新稅制提案則引發了中下階層民眾的暴動。無論是哪一黨執政，平行世界英國的絕症都只會加重，不會減輕。

兇殘又巧妙的犯罪頻頻發生，尤其以首都最為嚴重，或許這反映了極度不安定的社會狀況吧？然而，取締犯罪的警察機構卻腐敗到了極點，辦案人員無能、貪瀆賄賂的風氣橫行。對此情況感到氣急敗壞的政府人士，想一舉解決日漸增加的犯罪與高失業率，打算放寬警探的錄取標準、大幅增員。不過，此舉卻得到了反效果。街上的不良少年，甚至連龐克族和有前科的失業者都湧入蘇格蘭警場，無異加速了警察風紀的衰敗。

取代墮落警察原有地位、贏得人民信賴的，是民間的私家偵探。在我們的世界中，「名偵探」只不過是幻想國的子民，但在平行世界英國卻實際存在，且相當活躍。不知從什麼時候開始，這些偵探組織了協會。英國皇室總是會厚待該協會的偵探，賜予他們終身貴族的身分和「偵探大師」的稱號。

就這樣，「偵探大師協會」成為一個公認組織，並確立了偵探大師屹立不搖的社會地位。市民開始委託偵探大師辦案，盡可能不去找明明無能卻又不把拷問當一回事的倫敦暴警。平行英國裡有一句膾炙人口的諺語：「有錢上門去，沒錢上場去。」「場」自然是蘇格蘭警場，而「門」指的便是倫敦西北部的諾丁丘門，因為許多偵探都在此開設事務所。議會通過「愛德華法」，讓偵探大師享有優先於檢警七十二小時的偵辦權後，倫敦警察實際上便淪為「偵探大師協會」下的組織了。

一般認為，這個奇妙的特權法案之所以會通過，是因為有「當代第一名偵探」之稱的偵探大師克里斯多佛．布朗寧爵士，偵破了事關國家機密與皇室醜聞的「卡廖斯特羅之棺」一案，對議會造成重大影響。然而，較為嚴謹的歷史學家論及民間偵探與警察目前這種顛倒關係的濫觴時，應該會提起另一位高貴無比的名人。

不用說，讀者也猜得到這號人物正是愛德華七世。在前朝維多利亞盛世之後即位的愛德華，其在位期間雖短，但他於皇太子時期便積極投入公務，為維持歐洲和平而奔走。他的政治手腕相當高明，連激進的社會主義分子都大表讚賞，各國政要更是敬稱他為「調停專家愛德華」（Peacemaker Edward）。同時，他不分階層親民愛民，本身也熱愛運動，在歷代國王當中，算是一名深受愛戴的君主。

愛德華七世在平行英國的形象，與我們的世界沒有太大的差異。然而，這個世界畢竟是建立在另一個選擇之上的，因此還是有一些有趣的差異。平行世界英國的「調停專家愛德華」，對另一個「Peacemaker」——左輪手槍的用途，也有相當大的興趣。換句話說，除了獵狐之外，尋找犯案兇手的「偵探事務」在這個世界也算是英國君主典雅的休閒活動。

後世史學家提及了愛德華七世身為業餘偵探時的事蹟，但我們在此沒有時間、空間詳加討論。必要提到的只有一點，那就是多年後成為該國司法系統基礎的制度，其實是在國王的加持下成立的。

和我們這個世界的愛德華七世一樣，平行英國的愛德華七世並沒有違逆時代潮流，去提倡君權神授，也不像喬治三世那樣，力圖控制議會。議會對國王而言，純粹是「我的諫臣」。

但是，他是個進入自己有興趣的領域後，就會迷失自我的君主。平行英國的愛德華七世壽命多了一年，因此當議會法於一九一一年通過，使下議院的職權高過上議院時，他得以適逢其會。於是，他聯合了與自己互通聲氣的兩院議員，在議會中提出「顧問偵探制度」，作為民主法案的交換條件，並成功令議會通過。所謂「顧問偵探制度」，便是警方調查受挫時，應向特定民間偵探尋求顧問諮商。愛德華七世深受當時大名鼎鼎的福爾摩斯影響，而福爾摩斯自稱「顧問偵探」，才以此為制定命名。

就這樣，愛德華七世在他短短的在位期間，為提高民間偵探的地位盡心盡力。一九六〇年代，議會通過了以顧問偵探制度為範本、更具特權意味的「偵探大師」法案。此法案並非以起草人藍道夫·梅森爵士之名命名，而是冠上半世紀前的君主之名，稱為「愛德華法」，以歌頌偵探國王在英國史上的赫赫功績。

「偵探大師」制度就這樣誕生了。偵探大師中立足於頂點者，便是「偵探皇帝」。「偵探皇帝」每三年遴選一次，由上議院司法貴族組成的委員會從破案分數高的偵探大師中推舉，再由國王任命。

「偵探皇帝」享有至高無上的權力，實質上掌管「偵探大師協會」與司法、警察機構。多年來都是由夏洛克·福爾摩斯的兒子（儘管有人質疑他的出身）擔任，但他退休後，便由前面提到的克里斯多佛·布朗寧爵士繼任。今年正好是偵探皇帝的改選期，幾位破案分數僅次於布朗寧爵士的偵探大師也被列為候選人，引起廣大的討論。

每個偵探大師都想登上位高權重的「偵探皇帝」寶座，但在那之前，享有各種生活保障與特權的偵探大師就已經是警場的低階警官欽羡的對象了。一般認為，這些人表面上服從偵探大師，但內心定然對這些大師深惡痛絕。

目前，這個應該改稱為偵探王國的平行世界英國，面臨了種種狀況，其中兩件與偵探有關的事，受到倫敦市民的關注。

其一，便是「偵探大師百年慶」。今年是福爾摩斯首度發表官方案件紀錄《血字的研究》第一百週年，「偵探大師百年慶」正是為了讚揚福爾摩斯等歷代名偵探的豐功偉業，所舉辦的紀念活動。百年慶將於十二月舉辦，除了平行世界英國的偵探大師，其餘各國的名偵探也將齊聚倫敦，參加會議或紀念酒會。

另一件事，是令陶醉於百年慶榮耀的倫敦偵探大師震驚不已的慘事——令人毛骨悚然的「貓」連續殺人案。

自年初起，專挑偵探下手的兇殺案便接二連三地發生。偵探大師們有的從窗口跌落摔死，有的中毒身亡，有的中彈喪生，在各種手法與狀況之下遭到殺害。被害者身旁必定放置著與貓相關的物品，似乎是兇手簽名的代替品。因此，不知從何時開始，大家便開始稱兇手為「開膛貓」（Cat the Ripper），那是以維多利亞時期妓女殺手「開膛手傑克」（Jack the Ripper）之名為本的稱號。兇殺案中有許多不解之謎，諸如專挑偵探下手、每次的行兇方式均不同等，引起了諸多議論。但在缺乏有力線索的情況下，調查一籌莫展。當然，有好幾位名偵探自告奮勇，要揪出「貓」的真面目，而能夠偵破這一連串兇殺案的人，亦被視為下任「偵探皇帝」的不二人選。但其中有些想要破案的人，反而被兇手撂倒，目前偵探的遇害人數已達到十一名。

二十世紀末，平行世界中的英國，在這偵探王國的犯罪都市倫敦，兇殘狡猾的殺人魔「貓」、以特權階級的威信為賭注的偵探大師，與粗暴又滿懷嫉妒的龐克刑警三方互相牽制、不斷爭鬥，像是在玩桌上遊戲一樣。

3

就在這個時候，「貓」寄了一封信給媒體。信的內容並非老套的威脅，也不是向警方耀武揚威、出言揶揄的信。信中只有一首老童謠，這點實在是非常奇妙……

十三個獵人之歌

十三個獵人，嘿呵嘿呵獵貓去。
第一個被大霧吞沒，
貓一溜煙就逃走了。

十二個獵人，嘿呵嘿呵獵貓去。
第二個被石子絆倒，
貓一溜煙就逃走了。

十一個獵人，嘿呵嘿呵獵貓去。
第三個被狼咬一口，
貓一溜煙就逃走了。

十個獵人，嘿呵嘿呵獵貓去，
第四個在小屋休息，
貓一溜煙就逃走了。

九個獵人，嘿呵嘿呵獵貓去，
第五個淹死在河裡，
貓一溜煙就逃走了。

八個獵人，嘿呵嘿呵獵貓去，
第六個吃了太多派，
貓一溜煙就逃走了。

七個獵人，嘿呵嘿呵獵貓去，
第七個變成大和尚，
貓一溜煙就逃走了。

六個獵人，嘿呵嘿呵獵貓去，
第八個被馬車輾過，
貓一溜煙就逃走了。

五個獵人，嘿呵嘿呵獵貓去，
第九個掉進洞裡去，
貓一溜煙就逃走了。

四個獵人，嘿呵嘿呵獵貓去，
第十個睡過頭，
貓一溜煙就逃走了。

三個獵人，嘿呵嘿呵獵貓去。
第十一個被雷劈，
貓一溜煙就逃走了。

兩個獵人，嘿呵嘿呵獵貓去。
第十二個受到滿月照耀，
貓一溜煙就逃走了。

最後一個獵人，嘿呵嘿呵獵貓去。

第十三個埋在雪崩裡，

貓一溜煙就逃走了。

4

英國國家廣播電臺電視節目「辦案焦點」

出席者：克里斯多佛．布朗寧爵士（偵探皇帝）

亞道夫．蓋爾多夫（倫敦警察總長）

卡特．胡伯（牛津劍橋傳統童謠研究所所長）

艾琳．胡伯（牛津劍橋傳統童謠研究所副所長）

蓋爾多夫總長：「……驚擾社會的殺人犯『貓』，於日前寄了一封莫名其妙的信給各媒體。所以，今晚我們請到著名的傳統童謠研究專家胡伯夫婦，來談談那封信的內容。首先，請偵探皇帝克里斯多佛．布朗寧爵士說幾句話。」

布朗寧爵士：「各位都知道，『貓』每次作案的布局、手法都不同，根據推測，這些手法是仿自信中的童謠內容。第一名犧牲者，偵探大師羅伯特．菲利浦先生，正如童謠歌詞所說的，在濃霧之日遇害。第三名犧牲者，身上留下有如『被狼咬』的齒痕，失血過多而死。而——」

蓋爾多夫總長：「第四名犧牲者艾瑞克．詹森爵士，是在遊樂園的小屋密室中遭人槍殺。就像歌詞所說的，『在小屋休息』。不僅我國的偵探遇害，來自外國的貴客也難逃『貓』爪。第七名犧牲者，也就是為了百年慶遠從瑞士而來的偵探梅丘里．保羅，則和歌詞『第七個變成大和尚』說的一樣，死於修道院中，頭髮被人剃光……」

布朗寧爵士：「看樣子，『貓』是將鵝媽媽數數兒童謠的意象，化為現實的謀殺。說到兇手心理動機，有人認為他是以殺人為樂，有人認為這是劇場型犯罪，眾說紛紜。但在那之前，我們想請兩位專家就『貓』所使用的這首奇特的童謠，發表一些意見。大家都知道〈十個印第安小黑人之歌〉和〈三個威爾斯獵人之歌〉，卻不知道有〈十三個獵人之歌〉……」

卡特：「是的，不知道是正常的。這是一首相當古老、已被遺忘的英格蘭歌曲。我認為您剛才所提到的，人人都朗朗上口的那兩首歌，曾受這首歌影響。」

艾琳：「因為英國的傳統童謠之中，有不少歌曲的起源必須追溯到古代斯堪地那維亞的搖籃曲。〈十個印第安小黑人之歌〉是作者明確的十九世紀歌曲，在鵝媽媽童謠當中屬於較新的作品。〈三個威爾斯獵人之歌〉更早一些，可以在莎士比亞未完成的戲曲，或十八世紀的獵狐歌中找到佐證。」

蓋爾多夫總長：「（口氣十分不耐煩）小黑鬼和蠢威爾斯人的歌怎樣都好，我不在乎。

我想知道的是……」

卡特：「先生，注意你的用詞！」

蓋爾多夫總長：「話是這麼說，我認為從優生學的觀點來看，非日耳曼民族的人不足以信賴。」

艾琳：「這是什麼話！可惡的法西斯主義者！總長是新納粹的傳聞，原來是真的！」

蓋爾多夫總長：「哼！囉嗦的女人。我早就調查清楚了，你們夫婦是愛賣弄學問的猶太豬……（以下消音）」

字幕：本臺為剛才節目中出現的不當發言致歉。

布朗寧爵士：「啊——看來我們離題了。呃，剛剛是說到獵人之歌的起源吧。剛才所長提到了獵狐，但這首歌裡所說的獵貓，是真有其事嗎？」

卡特：「是的，雖然為時很短，但這樣的活動確實存在過，獵貓的歷史其實比獵狐更早。現今的獵狐活動源自十七世紀的查理二世時代，但獵貓比那還早了一百年。在薔薇戰爭剛結束，亨利七世當朝時便已經開始了。從這一點看來，獵狐的形式，可說是參考了從前獵貓的部分作法。」

布朗寧爵士：「真沒想到還有這樣一段歷史……」

卡特：「若你不了解英國接納貓作為寵物的歷史過程，可能很難相信獵貓這件事，但貓在英國確實有過這樣一段苦難的時代。是不是，艾琳？」

艾琳：「是啊，家貓的歷史是光榮與苦難反覆交織而成的。您應該知道，古代埃及將貓視為神吧？」

布朗寧爵士：「如果我沒記錯，是當成女神崇拜……」

艾琳：「是的，就是貓頭人身的女神帕絮特。家貓死亡之後，埃及人會將貓的遺體加以裝飾，做成木乃伊，埋入墓地。牠的家人會帶著悲傷的情緒鳴鐘、剃眉服喪，當時的埃及人便是如此重視貓……」

蓋爾多夫總長：「所以，《聖經》裡沒有半行關於貓的記載，是猶太人藉此諷刺他們最討厭的埃及人？」

艾琳：「閉嘴！納粹！」

字幕：本臺為剛才節目中出現的不當發言致歉。

布朗寧爵士：「總長，你還不節制一點？——不好意思，胡伯夫人。我會暫時叫他不要開口，請妳繼續說下去。」

艾琳：「你真該這麼做。啊啊，親愛的，我頭好痛。」

卡特：「親愛的，振作點，不能輸給外來的打壓。」

艾琳：「嗯，我會努力的。身為一個學者，我必須盡我的義務。總之，一般認為英國的家貓是由羅馬軍隊帶進來的。當初，貓在英國和在古埃及一樣備受禮遇，因為牠們是可靠的守衛，能保護穀物不受老鼠侵害。到了西元九三九年，威爾斯王古德家的霍華為了保護貓，而頒布了『貓類憐恤令』。」

布朗寧爵士：「『貓類憐恤令』啊……」

艾琳：「然而，到了中世紀，貓的黑暗時代來臨了。當時德國流行一種奇特的女神芙蕾亞祭典，活動中會讓貓拉車，所以一四八四年教宗英諾森八世便譴責所有貓以及養貓的人。光是德國……啊！可恨的大屠殺！光是德國便有無數人，尤其是女性，只因為家中有貓就被處以死刑。同樣的酷刑也發生在法國，好幾萬隻貓在祭司所舉行的儀式下被殺。而在我國……」

布朗寧爵士：「則形成獵貓這個風俗。」

卡特：「是的。當時亨利七世壓制了封建貴族的反抗與議會，努力確立都鐸王朝的專制作風，卻沒有干預天主教教會的改革。因此，部分尊崇英諾森八世的封建貴族，便以獵貓作為對國王的惡意諷刺，獵貓因而流行起來。」

艾琳：「有一段時間，獵貓在這些品味低俗的貴族之間斷斷續續地舉行，但到了十七世紀，則由獵狐取代。理由嗎？就是黑死病的大流行。為了控制老鼠這個傳染媒介，大家又需要貓了，人類真的是很自私。所以說，所謂的〈十三個獵人之歌〉，便是當時與獵貓活動無關的平民，為揶揄封建貴族的愚行而編出來的歌曲。」

蓋爾多夫總長：「這種無聊到和大學課堂有得拚的事，和『貓』的案件到底有什麼關係？」

布朗寧爵士：「你閉嘴！」

卡特：「很抱歉讓蓋爾多夫總長失望了，但看來確實是有關的。」

蓋爾多夫總長：「怎麼說？」

卡特：「辛奈爾（Lambert Simnel）的叛亂平定之後不久，有一名被國王壓得抬不起頭來的封建領主為了發洩他的不滿，舉辦了大規模的獵貓活動。然而，這名領主的家臣中，有威爾斯古德家的後人……」

蓋爾多夫總長：「你說的古德家，就是頒布『貓類憐恤令』的那個瘋狂家族？」

卡特：「是的。由於那個家臣出身於愛貓家族，便勸諫主君，希望能停止獵貓。然而，此舉卻觸怒了主君，這個家臣就被處死了。這個可憐的家臣，叫吉伯特．莫里亞堤。」

布朗寧爵士：「……哦，你說的莫里亞堤，就是那個和夏洛克．福爾摩斯對決的犯罪之王……」

卡特：「是的。這個被處死的吉伯特，似乎就是那個莫里亞堤教授的祖先。」

蓋爾多夫總長：「哼！無聊！照你這麼說，那個自稱為『貓』的現代獵人、只殺偵探的殺人魔，真正的身分就是莫里亞堤家族的後裔？」

布朗寧爵士：「總長，閉上嘴聽就是了！」

艾琳：「還有其他事實也證明貓與莫里亞堤有關，例如剛才提到的埃及貓木乃伊。過去，亞力山卓的投機分子異想天開，將這些木乃伊挖掘出來出口到英國，一八九〇年有十八萬具在利物浦卸貨。然而，這些貓木乃伊全部消失了。雖然沒有留下正式的犯罪紀錄，但當時負責辦案的夏洛克·福爾摩斯認為，那是莫里亞堤教授做的好事。」

蓋爾多夫總長：「鬼才相信！又是莫里亞堤？莫里亞堤教授早在一百年前就死了。他的後代這時候又跑出來？豈有此理……」

布朗寧爵士：「好了、好了，總長，這不是很有趣嗎？這麼說，這些事件便可解釋成莫里亞堤家族，在『偵探大師百年慶』這一年，找偵探復仇。唔，如此一來，配合數數兒童謠的內容，可能還有兩名偵探會被拿來血祭，是吧？」

艾琳：「但是，如果『貓』要照童謠的歌詞再度犯案，那麼第十二個人將會是在『滿月照耀下』被殺。也就是說，這次的犯案一定會發生在滿月之夜？」

卡特：「接下來的第十三個人，則會『埋在雪崩裡』。如果他真的完全按照字面犯案，那案件就不可能在倫敦室內發生……」

布朗寧爵士：「嗯，兇手將如何『仿照』，我們事先無從判斷。但總之，多方面的警戒是必要的。」

蓋爾多夫總長：「『貓』選定的目標，都是破案分數高的偵探大師。光是現在，就已經有詹森爵士等三名高分偵探大師送命了，偵探皇帝也必須多加小心才是……」

布朗寧爵士：「我不會有事的，『貓』的利爪傷不到我。我會盡全力調查，一定要將『貓』逮捕歸案，揪出他的真面目，才不會辜負女王陛下和全體國民。」

節目結束後，電視臺接到抗議電話，分別來自歐洲猶太人協會、威爾斯愛國聯盟、保護動物協會等，共計五十六通。

5

倫敦日報／十二月十一日報導

殺人魔「貓」依然身分不明

——女王破例對開膛貓的威脅發表聲明——

（女王聲明）一月以來，殺人魔「貓」屢次於倫敦市內橫行，大開殺戒，其真面目仍無人知曉。十日午後，女王擔憂市民日益高漲的不安情緒，破例發表聲明，表示自己對偵探大師協會與倫敦警方應對「貓」兇殺案的方式，感到失望與遺憾。據信，女王會發表這篇聲明，顯然與「六月遇害的偵探大師艾瑞克·詹森爵士為女王親戚」一事，實有極大的關聯。

接到這篇聲明後，偵探大師協會的「偵探皇帝」克里斯多佛．布朗寧爵士表示：「這起『貓』兇殺案，我正親自傾全力調查，也已囑咐倫敦警方蓋爾多夫總長加強辦案，在『偵探大師百年慶』之前，我保證一定會破案，請倫敦市民安心。同時，也請市民不忘向偵探大師協會提供情報。」

至今發生的「貓」連續兇殺案（偵探大師協會發表）

至十二月十日為止，「貓」兇殺案的所有案件依序如下：

(1)「紅霧」兇殺案／一月十三日
被害者：羅伯特．菲利浦博士（偵探大師）。
狀況：於大學的機密實驗室中因氰酸毒氣中毒而亡。
遺留物品：古羅馬的貓紀念章（複製品）。

(2)「說話城牆」兇殺案／二月一日
被害者：史都華．溫斯洛爵士（偵探大師）。
狀況：遭克林波城城牆落下的石頭壓死。
遺留物品：笑臉貓的插畫卡（坦尼爾爵士繪）。

(3)「柯伯洛斯的陷阱」兇殺案／四月十二日
被害者：詹姆斯．李德（偵探大師）。

狀況：頸部遭狩獵陷阱夾傷，流血過多致死。
遺留物品：貓項圈。
(4)「顛倒的房間」兇殺案／六月十日
被害者：艾瑞克．詹森爵士（偵探大師）。
狀況：在遊樂園中的小屋遭到射殺。
遺留物品：貓眼石。
(5)「消失的紅鯡魚」兇殺案／六月十八日
被害者：瑪格莉特．拉賽爾（偵探大師）。
狀況：於泰晤士河中溺斃。
遺留物品：招財貓（日本製）。
(6)「苦蘋果派」兇殺案／七月十三日
被害者：伊許卓．歐甘寶（造訪英國的阿根廷偵探）。
狀況：因蘋果派中摻有氰化鉀中毒身亡。
遺留物品：貓食。
(7)「瘋狂聖經」兇殺案／八月二日
被害者：梅丘里．保羅（造訪英國的瑞士偵探）。
狀況：於修道院中遭到刺殺，頭髮被剃光。

遺留物品：貓的青銅香爐（波斯製）。
(8)「誤點的地鐵」兇殺案／九月七日
被害者：賽門．蓋瑞特（偵探大師）。
狀況：在地下鐵車站內遭輾斃。
遺留物品：《豹人》錄影帶（一九四二年版電影）。
(9)「粉紅幽靈」兇殺案／九月二十九日
被害者：艾蓮諾．利格比（偵探大師）。
狀況：於大樓工地摔死。
遺留物品：貓郵票（南斯拉夫發行）。
(10)「四個鬧鐘」兇殺案／十月十三日
被害者：菲利茲．史尼茨拉（造訪英國的德國偵探）。
狀況：於飯店房中遭定時炸彈炸死。
遺留物品：《貓》（霍夫曼著，初版）。
(11)「飛天吉他」兇殺案／十一月六日
被害者：湯瑪士．卡沙迪（偵探大師）。
狀況：於錄音室內觸電而死。
遺留物品：「加斯巴之夜」（黑膠唱片）。

附註：

(1)羅伯特・菲利浦博士、艾瑞克・詹森爵士、賽門・蓋瑞特三人，為破案分數高的偵探大師，皆有可能成為下任「偵探皇帝」。

(2)「貓」於「四個鬧鐘」兇殺案發生後，隨即於十月十五日將鵝媽媽童謠，寄給各大媒體。

茱莉安・鮑查評論

知名犯罪評論家茱莉安・鮑查針對「貓」兇殺案，向本報記者發表了下列意見：「『貓』這種依照童謠歌詞一再犯案的行為，其實是很幼稚的。從這一點來看，兇手的心中藏有一種遊戲性——他透過犯罪進行瘋狂的『模仿遊戲』。兇手以殺人來玩『鵝媽媽遊戲』，且十分享受。還有，兇手重現歌詞描繪場面的異常堅持，也值得注意。兇手為了依照歌詞實行謀殺，甚至不惜冒險。『貓』是一個被童謠謀殺附身的偏執狂，因此，『貓』勢必會如一般所預測的，在『偵探大師百年慶』之前，再犯下兩起謀殺案。」

「貓」亂象擴大，飼貓女詩人慘遭射殺

以詩集《貓的憂鬱午餐》聞名的女詩人伊莉莎白・漢普頓女士（五十九歲），於倫敦市康寧翰街的住處遭到射殺。家人於十日當天深夜一點，向「偵探大師學會」與倫敦警方報案。

受託辦案的偵探大師趕到現場，發現漢普頓女士渾身是血地倒臥在一樓的寢室中。他根據家人的目擊證詞，對從事青果業的鄰居約翰·歐布萊恩（六十三歲）進行偵訊。最後，歐布萊恩坦承犯案，當天一點半便以現行犯加以逮捕。

漢普頓家人表示，歐布萊恩是個狂熱的天主教徒，平日便經常為難以愛貓聞名的漢普頓女士，並四處散布「養貓的女人都是魔女」的流言，最近也開始有「『貓』其實是魔女」的言論。「偵探大師協會」正在討論是否該對歐布萊恩進行精神鑑定，同時著手研擬對策，以防範此類對「貓」過度不安所引起的犯罪。

Cheshire & Grin Co. Ltd.
世界百味賀聖誕！
獻上貓印糖，
好吃得連「貓」都咋舌！

哈洛德百貨公司失火

十日下午兩點左右，倫敦市內的哈洛德百貨公司三樓樓梯附近傳出失火。百貨公司當時擠滿了購物的顧客，在火災時全數擠到電梯等處避難，其間有一名顧客與員工受到輕傷。火勢於下午兩點三十分左右撲滅。由於火災發生現場鄰近貓食販售區，平常也沒有火源，因此當局懷疑此案為人為縱火，正在等候現場調查結果。

俱樂部相繼遇劫

十日晚間八點左右，蘇活區的高級迪斯可「小丑」，突然遭到自稱「該死團」的五人龐克團體占領。該店以成熟的時尚品味著稱。今年入夏以來，由龐克族主導的非法占據俱樂部行動陸續發生，已經引起善良市民的不滿。王室御用迪斯可「黃金荷蘭芹」也在本月遇襲，此案已是本月的第三起類似案件。

〈第13位名偵探〉直闖熱門金曲排行榜

新雷鬼樂團「所羅門破壞大王＆小罪犯」的新歌〈第13位名偵探〉，正於告示牌與錢櫃兩大排行榜中急速竄紅。這首流行歌曲改編自「貓」發送給各媒體的童謠〈十三個獵人之歌〉，團長所羅門破壞大王表示：「這首歌旨在諷刺這個國家的階級社會矛盾，偵探大師制度也是其中之一。」

「偵探大師百年慶」專欄

——本週「名人」第四回——

各國名偵探為了參加即將於十二月十三日舉辦的「偵探大師百年慶」，陸續造訪倫敦，今天便要介紹其中三位。

代表義大利的法布利奇歐．巴迪斯帝有十分特別的經歷，他曾是雜耍藝人。來自拿坡里的巴迪斯帝當了十年魔術師之後，於一九七二年漂亮地解決了「魔術之手」兇殺案，其後便成為私家偵探，聞名全球。

日本代表近松林太郎的父親是日本駐英大使，母親為英國人，於英國出生長大，直到高中畢業。其後他回到日本，偵破「歌舞伎兇殺案」，一躍成為新銳名偵探，備受矚目。

中國代表劉弱福來自中國山東省。獻身於人民公社之後，於一九八二年改任偵探。劉弱福精通武藝，擅長各路拳法，亦曾擔任國家體育指導員。在偵探事跡方面，去年以「十二生肖」兇殺案受到注目。劉弱福曾經旅居倫敦兩年。

6

下弦月在黑暗中朦朧浮現。月亮的上緣汩汩滲出的紅色液體，逐漸覆蓋蒼白的月亮表面。紅色的月亮在黑暗中浮現。

仔細一看，紅色的月亮正微微顫動。月亮的顫動幅度愈來愈大，最後宛如生物般開始蠕動。

月亮顫動著，不知不覺還開始有了聲音，像低低的雷鳴。聲音也隨著月亮的顫動，愈來愈響。

突然間，我發現那聲音不是雷鳴，而是令人厭惡的笑聲。發自咽喉深處，像貓叫聲般呼嚕呼嚕的笑聲。

——對，那是貓的笑聲。而在黑暗中浮現的紅色月亮，則是因嘲笑而顫動且滿口是血的貓嘴。

我望著浮現在黑暗中那張令人發毛的貓嘴，不知為何，茫然地想著：那該不會是我在鏡子裡的身影吧？

黑暗鏡面上的貓，不知是否看出我的心思了，牠繼續笑著，宛如瘋狂。貓的笑漸漸開始撕裂黑暗……

雪白的世界從黑暗的裂縫中溢出，擴大為一整面。我必須眨上好幾次眼，才明白那雪一般的白色是天花板的顏色。

——看樣子，我從夢的世界裡醒來了。

……這裡究竟是哪裡？

我好像是仰躺在某個地方的地板上。一定是因為睡在這種地方，才會作那種怪夢的。房間裡的亮度只能用昏暗形容，而且有點冷。我覺得身體很僵硬。在我頭旁邊，有張堅固的柚木書桌，從光線看來，書桌後似乎有窗戶。我想看看窗戶那邊，便維持躺著的姿勢，轉動我的頭。

一陣劇烈的疼痛竄過我的後腦。嘔吐感湧上胸口，頭部的血管像是同時演奏起詼諧曲。

我不禁閉上眼睛，皺起眉頭。

——昨晚大概喝太多了，難過死了……嗯？但我到底是去哪裡喝的？

斷斷續續的思考被疼痛吞沒，我在這種狀態下躺了一會兒，才再度戰戰兢兢地睜開眼睛。疼痛似乎緩和了一些，所以我再次轉頭朝向窗戶的方向。

LORD CHRISTOPHER BROWNING
MASTER OF DETECTIVE ❶
克里斯多佛．布朗寧爵士
偵探大師

寬敞的窗戶上，大大漆著左右相反的文字。多雲的天空好似鉛一般薄薄延展開來，襯托出文字剪影。從內側看雖是左右相反，但從外面看來，想必具有美式廉價廣告的功能吧。

——克里斯多佛．布朗寧……這名字我曾經聽過。我稍微想了想，便想起那是經常在這個國家的新聞節目出現的貴族名偵探，是位居偵探大師頂點的「偵探皇帝」。

我試著慢慢撐起上半身，感覺比剛才好多了。我終於想試著環視整個房間了。

首先映入眼簾的，便是屋主克里斯多佛．布朗寧爵士的屍體。

只消一眼就看得出那是屍體。屍體和我不同，是趴倒在地的，唯有脖子轉過來朝向我這一方。他的臉色如蠟像般了無生氣，睜得斗大的眼睛眨也不眨。表情雖然怪異，但那張臉確實是我曾經在電視上看過的知名偵探大師之臉。布朗寧爵士的屍體距離我那癱在地板上的腿，只有兩呎之遙。

從最初的震驚清醒過來之後，我慢慢站起來。頭又開始痛了，感覺好像整個房間都在天搖地動，但我還是奮力忍住疼痛，用力站穩。站起來之後，我才發現自己身上穿著陌生的白色連身工作服。腰部繫著粗粗的工作腰帶，但上面插的不是手槍，而是螺絲起子和老虎鉗。那感覺實在很不對勁。

——我為什麼會做這身打扮？

總之，我咬著牙，往屍體走近兩、三步。我湊過去仔細看，他果真沒有呼吸。咽喉上黏著乾掉變色的黑色血液，從屍體滴落的血沾染在嫩綠色的地毯上，沾到血的地方都變成了磚紅色。

屍體旁倒著一張小茶几，客用沙發似乎也被推到了一旁，它沒在應在的位置上——這似乎指出房間內可能有過一番激鬥。

沙發底下那個黑黑的東西是手槍嗎……？

❶印在透明玻璃上的字體，從主角的角度來看剛好是相反的文字。

只有屍體與我在的安靜房間內，有一個規則的聲音響著。聲音很輕微，像是以指甲輕摳東西的聲音。回頭一看才發現，那聲音來自放置於房間角落的音箱。看樣子，是書桌旁音響不斷播放著唱片，唱針在樂曲結束之後仍不斷摩擦著無聲的唱片溝，才發出那種聲音……真是莫名其妙。

我的腦海雖然一片混亂，但視線卻再度著了迷似的被屍體吸引過去。

屍體的姿勢有點些奇怪，左手被自己的胸部壓住，看不見，但右手筆直伸了出來，握拳的手指當中，只有食指豎起立在地毯上。

他的指尖引起了我的注意，食指看來像是在摳短毛的地毯，上面有字跡，那些字跡看起來像是用血寫的。看樣子，是死者用自己的血代替墨水，留下了訊息。

寫的似乎是這幾個字。貓？貓是什麼意思？

我混亂的腦袋，突然閃過一個可怕的想法。今年轟動媒體、震驚社會的那些謀殺案——

殺人魔「貓」！——開膛貓！

這是「貓」幹的嗎？布朗寧爵士最終也逃不過那個痛恨名偵探的殺人魔，成為他的手下亡魂了嗎？我覺得腰腹間忽然升起一股難以言喻的不安，不由得渾身哆嗦。

得趕快離開這裡……總之，愈早離開這裡愈好。

房間有兩個門，一個就在屍體旁邊，另一個則是在面向窗戶的左手邊。我不願意走屍體旁的門，便蹣跚地走向另一個門。

門旁的牆上，掛著一個作工精細的銀框鏡子。我伸手去開門時，不經意地往那面鏡子一看，另一股新的恐懼油然而生──從某個角度來看，這分恐懼更甚於對「貓」的害怕，它無法形容……

鏡中有張削瘦發青的臉，略長的金髮覆蓋在寬寬的額頭上，薄薄的嘴唇正些微顫抖著，一雙徬徨無助的灰藍眼眸死盯著鏡子。

那是一張陌生的臉。

我究竟是誰？

突然間，眼前的門響起急促的敲門聲。

7

敲門聲愈來愈急，我的心跳也愈來愈快。

「布朗寧爵士，出了什麼事嗎？開門！喂，在搞什麼？」

門後傳來的是一名年輕男子的聲音。該如何是好？我無法判斷，因此茫然地佇立在門前。

「呸！媽的！老子自己開！」

門後的聲音變成粗俗的咒罵。同時，門也發出悶響，開始晃動。第三次強烈撞擊之後，合葉被撞開，門在巨大的聲響中被撞破了。只剩下一個合葉的門懸在門框上。一名男子推開晃動的門，走進房間。好一個造型特異的男子。

最引人注目的，是他的雞冠頭。兩側明明剃得很短，頭頂部分的頭髮卻像南國的棕櫚葉似的衝天而立，就是龐克頭裡特別誇張的那種。更驚人的是，他的雞冠染了七彩的顏色，東一撮粉紅、西一撮藍的。

他的服裝也和頭髮一樣令人震撼，黑色窄管褲在膝蓋的地方開了大洞，腰上繫的不是皮帶，而是冷光慘慘的銀色鍊條。上身T恤印的圖案令人想到東洋的太陽，（是日本國旗的圖案嗎？）但下襬剪掉了，而且到處都有破洞，好幾個地方用別針別起來。套在T恤上的，是一件磨損得非常嚴重的皮夾克，肩膀和下襬的部分釘著一整排圖釘。

這個打扮怪異的男子朝地毯上吐了一口口水，瞪著我說：

「怎樣？」

「啊？」

「啊什麼？我在問你，你看什麼看？」

男子以低沉的聲音放話之後，環視房內，然後視線停留在布朗寧爵士的屍體上。他立刻走到屍體旁察看。接著，朝屍體後的門看了一眼，又轉過來。

「哼——這情況看起來挺有趣的嘛！才一開始就破案了。布朗寧爵士死了，這裡是大樓的三樓，房間只有兩個門。屍體身後的門從內側上了門閂，另一個門才剛被我打破……所以說，這個兇殺案現場，就是那些愛擺架子的名偵探所說的『密室』了。人是你殺的吧？」

我連忙辯解：

「不是，和我無關，不是我殺的，我只是……」

男子伸出手，用食指指著結巴的我，彷彿是拿著一把手槍。他說：

「少糊弄我，我可不是國王路那些龐克小鬼，我呢——」男子從夾克口袋裡取出一樣東西，拿到我面前，「——可是有身分地位的。」

男子手上拿的是一個廉價的徽章，上面好像印著龐克先驅性手槍樂團的強尼．洛頓❷。看到我以愣住的表情看著那東西，男子才發現自己拿錯東西了。

「這、這是拿錯了——不，是開個小玩笑。」

他口齒不清地找藉口，然後再次從口袋裡拿出另一個東西。在他伸出來的手上，一個威嚴的金色徽章閃閃發亮。

「老子是倫敦警方的刑警，基德．皮斯托。」

剃刀耳環在龐克刑警的耳垂上晃動。

❷性手槍樂團（Sex Pistols），七〇年代的英國龐克搖滾樂團，強尼．洛頓（Johnny Rotten）為樂團主唱。

「我很想要一個骨董揚聲器，Musicman的中古貨，為了買這個，我得想辦法給自己加薪。逮到你之後，上面的人應該會考慮幫我加薪。」

龐克刑警基德說話的同時，細長的眼睛也發亮著。那張臉有點東洋味，不展露想法的撲克臉也很像面具。

「人不是我殺的。」光是重複同樣的話，就耗盡我所有的氣力了。

「哼，藉口等回到署裡再說，這狀況一目了然啊。你叫什麼名字？」

我不知所措：「……我、我不知道……」

「哦？看樣子你是準備裝死裝到底了。好啊，我馬上就能讓你招出來。」

基德再次俯視屍體，這次他蹲下來，察看得稍微仔細一點。過了一會兒，他站起來，臉上充滿勝利的笑容。

「不愧是偉大的『偵探皇帝』克里斯多佛．布朗寧爵士，死時也會留下線索。你認得這地板上的血字嗎？『CAT IS』——可見，這是連續殺人魔『貓』大人幹的好事。喂，你雖然一身水電工的打扮，其實就是『貓』吧？」

這下糟了，基德開始懷疑我是殺人魔「貓」了。要是在這裡被他抓走，到警察局裡一定會被粗暴的低等刑警嚴刑拷問，最後很可能會被當成兇手。

「喂，基德，還沒好喔？」

門口傳來一個懶洋洋的聲音，又有另一個人來到房間了。是個女人，穿著打扮之特異不遜基德。

她的頭髮染成三個顏色，紅色的劉海垂到嘴邊，兩側分別染成黃色和紫色。臉上的化妝也很講究，畫了濃濃眼線的眼睛周圍，塗了令人聯想到蜘蛛網的眼影，嘴上擦了沒有光澤的褐色口紅，嘴裡嚼著口香糖，所以一張嘴歪來歪去。她穿著短褲和黑色的絲襪，夾克底下是破爛的坦克背心，以醜陋的字寫著「反核」（NO NUKES）。

「喔，蘋可。」基德一面向那女子使眼色，一面說：「妳看，布朗寧爵士死了。只要破了這個案子，加薪就有望了！」

「真的？太棒了！加薪之後就可以買揚聲器了，那我們就可以再組樂團，不用再當這煩死人的爛警察了！」

被喚作蘋可的女子開心地說，然後在屍體旁蹲下來，開始掏摸屍體的口袋。看樣子，這個行徑有如扒手的女子也是刑警。

「有沒有什麼好東西呢？嗯？有了有了！」

蘋可從布朗寧爵士口袋裡，拿出一個小小的人偶。

「這個長得很怪，很像貓咪耶。」

「喂！指紋會沾上去！這時候要用東西包起來。」

蘋可挨了基德的罵，連忙把東西包進頭巾裡。

「對不起，我忘了。不過，這個很可愛哦！用繃帶包起來，好像小貓咪。」

基德立刻把頭巾連東西從蘋可手中搶走。

「喂，妳的爛毛病又犯了，妳每次都這樣把證據摸走，事後麻煩的可是我耶！」

接著，他仔細察看手中的人偶，厭惡地說：

「——我看，這不是小貓咪，是貓的木乃伊才對。不過，不是真的貓，是蠟做的。」

「說到這個，前天在電視節目的座談會上，布朗寧爵士他們就提到了貓木乃伊。」

「嗯，我記得他們說，一百年前的貓木乃伊失竊案，和莫里亞堤教授有關。喂，蘋可，那是什麼？妳該不會又想偷偷摸走什麼了吧？」

蘋可像個偷吃被逮到的小孩，嘟著嘴，不情不願地交出一樣東西。看起來是一張經過彩色印刷的紙，大小和明信片差不多。

「這總可以拿了吧？只不過是一張明信片嘛，到處都有的。這原本是放在屍體上衣的口袋裡。」然後，她和基德一起細看明信片，又說：「——不過，這畫也很噁心耶。一隻貓前腳按住一條蛇，拿菜刀去切……」

基德緩緩點頭，一面說。

「看起來是古埃及壁畫之類的，上面有大英博物館的字樣。這隻貓，應該是帕絜特。」

「帕絜特……？」

「嗯，古埃及的月神，也是狩獵女神。我看了那場電視座談會，覺得有趣，便去找了歐斐德．何偉的《貓之於神祕宗教與魔法》這本書，所以才知道……」

「真是什麼鬼書都有啊。」

「那本書裡說，古埃及人相信，夜裡在冥界旅行的太陽會透過貓的眼睛看黑暗的世界。嘿，月亮不就是反射太陽光才會亮的嗎？以前的人認為貓的雙眼在黑暗中會發出燐光，認為太陽神『拉』就在貓眼裡，所以月神帕絜特才會是貓的模樣。」

「那蛇呢？」

「就是和太陽神『拉』敵對的黑暗之『蛇』。帕絜特是狩獵女神，也叫撕裂者……」

「說到撕裂，不就是『開膛貓』嗎？這就是兇手留下的和貓有關的東西吧？——這麼說，這件兇殺案果然是『貓』幹的囉？」

基德的眼睛像置身暗處的貓一樣發亮。

「沒錯，這和童謠的歌詞相符，第十二個犧牲者出現了。偵探大師，也就是獵人，反而被狩獵女神，也就是『貓』幹掉了。對了，那首歌的第十二段歌詞是怎麼說的？」

「呃，『第十二個受到滿月照耀，貓一溜煙就逃走了』。不過，滿月指的是什麼？『貓』每次都是依照童謠的歌詞來殺人的吧？」

基德把頭一歪：「不知道。應該是昨晚動手的吧？可是昨晚又不是滿月。別說滿月了，昨天是陰天，根本沒有月亮。會不會是有什麼別的東西代表滿月……」

蘋可突然焦躁起來，放聲大叫：

「啊啊！煩死了！龐克都不龐克了，搞什麼推理，呃——買弄，不對……我知道了——賣弄！賣弄什麼學問。兇手就在眼前，趕快抓起來叫他招認不就好了。」

基德有些臉紅地說：

「沒辦法啊！推理算是我的天性之一。龐克族推理很怪嗎？不過，妳說的也很有道理，趕快把這傢伙抓起來，叫他招認就是了。」

蘋可盛氣凌人地說：

「沒錯，這傢伙明明就很可疑。你剛才為了指紋罵我，那他呢？他還動過屍體咧！」

「啊？怎麼說？」

「你看嘛，血字是朝著走廊那邊寫的，不是嗎？可是，布朗寧爵士的頭和指尖卻是朝著窗戶那邊。兩者不是在相反方向嗎？一個快死的人，幹嘛用這種不自然的姿勢寫字啊！太奇怪了。所以一開始，屍體其實是朝著走廊那邊的，是這個冒牌水電工動過了。」

聽到蘋可這麼說，基德看了看地板上的血字。

「被妳這麼一說，還真的是耶！……不過，為什麼要這麼做？」然後他轉向我。「喂，是你弄的嗎？」

——我不知道，即使想答也答不上來，因為我不僅不記得這件事，我根本就沒有任何記憶，連自己是誰都不記得……

這兩個龐克刑警原先一直不理我，現在總算轉過來盯著我看了，不過這對我來說，實在不能說是好事。

基德露出殘酷的冷笑，從腰間的口袋取出散發銀光的手銬，蘋可也在一旁湊熱鬧。

我覺得我好像還沒從夢裡醒來，在我眼前大驚小怪的兩個怪刑警——一個是知識出奇博雜的龐克男，另一個是有竊盜癖的龐克女，這真的是現實嗎？但至少倒在地板上的屍體，看來是現實沒錯……

——我該怎麼辦？我要在這裡乖乖就範，事後再找機會逃走，還是該強行突破現在這個場面？看來我必須當機立斷。

我一回過神來，基德殘忍的奸笑已經進逼到眼前了。他左手拎著的手銬鏘鎯作響，右手抓住我的胸口。

——就是現在！

我使出頭錘，朝基德的鼻梁奮力一頂。基德像尾巴被踩中的貓般哀嚎一聲，鬆開了我的胸口，向後退了兩、三步。

蘋可連忙跑過來。我使勁往基德的下半身踢了一腳，基德站不穩，正好撞上跑過來的蘋可，兩人跌成一塊。

我把握機會，迅速從剛才被撞壞的門衝出去。那裡好像某個偵探事務所的會客室，裡頭放著祕書辦公桌。左手邊有一扇門通往走廊，我直接穿過那扇門。

在走廊上跑幾步，轉彎後就看到電梯了。好像有人剛從這一層樓下樓，電梯門正在關門。我跑到電梯門前時，門正好關上。好了，該怎麼辦？要按電梯鈕嗎？還是……

背後傳來龐克刑警的咒罵聲。

我按了鈕，但是電梯門並沒有打開，看來已經往下走了。好，接下來呢？要從右邊的樓梯逃走嗎？還是暫時先躲在前面走廊的柱子後面？我選擇了後者。

我在柱子後面躲好之後，屏住呼吸，聽到龐克刑警的聲音漸漸靠近。

「靠，電梯下去了，被他跑了！」

「基德，樓梯在那邊！」

兩人朝著我藏身的柱子的反方向跑去。我等腳步聲走遠，才從柱子後面走出來。真是太離譜了，我怎麼可能獻出我的頭，讓他們去買樂團的揚聲器！

我一面思索接下來該怎麼做，一面回到電梯前，這才發現，走廊另一邊有個外觀與周遭格格不入的地方，看起來像是橢圓形包廂，剛才因為慌慌張張的沒注意到。

受到那不可思議的近未來形狀的裝置吸引，我便走了過去。那東西就像一個橫放的巨蛋，有著如陶瓷般潔白光滑的外殼，中間有個橢圓形的門。

我走到門邊，可能是有感應器吧，突然有機器的聲音對我說話：

「……歡迎來到偵探大師會館。您為案件纏身而憂心嗎？您無法信任警察，因而苦惱著嗎？讓本偵探大師協會優秀的偵探大師們來幫助您。請進入包廂，從螢幕所顯示的偵探大師中，選擇委託您所喜愛的一位為您辦案。」

「原來這裡是諾丁丘門的『偵探大師會館』啊……」

我不禁喃喃自語。——原來，這裡是倫敦最能幹的偵探大師群聚，並開設事務所的共同辦公大樓。這樣看來，遇害的布朗寧爵士雖然地位崇高，他仍師法在貝克街租屋的福爾摩斯，把事務所設在這幢建築裡了。這對我來說，算是幸運嗎？要是被這個國家粗暴的龐克刑警逮住，極有可能在草率的司法程序之後，隨便就被判有罪。但是，只要我現在委託偵探大師，在「愛德華法」的保護之下，至少在七十二小時內，警察不得對我出手。

一想到這裡，我便毫不猶豫地打開包廂的門。

包廂內部就像機師飛行訓練的駕駛艙，中央有一個座椅，在座椅前方有螢幕和鍵盤。

我在座椅上坐下，椅背便自動伸出安全帶，纏住我的腹部，等於是被綁在椅子上。這突然的狀況讓我嚇了一跳。此時，天花板上又有東西降下來，把我的頭整個套住，那感覺很像全罩式安全帽，從前方的開口可以看到螢幕和鍵盤。這些裝置也太誇張了吧？我想著想著，畫面上便出現了指示：

「請利用鍵盤輸入您的案件內容。」

然後，鍵盤便緩緩朝我手邊移過來。

我慎重地打字：

MURDER BY「CAT」！

「貓」兇殺案！

9

「您所涉及的案件，屬於難度最高的層級，協會建議您自以下四名偵探大師選出一位來承辦……」

#0：克里斯多佛．布朗寧爵士

經歷：生於一九三七年（五十歲），英格蘭人。世襲伯爵，為名門布朗寧家第十五代當家。牛津大學學士。大學畢業後，於歐洲遊學，精通各國語言。爵士具有我國最清晰的頭腦，於各個領域均有所涉獵，深受上流階級的信賴。兩度獲得愛德華獎（七〇年／八二年）。為第六、第七任之「偵探皇帝」。

代表案件：卡廖斯特羅之棺兇殺案、彼得爵士兇殺案、伊甸之翼兇殺案。

破案分數：九十六（截至十一月三十日止）。

收費：特別A級。

事務所：三樓，ED－1室。

#1：亨利・布爾博士

經歷：生於一九二〇年（六十七歲），蘇格蘭人。畢業於劍橋大學，為文學、法學、醫學博士，為倫敦大學名譽教授。曾於法國專職寫作，著有《駭人的犀利——中世紀武器選擇心理》等著作。同時，也是神祕學和不可能犯罪的權威，學識淵博，對弔詭案件尤其拿手。深諳催眠術。兩度獲得愛德華獎（七八年度／八三年度）。

代表案件：薛爾頓飯店三重密室案、黃色魔法陣兇殺案、音痴幽靈消失案。

破案分數：八十九（截至十一月三十日為止）。

收費：A—I級。

事務所：三樓，D—2室。

#2：麥克・D・巴羅

經歷：生於一九四五年（四十二歲），美國加州人。南加州大學肄業。曾服務於洛杉磯檢方，之後成為水手環遊世界。一九七四年來到英國，取得英國國籍後，開始從事私家偵探。曾獲得拳擊新人王頭銜，也具有一流的射擊技術。他能活用其經驗、體力，發揮獨特的能力調查地下組織犯罪，尤其是與毒品、暴力相關事件。

代表案件：加勒比海幫販毒案、倫敦銀行搶案。

破案分數：八十五（截至十一月三十日為止）。

收費：A—I級。

事務所：三樓，D—3室。

#3：貝芙莉．路易絲

經歷：生於一九六二年（二十五歲），威爾斯人。倫敦大學畢業後，曾任職於考古學研究所，之後從事演員、模特兒等職，轉任私家偵探。其細膩專注的辦案方式獲得好評，擅長處理離婚訴訟、外遇調查等男女糾紛，但在兇殺案方面也表現突出，對死前訊息有精闢見解。演技佳，具有空手道二段的身手。曾獲瑪波獎（八四年）。

代表案件：哈洛德百貨公司珠寶竊案、美容中心兇殺案。

破案分數：八十二（截至十一月三十日為止）。

收費：A—II級。

事務所：三樓，D—1室。

中場旁白

「世界」將在此分歧。

接下來，讀者將和「我」一起選擇一名偵探大師，與該偵探大師一起進行調查。

希望各位先了解一點：這幾位偵探大師都存活在同一個時間軸上，他們所活動的三個世界，都是有可能成立的平行世界。因此，這幾個世界雖然完全對等，內容卻大不相同，因為偵探大師是以各自的個性、手法、推理來偵辦兇殺案的。但是，當作者寫到「我」遭遇的第二起案件〈「偵探大師百年慶」慘案〉之章節時，三名偵探大師將共處於同一世界。三名偵探大師通過這裡之後，將再度分歧，繼續走向各自的破案之路。

此外，無論讀者以什麼順序看這三名偵探大師的辦案經過，故事都會成立。讀者無論看幾個人的辦案經過，故事也都會成立。但在此建議各位讀者，如果可以的話，先將這三名偵探的辦案過程都看過之後，再進入最後一章破案篇（在此大膽將此章命名為「開端」）。

這是為了讓各位了解，世界並非客觀而單一的存在……

接著請看：

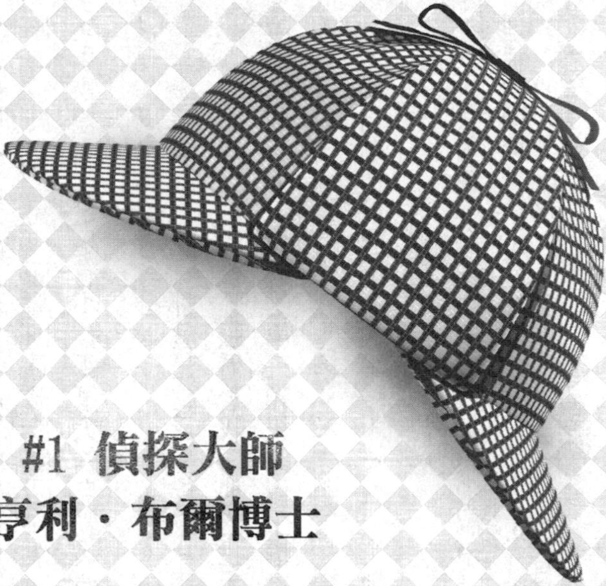

#1 偵探大師
亨利・布爾博士

1

D—2號房，就是亨利．布爾博士的事務所。它與布朗寧爵士遭到殺害的房間彼此相對，中間隔著走廊。現在我所在的這個房間裡，有一整面牆是書架，架上疊著一排又一排厚厚的精裝書。另一面牆則是擺放飾品的架子，上面擺滿了古老的滑膛槍、泡在福馬林裡的奇異生物標本、足足有小孩那麼大的自動人偶（面前還擺了棋盤）等，房內的氣氛，活像一個打翻的玩具箱。

「喪失記憶啊，那就是柯氏症候群（Korsakoff's syndrome）之類的健忘症吧。」

布爾博士以惺忪睡眼看著我。他的巨大身體陷在與他身形不合的椅子裡，小巧的雙手在啤酒肚前交握。背心的第三顆鈕釦似乎輸給了肚子的表現欲，不知道被彈到哪裡去了。溫和的布爾博士不像公牛❸，倒像是一頭全身都沉浸在冥想中的巨象。

我剛剛把自己奇特的體驗，一五一十地說給博士聽過了。

布爾博士繼續發表自己的見解。

「我對醫學多少有些心得，喪失記憶這種事情，大致可分為兩種，也就是心因性的和生理性的兩種。」

「那是……？」

「所謂的心因性記憶障礙，就像字面上說的，是心理因素造成的記憶喪失。例如家庭糾紛、本人犯了罪，或是受到什麼打擊，這是為了除去內心不愉快體驗而壓抑過去的機制，所以會連自己是誰都不記得。

「而生理性的就更直接了，是因為腦部遭到損傷所引起的。有時候是瓦斯中毒或腦腫瘤所引起，有時頭部受到強烈撞擊引起腦震盪，也會讓記憶消失。」

「那麼，我是哪一種？」

「這個嘛，由於狀況不是很明確，所以說不準。不過，我看可能兩者皆有吧。你的後腦有撞擊的傷痕，不是被打，就是自己撞到的。總之，你因此發生腦震盪，失去了意識。另一方面，也無法否認你在精神上可能受到打擊。因為據你的描述，布朗寧爵士那裡發生了極可怕的事，所以也可能是心因性的失憶。」

「我的記憶會恢復嗎？」

「唔，很難說。有些人兩、三天就恢復了，有些要花上幾個月，但是記憶不見得會完全消失，只要能找到喚醒記憶的關鍵……」

「那個關鍵是……？」

「這個嘛，也許是再度受到打擊，有時候是一些微不足道的小事。之前好像也有某人看

❸布爾原文為Bull，有公牛的意思。

到發霉的蘇格蘭炸肉丸，就想起一切的例子。對了，催眠療法也是恢復記憶的方式之一。怎麼樣，要不要我幫你催眠一下？」

話題偏了，我不知該如何是好。

布爾博士好像從我的表情，看出我的窘迫了，他愉快地說：「不必發愁，你來找我不是為了看醫生，而是來委託偵探大師辦案的。」

「那麼，這個案子你願意接下來了？」

「嗯，是啊。難得有將所有生活史全數遺忘的委託人，案情也令人感興趣。而且再怎麼說，都和『貓』有關——當然，就像基德刑警說的，你就是『貓』的可能性，也不是沒有……」

布爾博士扶著他快要滑落的夾鼻眼鏡，朝我瞪了一眼。我立刻感到坐立難安，身體都僵了。

「呵呵，用不著這麼緊張，只是開個小玩笑。失去記憶的殺人魔，這豈不是太可笑了嗎？呵呵，哎，失敬失敬。」

布爾博士為自己的笑話笑了一會兒。他看我沒有跟著笑，突然一本正經了起來。

「對了，得想想該怎麼稱呼你。你穿著水電工的工作服，身上有五英鎊左右的現金，沒有其他任何可追查身分的東西，只有到處可見的螺絲起子和老虎鉗，再來就是一雙手套。年紀大概二十到二十五吧。中等身材，腦後有撞傷，講話沒有口音，金髮，灰藍眼……唔，藍色嗎？對，既然這樣，還是布魯好了，這個好。Mr. Blue——叫你布魯如何？你正好也一臉憂鬱啊，呵呵！」

這位大名鼎鼎的學者偵探，似乎具有強烈的童稚性格，常常自得其樂。害我真的憂鬱起來，嘆了一口氣。

「好了，別再拖拖拉拉的了，布魯。到命案現場去吧！」

我一回神，朝聲音的來處一看，發現布爾博士已經站在門口，搖晃著他大象似的巨大身軀，大呼小叫。

2

「我是偵探大師亨利．布爾博士，依據愛德華法，接下來的七十二個小時，我享有偵辦權。你們沒意見吧？」布爾博士以王侯般高高在上的態度說。

龐克刑警基德．皮斯托已與他的同事蘋可．貝拉多娜一同回到了現場。基德的鼻梁上貼著ＯＫ繃，看來我剛才的那一記頭錘頗有威力。他一看到我，就惡狠狠地瞪我一眼。但是，只要我在布爾博士的保護之下，他就奈何不了我——至少在這三天內。

接下來，基德等人將成為布爾博士的幫手，協助調查。以下是基德針對案情的相關報告。

「我們接到布朗寧爵士祕書的聯絡，大約九點半趕到現場，這裡有祕書的證言錄音帶，你們聽一下。」

克里斯多佛．布朗寧爵士的祕書伊莉莎白．波特的證詞

「我今天早上九點來上班，一來就發現走廊通往會客室的門開著，覺得很奇怪。我進去後，就看到布朗寧爵士的外套掛在衣架上了。我心想，哦，爵士今天來得很早。我敲敲爵士的門想打聲招呼，但裡面沒有回應，門也打不開，好像是上了鎖。我怕是出了什麼事，就把臉湊到門上的毛玻璃往裡面看，隱隱約約可以看到有人倒在地上的樣子，我嚇了一大跳……其他的偵探大師多半還沒來，而大樓的管理員腰不好，應該也沒辦法把門撞開，所以我想還是找基德先生來比較快，就打電話到警局，因為基德先生是負責幫布朗寧爵士辦事的刑警。基德先生趕往現場去的時候，我很害怕，就待在管理員室，所以我不知道爵士房間裡有個打扮得像水電工的人……我剛才有看到他一眼，是我不認識的人。嗯，從來沒見過。昨天？昨天我休假。爵士好像私下約了人見面，但我不知道對象是誰。所以，我想昨天爵士應該是單獨待在事務所裡的。

爵士似乎也在調查可怕的『貓』兇殺案，但與這些案子有關的檔案，爵士都當作機密事項自行管理，所以我不知道。難道，這是『貓』下的手……討厭！好可怕！」

基德再次開口：「這是布朗寧爵士祕書的證詞，接下來由我說明一下現場室內的狀況。就像祕書說的，會客室與辦公室相通的門上了鎖，那是轉動內側門把上的鎖鈕就能上鎖的鎖鈕式

安全鎖。外側，也就是會客室那一頭，是沒有鑰匙孔的，所以不可能用備用鑰匙從外側開門。走廊和辦公室之間的門的狀況，也很類似。這扇門雖然有鑰匙孔，但現在大家幾乎都不會從這扇門進出。爵士為了安全起見，就把門鎖廢了。這扇門左側有門閂，而門閂是牢牢閂上的。

兩邊門上採集到的指紋，雖然有幾枚來源不明，但大部分都是布朗寧爵士的。西邊有三道橫拉窗，也都從內側上了鎖。窗戶這邊只採到爵士的指紋。

這次『貓』留下的物品，是由布綑起的貓蠟像，長度約四吋，是從被害者長褲的口袋裡找到的。不只這樣，這次還很好心地多留了一件。上衣內側口袋裡，還有一張貓女神帕絜特的明信片，上面有大英博物館的標記。我向博物館詢問過了，這款明信片十年來一直在零售店販賣，博物館之外也有很多地方販賣，所以很難鎖定是誰於何時何地買的。至於貓蠟像，現在還在調查來源。

我查過布朗寧爵士的檔案了，但是沒有找到和『貓』兇殺案有關的，也可能是被『貓』帶走了。我還在辦公桌上的行事曆上，發現爵士昨天的預定行程。內容是這樣的：

十二月十日（二）
10：30 哈查森書店／聯絡
11：00 《偵探》雜誌訪談
12：30 電話／午餐

14：00～15：30 「偵探大師百年慶」開會／福爾摩斯紀念會館
16：00 與C見面！
18：00 與B晚餐（試探）

法醫判定布朗寧爵士的死因，是頸動脈斷裂失血過多，死亡時刻大概是昨天下午四點半到六點半之間，這是解剖前的推論。由於房間的暖氣是打開的，室溫從死亡時間一直到半夜都很高，所以時間上多少會有一些誤差。總之，照這張表來看，爵士正好是在『與C見面』時死亡的。

房間內並沒有發現類似兇器的東西，該不會是這名喪失記憶的仁兄偷藏起來了吧？算了，法醫認為，依照傷口的長度與深度來看，兇器應該是鋒利彎曲，像彎刀之類的利器。

對了，說到兇器我才想起來，客用沙發底下有一把手槍，是小口徑的貝瑞塔M20。據祕書說，那是布朗寧爵士的手槍，上面的指紋也是爵士的。爵士雖然是死於刀傷，但也許是試圖以手槍反抗的那一瞬間，被人割斷咽喉，所以槍掉了。還有，手槍裡的子彈是滿的，一槍都沒有發射過。

房間中央靠走廊的客用沙發位置偏了，茶几也倒了，由此推測這一帶曾經發生打鬥。屍體附近除了剛才的手槍之外，還找到一條被利刃割破、沾滿血的手帕。這條手帕，也是爵士的。還有，房間中央的類比音響裝置開著沒關。轉盤上的唱片一直轉動，這應該也要報告一下比較好吧？唱片好像是年代久遠的爵士歌曲，這方面我就不懂了……

——啊，忘了說最重要的一點。如你所見，被害者臨死前在地板上留下了血字，它們可以解讀為『CAT IS』。如果字確實是被害者寫的，那屍體的位置很不自然，蘋可懷疑先前在密室的那個發呆男動過了。不管怎麼說，這傢伙實在很可疑。

咦？布朗寧爵士的家人？我和高高在上的貴族偵探大人沒有私交，所以也調查過了。布朗寧爵士好像是名門布朗寧家的最後一人，房子和土地都已經處理掉了，爵士目前獨自住在倫敦市內的公寓，沒有結過婚。

最後，事發當時人在玄關的管理員提供了和這王八蛋——呃，不……和這個失去記憶的人有關的證詞。聽聽這卷錄音帶吧。」

「偵探大師會館」管理員約翰．皮波帝的證詞

「昨天啊？嗯，對，大概是下午兩點吧，我看到一個穿白色工作服的水電工搭電梯上來。不過，我只看到背影，沒看到臉。咦？安全檢查？這棟大樓沒事才不會搞那些，這裡每一層樓都有好幾個名偵探吶！不過，把昨天定為公休日的偵探大師很多，所以來的人很少。就算這樣，也不會有小偷來偷這棟大樓啦！他就只是個水電工嘛，我當然不會去注意。

對了，看你這德性，真的是刑警嗎？蘇格蘭警場也真的是沒救了，連頂著龐克頭無所事

事的小混混都能當刑警。想當年我年輕的時候啊……」（錄音帶聲音漸漸變小）

「我向偵探大師聖經《血字的研究》發誓，上述報告句句實言，毫無虛假。」

3

布爾博士像頭打盹的公牛（不，應該說是大象吧），閉著眼睛聽取基德的報告，但基德的話一說完，那雙小眼睛立刻睜得大大的。

「是嗎？辛苦你了——我也在屍體搬走之前調查一下好了。」

布爾博士走到屍體身旁，蹲下來察看。不知想到什麼，他發出「喝」一聲，將屍體翻過來面向天花板。

「唔，身上是作工良好的晚宴服，偵探皇帝昨晚是準備去約會嗎？哼，也罷。喔喔，喉嚨這一刀乾淨俐落啊，流了這麼多血。喔，這可怪了……喂！布魯、基德，你們來看看這個。」

布爾博士叫我們看的，是屍體的胸口。那裡幾乎整面都被喉嚨噴出的血染紅了，但左胸一帶有一個半圓形的部分沒有沾到血。往地毯一看，對應的部分果然也有一個圓形的地方沒有染血。那個圓形直徑大約有十吋。看來，俯臥的屍體左胸部分與地板之間，曾經夾著一個圓盤狀的東西。

「有意思，相當有意思。」布爾博士一站起來，繼續自言自語：「死前留言是『貓是……』嗎？這就是艾勒里．昆恩❹和貝芙莉．路易絲的拿手範圍了。接下來……」

布爾博士望著屍體旁的沙發，發出感嘆之聲：「喔喔，好一張織錦安樂椅啊！可惜的是沒有腳靠。嗯，椅子的腳是貓腳式的，怎麼全都是貓、貓、貓啊……『花貓叫了三聲』嗎？」

「是《馬克白》嗎？」我從對方的話聯想到古典名著的書名，不由得脫口而出。

布爾博士一臉意外地看著我。

「哦，你懂得倒挺不少的嘛！看來你不是普通的水電工。」

接著，布爾博士好像突然改變心意了，他繞過屍體，開始調查通往走廊的門。

「這門是堅硬的櫟木做的，沒有縫隙，原來如此，鑰匙孔被人用鉛之類的東西塞住了，有些被害者的血噴濺的痕跡，門閂呢？」

布爾博士扳動左側的門閂一會兒，說：「哦，雖然有點難扳動，不過並沒有生鏽。這麼說，布朗寧爵士有可能還在使用這扇門。」

布爾博士若有所悟，他推開門，探頭到走廊上。

「正面是我的房間，左後是貝芙莉．路易絲小姐，右手邊是麥克．巴羅的房間啊。呵、

❹艾勒里．昆恩（Ellery Queen），是推理作家佛德列克．丹奈（Frederic Dannay）與曼佛雷德．李（Manfred Bennington Lee）所共同創作出的偵探小說主角，也是兩人共用的筆名，作品風格為本格推理小說。

呵，好極了。」

然後博士又回到房裡，要基德和蘋可扶好通往會客室那扇遭破壞而搖搖晃晃的門，開始仔細調查。

「嗯，基德說得對，這扇門也密實得連螞蟻都無法進出。不，門下應該可以塞進一張紙吧。這確實也是從門把上的鎖鈕就可以上鎖的安全鎖，門上鑲的玻璃四周也沒有空隙。」

他也察看了窗戶，窗戶也是以新月型鎖釦從內側緊緊扣上，可能是因為老舊了，不格外使力還打不開。布爾博士將他龐大的軀體挪上辦公桌（當然，是在基德他們的協助之下，歷經悲壯的過程才辦到的），調查了窗框和窗格，但每個地方都密不透風，連一絲縫隙都沒有。

最後，布爾博士走向面對窗戶靠右側的音響裝置。

「看來，布朗寧爵士相當喜愛音樂，連死時也不關音響。這是什麼？爵士是嗎？喂，基德，你知道這是什麼唱片嗎？」

基德探頭越過布爾博士的肩膀看了看，然後冷冷地說：「不知道，好奇怪的標籤，看起來像是盜版唱片，還用粗劣的印刷印著『Cat Walk』這標題。」

「喔，又是貓啊。這如果是〈佛蒙特月光〉（Moon Light In Vermont）或是〈藍月〉（Blue Moon）之類的唱片的話，就吻合那首童謠裡的歌詞——『第十二個受到滿月照耀』了。昨晚是〈無月之夜〉（No Moon At All），而且行兇時間又是傍晚……」

說到這裡，布爾博士突然陷入沉默，他露出驚訝的表情，好像發現了什麼。布爾博士開始察看音響底下的唱片架。從我所在之處，也可以看到封套上的文字。布朗寧爵士蒐集的唱片，有貝多芬、華格納、馬勒等，全都屬於古典音樂類。將這些唱片全部看過一遍之後，布爾博士嘆了口氣，似乎有些失望，但他隨即又振作了起來。

「沒找到空的封套，也就是轉盤上那張唱片的封套。這就代表……嗯，好吧。總之，案情我明白了。看來，這是我最喜歡的那種案件，有些提示簡直像是專門為我量身訂做的，呵呵！」

基德受不了兀自得意微笑的布爾博士，他開口問道：「什麼提示？」

「哼，這還用說嗎？就是童謠啊。那首鵝媽媽之歌的那句歌詞『受到滿月照耀』，調查的線索就在這裡，我已經有點頭緒了……」

說到這裡，博士以堅毅的態度宣告：「好了，兩位龐克刑警，你們可以回去了，接下來的部分，由我單獨進行調查。」

「可、可是……」

這兩個龐克族齊聲抗議。但是，布爾博士堅決不讓步。

「你們忘了嗎？根據愛德華法，偵辦權屬於我。你們用不著擔心，三天後，我一定會破案的。」

博士都這麼說了，龐克刑警們只好撤退。

基德以不屑的眼光看著布爾博士，憤恨地說：「是嗎？那我們就告辭了。博士興致這麼高也不奇怪，畢竟布朗寧爵士一死，你就是目前破案分數最高的偵探大師了。只要再破『貓』謀殺案，那下一屆『偵探皇帝』的寶座，肯定非你莫屬。爵士一死，你倒是占盡便宜吶！啊，我說得太過分了？那麼，我們靜候佳音。」

基德刑警從我面前走過時，小聲說了一句：「你給我記住。」便離開了。蘋可也匆匆跟著離開。基德的打扮雖然怪異，但短時間內卻查出不少事情，我認為不能小看他們。

基德刑警一走，布爾博士立刻露出笑容，彷彿把龐克族的譏諷當作馬耳東風。他對我說：「別把基德的話放在心上。目前呈密室狀況的現場裡找不到兇器，他們終究無法證明人是你殺的。來吧！如此令人愉快的案件可遇而不可求，我們這就去尋找那消失的神祕兇器吧！」

我吃驚地問：「咦？兇器？有線索了嗎……？」

布爾博士像惡作劇的小孩般眨了眨眼。

「是啊，我有條好線索，就是『受到滿月照耀』啊！呵、呵、呵！」

4

泰晤士河畔盤踞著一條灰色憂鬱的巨龍。

——從計程車車窗望出去的倫敦塔，看起來就是這副模樣。這灰色的巨龍文風不動，數不清的血腥史實如青苔般牢牢攀附其背，以憂鬱的面孔迎接新客人的來訪。

吃完午餐、換過衣服後，布爾博士和我便決定趕往倫敦塔。布爾博士表示這是「尋找兇器之旅」，但他所說的兇器是什麼樣的兇器，又為什麼非去倫敦塔不可？我是一點頭緒都沒有。

從諾丁丘門搭計程車到此處，需時四十多分鐘。我們愈接近倫敦塔所在的塔丘，就愈能感受到泛黃的霧氣從泰晤士河河面逼近。三十年前的空氣清淨法訂定後，倫敦應該不像過去那般容易起霧才對，但今天是怎麼回事？那陣濃霧簡直像從百年前的維多利亞王朝穿越時空之牆而來，開始襲擊塔丘了。

行駛於倫敦市內的計程車之所以呈四方形，據說是為了紀念往日的馬車。抵達倫敦塔下了計程車的我，覺得自己彷彿是個步下馬車的維多利亞時代偵探助手。

倫敦塔是一座由護城河與兩道城牆包圍的要塞，占地達十四英畝。不，用「要塞」一言以蔽之似乎不太妥當，實際上這裡不曾成為攻城戰的舞臺，反倒是在此發生的多起牢獄之災，與其衍生的許多軼事插曲，還更加廣為人知。

「我好喜歡這裡。」布爾博士笑著說，臉上擠出怪異的表情。「暗殺年幼的愛德華五世與其弟約克公爵的理查三世；『九日女王』的悲劇女主角珍．葛雷；被亨利二世所殺的湯瑪士．貝克特的亡靈；以及血腥塔……這座灰色的城塞裡裡外外充斥著飽受詛咒的血腥歷史，至今仍滿腹怨氣的靈魂和惡意無所不在……」

我突然覺得眼前這條蜷伏在霧中的巨龍，似乎痛苦地低聲呻吟著，不禁打了個寒顫。

我們向穿著一身帶有都鐸王朝風格紅條紋的守衛告知來意後，便穿過城門般的中塔。走

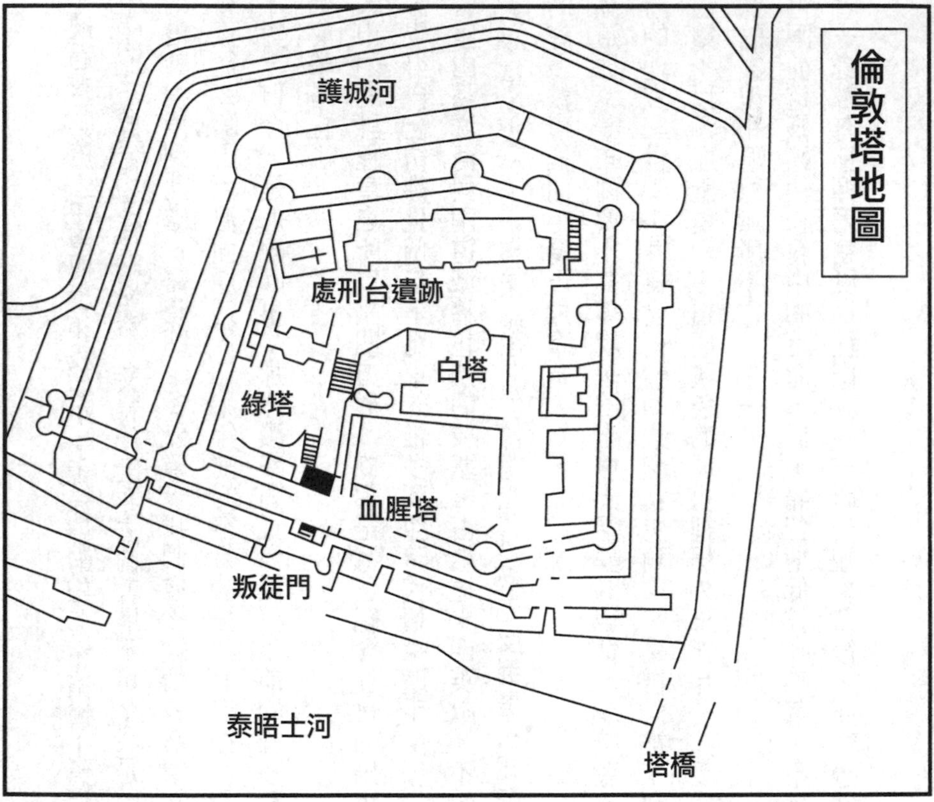
倫敦塔地圖
護城河
處刑台遺跡
白塔
綠塔
血腥塔
叛徒門
泰晤士河
塔橋

過石橋、跨越陰森護城河的我們，像是被倫敦塔的咽喉給吞沒了。

「這道城牆內側是十三世紀建好的，而外側則是十四世紀才有的……」

我聽著布爾博士淵博地吐露他豐富的學識，在兩道城牆之間的通道上走著。因為這陣霧與寒意，倫敦塔沒有半個觀光客，塔內靜悄悄的。

走了一陣子，便看到右邊出現了叛徒門，左邊出現了巨大的塔。

「那就是血腥塔了。理查三世邪惡的暗殺現場就是那裡，諾桑伯蘭伯爵亨利‧波西也是在那裡自殺，不過我想這些你都知道吧。嗯？布魯，你是第一次來倫敦塔？」布爾博士望著我。

我無法回答，我對倫敦塔雖然有某種程度的認識，但我不知道過去是否曾來過這裡……

「看樣子你還是沒想起來。嗯，沒關係。說起這邊這道叛徒門啊，據說以前從泰晤士河搭船來的犯人，都是通過這道門被關進牢裡的。對了、對了，我的師父基甸‧菲爾博士，也是在這一帶遇到那個詭異的瘋狂帽商兇殺案的……」

布爾博士繼續說下去，但我卻幾乎聽而不聞，因為我的注意力已經完全被吸引到別的地方去了。

叛徒門的鐵格子上方、外側城牆的最頂端，有環繞倫敦塔一周的走道。我看到有個影子在那裡忽隱忽現。

「喂，布魯，你怎麼了？怎麼在發呆。喔，你臉色好蒼白啊，簡直像撞鬼了。該不會是來到倫敦塔，你就……」

我把布爾博士的話接下去：「是的，我看到了……鬼魂。」

這回換布爾博士傻眼了，他抬頭望向城牆。但現在除了濃霧之外，什麼都看不見。

「我真的看到了。那件花稍的茶色格紋晚宴服，胸前一片深褐色的血……布朗寧爵士就站在霧裡。」

我費盡了力氣，才擠出了這些話。

布爾博士朝城牆凝視片刻，哼了一聲，轉過頭來。

「也對，倫敦塔當然有鬼。幾百年前的亡靈也就罷了，用不著怕昨天才死的新鬼怕成那樣。」他抓抓他的雙下巴，思考了一會兒，又加上幾句：「……對了，要怎麼做？接下來是要趕緊去找神祕兇器呢？還是要去抓鬼？你覺得如何呢，布魯？」

5

我決定去抓鬼，所以立刻奔上叛徒門那邊的石階。布爾博士氣喘吁吁，吃力地從後面跟上來。要是等博士，可能就追不上鬼魂了，所以我決定先走。

站上外側城牆上的走道，讓視線穿過前方樹林，就可以看見霧氣繚繞、巨大的倫敦大橋。船隻的霧笛如海龍咆哮般響徹河面，我小心翼翼地朝布朗寧爵士鬼魂消失的方向邁步前進。

走一小段路後，右手邊就出現灰色的塔了。龍鱗般的鋸齒狀城牆上有幾道窗戶，看起來有如被騎士之劍刺穿的傷口。血腥塔。這裡應該是叛徒門的正上方。彷彿受到亡靈詛咒的我，步履蹣跚地向塔的方向靠過去。

狹小的塔內空間被絲繩隔開，裡面只有寫著這座塔的由來的看板，與令人頭皮發麻的拷問用具等展示品，沒有半個人，也沒有半點聲響。

我有些洩氣，正想返回外牆時，影子又閃過我的視野。霧愈來愈濃，幾乎就像豆子湯灑了滿天滿地。在這樣的濃霧中，我看到布朗寧爵士那令人無法忘懷的咖啡色外套晃動著。

我屏住氣悄悄走到人影背後，使足勁往那咖啡色的背撲過去。但是，我的指尖只抓到空氣，下一秒鐘，我便一腳踩空，身體失去平衡，直接往前仆倒。

感覺身體被拋進霧中的我，拚命扭動上半身，胸口受到了強烈的衝撞。這一切都發生在一瞬間。緊接著，我從外牆的欄杆之間滑落，雙手抓住牆緣——因為我知道我現在騰空了。

「喔喔喔，欲速則不達啊。」

頭頂上傳來沙啞的聲音。我在這種痛苦的姿勢之下拚命抬頭看，但濃霧中只有模糊的黑影，看不見聲音主人的面孔。

那呢喃般的聲音繼續著：「你想抓的，不過是布朗寧爵士的外套，裡面是空的。不過，在霧裡你顯然看不清楚。所以囉，要小心倫敦著名的大霧……」

「你、你是誰？露出臉來！」我好不容易說出這句話。

「哼哼，你還想要狠？也不想想自己的立場。喔，你現在連那個立場也要沒了。」

這又尖又高、無法判別是男是女的聲音，從濃霧中傳來。我在談話過程中拚命掙扎，想在牆上尋找立足點，卻辦不到。

「不要亂動，我有點事要問你，你要是不好好回答……」

黑色靴子的鞋尖在濃霧中出現，鞋尖踩上我勾在牆上的手指，我的手臂已經發麻，手指漸漸失去感覺。但即使如此，仍感覺得到對方漸漸把體重往鞋底壓。

「……你想問什麼？」

霧中的影子哼笑幾聲。

「哼哼，別這麼心急，我得再多讓你嘗嘗恐怖的滋味……」

靴子的力道更強了，我發出呻吟，閉上眼睛。這傢伙想把我當成老鼠玩弄嗎？

——貓？這樣啊，這濃霧中的鬼魂就是「貓」啊？

總之，我已經撐不住了，我的手指開始從城牆邊緣滑動。

正當我就要放棄時，手指上的靴子突然停止施力，收進了濃霧裡。接著傳來咒罵聲和毆打纏鬥的聲音。

打鬥轉眼便結束，濃霧中伸出一隻肥厚的手。

「來，快抓住我。你這傢伙還真會惹麻煩吶。」

——不是那個恐怖的聲音，而是喘著氣的布爾博士沙啞的聲音。

好不容易被救上外牆走道上的我，總算鬆了一口氣安了心。

我問布爾博士：「攻擊我的是『貓』嗎？」

「不知道，在霧裡看不清楚，他戴著很像貓的奇怪銀色面具，看不見長相。我拿枴杖結結實實地打了他的頭，他夾著尾巴就逃了。依我看，他是拿棍子之類的東西，把布朗寧爵士的外套懸空掛在霧裡，你就這樣撲過去了，真是莽撞啊你。」

雖然不知道對方是不是「貓」，但既然枴杖對付得了他，可見他至少不是鬼魂。我突然想到一件事。

「他手上有布朗寧爵士的外套，這不就表示……」

「嗯，那件外套現在應該在停屍間才對。他能夠拿得出來，就代表……哼哼，這是誰幹的，我算是心裡有底了。戴貓面具的人，大概是痛恨你的警場龐克鼠吧。哎，也罷。不管怎麼樣，對我們來說，最重要的事就是找出兇器。來，不能浪費時間，走吧。」

因為年紀的關係，布爾博士動作很慢，但他的性子卻很急。話才說完，就已經準備要走下石階了。

白塔，矗立於倫敦塔中央的中心部位。征服者威廉的時代便已築城，是倫敦塔內最古老的一座城，已有將近九百年的歷史了。

布爾博士和我為了查出那虛幻的兇器，來到了這座白塔內的武器博物館。

玻璃櫃中展示的種種武器、盔甲，令我驚異不已。布爾博士在展示品中特別奇形怪狀的

「異國武器區」前方停下腳步，專注地看著。看樣子，博士似乎認為其中一件展示品可能就是兇器。

我們求見博物館館長海茲曼，但是職員的回覆竟然是：館長在十五分鐘前出發前往國外出差，好幾天不會回來。

聽到這個消息，布爾博士也無計可施了。博士表示，若不仔細調查他懷疑的那件武器，就無法保證能夠破案，而這無論如何都必須得到海茲曼館長的同意。

我們的調查以失敗告終，三天過去了，布爾博士仍無法破案。在倫敦塔那時候，如果沒有去追鬼魂，而是直接前往武器博物館的話，也許結果會大不相同……

6

白塔，矗立於倫敦塔中央的中心部位。征服者威廉的時代便已築城，是倫敦塔內最古老的一座城，已有將近九百年的歷史了。

布爾博士與我為了查出那虛幻的兇器，現在正一步步爬上白塔牆上的階梯。

——這時，我突然回過神來。

奇怪，我現在人在白塔？上次……三天前我不是才剛來過嗎？因為館長不在，錯失線索，以至於無法破案，不是嗎？現在為什麼又跑到這裡來？簡直就像錄影帶倒轉一樣，我的記憶到底是怎麼了？

我百思不得其解，便問布爾博士：「……請、請問，我們為什麼會在這裡……？」

布爾博士顯得非常吃驚，轉頭面向我。

「為什麼？你剛才不是說不要去捉鬼，想先找兇器的嗎？連前一刻的事情你也記不得？」

布爾博士一臉狐疑地盯著我看，我一時之間不知如何是好。

「這、這樣啊……」

聽博士這麼一說，好像真的是這樣。對，也許就是這樣吧。也許是因為我的記憶迴路還無法正常運轉。以為自己體驗過的事情，其實只是在腦海中描繪的另一種選擇——是一瞬間的白日夢所造成的記憶錯誤，一定是這樣吧。

「怎麼？你腦袋好像還在短路啊。話說回來，你知道這座白塔的由來嗎？」

布爾博士無暇理會我的精神狀態，忙著炫耀他的博學。

「這裡現在雖然呈現這種灰色，但在亨利三世的時代，是漆成白色的，名副其實的白塔。不過，我沒聽過血腥之塔曾被漆成紅色的就是了。」

布爾博士說著說著笑了出來。

進入塔內後，看見的景象也與我預期的不同。那並不是白色的世界，反而像是銀光在昏暗中隱隱閃動的寒冰世界。那是塔內各房間玻璃櫃內展示的各式鐵製武器、盔甲，所綻放出來的光澤。白塔內部是武器博物館，蒐集了中世紀以來的種種武器。

我沿著參觀路線走，覺得自己在不知不覺間，受到數不清的中世紀刀劍所吸引。幾乎和人等高的長劍，令人遙想當時騎士的高大。還有十字架形狀的手半劍、肥短的彎刀……

看到這把十三世紀沉甸甸的彎刀時，我想起案情報告曾提到：布朗寧爵士是被一種刀刃彎曲的兇器殺害的。我不禁轉頭看布爾博士，但博士卻顯得毫不在意，一個勁兒往前走。

到了下一個展示區時，布爾博士興奮地說：

「喂，你看，是西洋劍。這東西啊，是專門用來刺擊的長劍。十六世紀起就很受到重視，劍還是西洋劍好啊！如何？你看看，那優美細長的劍身，有華麗半圓形護手的刀柄。對了，你對擊劍有沒有興趣……哎，問也是白問。」

我聽著布爾博士的武器教學，穿過長劍區，經過長柄戰斧與斧槍區，終於來到這層樓盡頭的展示櫃。

這一區和先前的展示區大異其趣。位在樓層深處的一角，昏暗得彷彿連照明都被遺忘了，只見一連串奇妙的展示品有如令人發毛的福馬林瓶一般，悄悄陳列在那裡。

在這裡展出的物品，其形狀與一路看過來的種種熟悉的武器完全不同，全都是屬於其他世界文明的武器。有長劍般的武器，但它極度彎曲而且尖端分成兩叉；短槍上釀嵌了蛇紋，與秤砣組成一套武器；形狀特別的戰斧，令人想到太古時期的劍龍骨板……

布爾博士的目光炯炯有神，展現出他的博學。

「這是中非布瓦卡族的鐵製飛刀，是一種很方便的武器。你看，無論從哪個角度打標的物，三個角當中的任一部分都足以對標的物造成損傷。唔，做得真好。然後這個是……」

布爾博士突然中斷了他的話。我連忙順著博士的視線看過去，只見另一個奇特的武器掛在那裡。

那是一個直徑約十吋，呈薄薄圓盤狀的鐵環，上面有美麗的鑲嵌工藝。鑲嵌的部分大約寬一吋左右，形成一圈薄薄的金屬帶。乍看像個略大的雷射光碟，也像王公貴族的飾品，怎麼看都不像武器。這麼美麗的環，要怎麼打倒敵人？

「歡迎來到『異國武器展示區』。」

背後突然有人說話。我吃了一驚，連忙回頭。在昏暗中，一個體形壯碩如中世紀騎士的紳士就站在那裡。

「好久不見了，布爾博士。博士在這時候大駕光臨，真是難得。」

朝我們走來的紳士的渾厚聲音在館內響起。

布爾博士也以熟絡的語氣回答：「喔，海茲曼館長，好久不見！從上次日內瓦的學會以來，就沒見過了。我今天是和這位布魯先生來長見識的。」

「您是指？」

「哎，因為發生了一個奇特的案件，就是那『貓』的案子啊！你想必也知道，那傢伙過去使出種種巧妙的詭計布局，和好幾種奇特的兇器，所以……」

海茲曼館長瞇起眼睛，表露戒心。

「哦，所以才大駕光臨。您的意思是說，『貓』用我們的武器去殺人？」

「唔，還不能確定……不過，我的確是想請你讓我看看一樣東西。」

海茲曼抬頭望著天花板思索片刻，回過頭來看布爾博士的時候，突然換了話題。

「對了，這次的受害者是哪一位？」

「布朗寧爵士，乾淨俐落的一刀劃在喉嚨上。」

海茲曼鬆弛的眼皮，似乎立刻繃緊起來。

「布朗寧爵士……這真是萬萬想不到……」

布爾博士不理會海茲曼的反應，繼續說：「所以說了，我對布朗寧爵士的離奇死亡稍微有點想法，想請你讓我看看那個。」

布爾博士手指頭指的，正是那個有鑲嵌裝飾的美麗鐵環。

「您要看圓斧啊，這真教人為難。那是貴重物品，如果沒有各方面的許可，實在難以從命……」

「依據愛德華法，我有權代替蘇格蘭警場調查。我不喜歡那些粗魯的龐克刑警打著強行辦案的名號，來這種學術場所亂翻……不然，還是叫那些暴力刑警來好了？」

只見兩名身材巨大的男人在沉默中互相瞪視良久，最後海茲曼嘆了一口氣，讓步了。

「好吧，如果有這個必要的話。」

海茲曼從口袋裡取出鑰匙，打開玻璃櫃，像拿取寶石般，以手帕包住鐵環。

「喔喔，就是這個，就是這個，圓斧啊！」布爾博士開心地說。

我望著布爾博士手中被稱為圓斧的鐵環問：「這究竟是什麼樣的武器？」

「這個啊，是印度西北部旁遮普地區的錫克教徒所使用的武器，也可以叫作戰輪吧，十九世紀蒙兀兒帝國時代用的。喏，就是在山區游擊戰裡很出名的武器。」

布爾博士把發出金光的圓斧翻來覆去，拿到與眼睛齊高的地方察看厚度。一臉挫敗的海茲曼靜候在一旁。

「我以前曾經在印度的德里待過。當時，我交上一個開計程車的朋友，他是個錫克教徒。德里的司機有一半是錫克教徒，大概是游擊戰時代留下的影響吧。他們對機器類很在行，所以那個錫克教徒就教我……」

布爾博士的話還沒說完，圓斧轉眼間就飄浮在半空中了。海茲曼在背後大叫，我還不明白發生什麼事，圓斧便搖搖晃晃劃出一條軌道，掉落在地板上，發出清脆的聲響。

「布爾博士！您這是在做什麼？竟然把這麼貴重的東西丟出去！要是……」

海茲曼一臉激動地逼近布爾博士。

「嘿嘿，何必生這麼大的氣呢？不過就是個冒牌貨嘛！」

布爾博士出乎意料的話，挫了海茲曼的銳氣。

「冒、冒牌貨？你有什麼證據？」

「真正的圓斧比這個精巧多了，飛起來不會那樣搖搖欲墜。我向那個錫克教徒學過怎麼扔圓斧，所以我很清楚。海茲曼館長，那根本就是假貨，對吧？」

兩人再度互相瞪視，宛如中世紀的壯漢騎士短兵相接。這回輸的仍是海茲曼。他認輸後，臉上也不見絲毫怯色。也許是因為知道再也無法狡辯，便有所覺悟了。他的表情回復平靜後，便開始從容敘述。

倫敦塔武器博物館館長理查．海茲曼對兇器所做的證詞

「……的確，展示的圓斧是假的，真品好像是失竊了。

我也是最近才發覺東西被掉包，依時期來推算，應該是這個月月初的事情。有個女子來到這裡表示想看圓斧，她曾經任職於考古學研究所，熟知古代武器，而且也持有許可證，我就把東西拿給她看了。

現在回想起來，應該就是那時候吧！我只離開了一會兒，她似乎就是趁那個機會掉包的。我沒有確切的證據，但除了那個時候，沒有別的可能。

咦？為什麼這麼快就發現？那純粹是巧合。如果什麼事都沒有發生的話，在明年春天的全館例行清點日之前，都不會有人發現的。但我想您也知道，上週發生了恐怖炸彈攻擊，有人打電話來，說在白塔內裝了限時炸彈。

結果是惡作劇一場，但多虧這件事，我們把展示櫃內部從頭到尾全部清查了一遍。當時

我把那個圓斧從架上拿下來，因為很久沒看了，便細細鑒賞，這才發現那不是真品，而是一個作工精良的複製品。

那個環的內側刻有文字，是印度語和旁遮普語混合而成的語言，寫的是錫克教聖典《本初經》的一段經文，那段文字的位置有點偏了，我曾經和紀錄照片對照過，不會錯的，那是後世才做出來的贗品。說到贗品，那女人所帶來的許可證也是偽造的。

這麼一來，就產生了責任問題。說來慚愧，我想私下處理，所以一直沒有公開。我正考慮是否該找位偵探大師私下調查，好比布朗寧大師，卻被您發現……

啊？那名女子嗎？她雖然戴著眼鏡，卻是個相當標緻的美人。唔，我不知道她的芳名，但記得她自稱齊塔維克夫人。」

7

結束倫敦塔的調查之後，我們回到諾丁丘的事務所，布爾博士心情非常好。看他的樣子，「尋找兇器之旅」似乎非常順利。我決定向博士確認這一點。

「……這麼說，倫敦塔武器博物館失竊的圓斧，就是殺害布朗寧爵士的兇器了？」

布爾博士大大點頭，說：「是啊，八成就是。」

「你是怎麼知道的？」

布爾博士笑了，八字鬍因而歪了。

「嗯，就像我之前說的，因為有提示啊！童謠歌詞裡的『第十二個受到滿月照耀』，就是提示。

「你回想一下『貓』到目前為止的犯罪模式，『貓』每次都依照童謠的歌詞作案。例如最近一次，第十一個犧牲者偵探大師湯瑪士．卡沙迪是在錄音室裡觸電而死的，情況和『第十一個被雷劈』這句歌詞吻合。換句話說，『貓』是以案情或殺害方式，來具體呈現童謠的歌詞。

「那麼，這次又是如何？童謠的歌詞和案情如何相關？歌詞是『第十二個受到滿月照耀』，但從行兇的日期看來，這顯然與真正的『滿月』無關。這麼一來，我們就必須在現場找出任何可能象徵『滿月』的事物，像滿月般渾圓的東西……」

「所以你才會去察看布朗寧爵士的唱片？」

「嗯，是啊。那個房間裡唯一像滿月一樣圓的，就是唱片。但是，布朗寧爵士的唱片並沒有任何可疑之處，只不過，沒看到轉盤上唱片的空唱片封套。調查到這裡時，我遇到瓶頸，便決定換個方式思考。」

「你是說？」

「應該說是轉換了思考的出發點吧！也就是說，我做了逆向思考。既然在那個房間裡找不到『滿月』，那麼反過來說，不在那個房間裡的東西，就是『滿月』了——從那個房間裡消失的東西，或許正是『受到滿月照耀』這句童謠歌詞的象徵物。」

「這樣啊……兇器從那個房間裡消失了……」

布爾博士正色點頭。

「正是，我推測那件消失的兇器，就是某種意義上象徵『滿月』的東西。於是我才意識到這點。你也看到了，屍體胸前不是有一片半圓形的地方沒有沾到血嗎？我想，那會不會是被害者倒地時，壓住了一個扁平圓形的東西，也就是神祕的兇器，所以只有那個部分沒有沾到血。呈半圓形，可能是因為是圓形兇器上的血，抹進了原本的圓形中，也可能是因為頭部流出來的滲入了圓形中。

「還有，報告也提到，切斷被害者頸動脈的兇器，應該是一種刀刃彎曲的利器。把這些綜合起來，得到的結論就是：兇器大概是具有圓形唱盤形狀、外圍是利刃的東西。」

「那就是圓斧了？」

「對。這個案子你沒有委託其他偵探大師，而是來找我，真是找對人了。若非我精通古今東西的武器，一定作夢也想不到這種印度的珍奇武器吧。呵、呵、呵！」

布爾博士揚起八字鬍，得意地笑了。

我把我想不通的事情拿出來問：「那麼，空唱片封套怎麼會不見了？」

布爾博士止住笑，說：「嗯，那不是剛好嗎？一定是某人帶走圓斧的時候，為了避人耳目，就把圓斧塞在那裡面了。不過，『貓』這次做得太過火了，多虧他像偏執狂一樣堅持按照童謠內容殺人，才給了我們有力的線索。」

說到這裡，布爾博士突然不再談『貓』這個案子了。無論我怎麼問，他都會打斷我，不肯回答。

他小心翼翼地抱著從武器博物館帶回來的圓斧複製品說：「我現在必須去構思理論，解開『密室』之謎了。你一定也累了，先睡吧。」

他說完便匆匆關進自己的辦公室裡。

我沒別的事好做，只好把事務所會客室的沙發當作床，準備就寢。

我躺在沙發上，呆呆望向窗戶。這時，我發覺霧已經籠罩了諾丁丘門這一帶。霧悄悄撫過窗玻璃，像一隻黃色的貓在磨蹭背部……一個陌生男子的面孔，以這片霧為背景，映在玻璃窗上。

那個陌生男子應該就是我本人。我一張嘴，玻璃窗裡的男子也張嘴；我皺眉，他也皺眉。但是最令人感到焦躁的是，我無法切身感受到他就是我。

我不認得自己的臉，我究竟是誰？濃厚的霧氣仍執拗地撫著玻璃窗，不肯散去，彷彿是在嘲笑這樣的我……

突然間，一股奇異的感覺從我心頭掠過。

這股窗外濃霧般模糊不清的感覺，開始在我腦海中翻騰攪動。

——我發現什麼了嗎？那和我之前看過的東西有關嗎？我想抓住這感覺，它卻像隻狡猾的貓，從我的手裡溜走。這種奇異的感覺究竟是什麼？這是記憶恢復的前兆嗎？我發覺了讓我想起一切的契機嗎……？

我是誰？我在那個房間裡究竟經歷了什麼？

當時尚未成形的不安，此刻已明確化為恐懼了。

我感覺到冷汗不住從額頭上冒出來，「想要逃走」的念頭驅使著我，無法抑制。但是我不能逃！即使逃了，事情也不會好轉。我決定面對盤踞在我心中的恐懼，然後親自挑戰我一直在逃避的問題。

——人是我殺的嗎？

我展開一項痛苦的工程。「自我」對我而言已形同陌生人，但我仍試圖翻遍他內心的每一個角落。在我的內心深處，潛藏著不惜殺害他人的攻擊衝動嗎？即使忘了自己是誰，忘了意識表面上的事，也許我還是能夠感受到殺人衝動這類本能……

就這樣，我在自己心中盲目飛行、摸索著。但是，無論如何，我都無法從自己的內在找出邪惡殺人兇手的影子。無論我是誰，我都不是能夠動手殺人的人——我這麼認為。不，也許是我拚命在說服自己……

如果兇手真的不是我，事情又會如何演變？如果我不是兇手，不是邪惡的「貓」，那麼此時此刻，「貓」或許正躲在某處物色下一個犧牲者，不是嗎？想到這裡，我發現心中湧出另一股新的恐懼——既然我曾目擊布朗寧爵士房間裡發生的一切，那麼「貓」會不會在我想起這件事之前殺我滅口？也許「貓」就在我身邊伺機而動。啊啊！我在那個房間裡看到什麼？我是誰？

……我開始覺得，連我腦中也充滿黃色的霧了，頭痛欲裂。

——接著，我逐漸開始失去意識……

8

睡醒的感覺很不清爽，我一面呻吟、一面起身。看樣子，我好像沒換衣服就睡著了，身上穿著昨天的衣服。

頭還是有點痛，我完全不記得昨晚我是在什麼狀態下睡著的，我的腦子到底是怎麼了？讓我不舒服的不只是頭痛而已，我身上的衣服有點受潮。昨晚我好像沒把窗戶全部關緊就睡著了，衣服一定是因為這樣被霧濡濕，濕氣才會這麼重吧。

一思考，頭就有點痛。我從沙發上站起來，踏著蹣跚的腳步走向隔壁房間。

「你醒了啊？布魯。怎麼樣，要不要來杯茶？可以提神醒腦哦！」

隔壁房間裡，布爾博士和另一名年長的女性坐在茶几前喝著紅茶。杯子裡升起熱氣，像在呼喚我似的，我立刻就座。

「我來介紹，這位是我的祕書，珍．葛林伍德太太，她是個很能幹的祕書，我非常信賴她。昨天我沒向你提到這點，但其實我從她這裡得到了與這次案情相關的重要證詞。來，珍，妳來告訴布魯吧。」

從眼神來看，珍・葛林伍德似乎很愛八卦。她打量著我，開始說話。

珍・葛林伍德太太的證詞

「我要說的不是別的，就是和布朗寧爵士有關的事。

那是三天前的事了，我正想離開布爾博士的事務所到走廊上的時候，聽到有人在爭執。我想出也出不去啦，於是就把門打開一個細縫，然後……有點算是在偷聽他們說話——沒有啦，我沒有常常做這種事！只是當時剛好聽了起來……

走廊上的爭執，聽起來像是男女情感糾紛，女方很激動，他們出現了這樣的對話——

『你已經厭倦我了。』

『喂，妳何必在這裡激動起來……我們再談談吧！』

『我已經不想談了，我無法原諒你的不忠。』

『妳心神都亂了。現在對我來說是很重要的時期，等我們雙方都冷靜下來，再好好談……』

『不要！你最好從世界上消失！你最好死了算了！』

——這段對話結束之後，我就聽到我們事務所正面的門，和右邊的門關門的聲音。換句話說，男方是布朗寧爵士，女方則是事務所開在我們隔壁的貝芙莉．路易絲。雖然我沒看見他們，但那確實是他們的聲音沒錯。還有，女方氣得說：『最好死了算了！』也是真的。我還記得當時我心想，平常沉著穩重、聰明能幹的路易絲小姐，竟然會像母狗一樣……啊，抱歉，我是說，竟然會用那麼激動的語氣說話，真是嚇人。

至於他們兩人的關係啊，大概是從今年年中開始的吧，我早就發現了，因為我對這種事情很敏感。只不過他們兩人好像不太想讓人知道的樣子，不知為何。總之，布朗寧爵士好像會偷開走廊那邊的門，讓路易絲小姐進出。不過呢，你也知道的嘛，那門就在我們事務所正對面，就算不想看也會看到。

然後，還有另一件和路易絲小姐有關的事要告訴你。

那是昨天早上的事。基德先生他們趕到之後，不是和布魯先生你吵起來，鬧了一陣子嗎？其實那時候我已經來上班了。

所以，當我聽到對方的房間傳來大吼大叫的聲音時，吃了一驚，想前去看看情況……我想那是基德先生剛離開的時候吧，然後我就看到了。路易絲小姐她……從布朗寧爵士的事務所走了出來，她一面四處張望，一面從走廊往這裡過來。而且，從她的樣子看來，好像在衣服底下藏了什麼很要緊的東西。就這樣拱著背，偷偷摸摸的。真是可怕，不知道她究竟藏了什麼……」

葛林伍德太太的話好像永遠都說不完，但布爾博士在恰到好處的地方打斷了她。

「哦，謝謝妳，珍。怎麼樣，布魯，這樣我們就知道三件事了。我們得知走廊那扇門的用途、布朗寧爵士背後有女人這兩件事實，以及路易絲小姐可疑的行徑。哎，我也真是的，明明是鄰居，竟然什麼都沒注意到，等到珍提起才曉得，這樣根本不知道誰才是偵探啊！呵呵！」

布爾博士獨自笑了一陣。他發現沒有人跟著笑，便擺出正經的臉色，改變了話題。

「對了，布魯，還有另一個新發現。我昨天回來之後，從珍這邊知道了這些事，便開始強烈在意起路易絲小姐這個人了。我從事務所的電腦搜尋了偵探大師資料庫，行使愛德華法，調出更詳細的人物資料——結果，你看，查出了這個事實。」

布爾博士把資料的影本遞給我。

貝芙莉．路易絲

本名貝芙莉．齊塔維克，一九八四年與考古學研究所研究員愛德蒙．齊塔維克結婚。目前協議離婚中。

這意外的事實，讓我說不出話來。

「本名齊塔維克……這麼說，那個從倫敦塔偷走圓斧的女人，那個姓齊塔維克的，難不成就是在隔壁當偵探的路易絲小姐……？」

心情愉快的布爾博士低聲說：「可能性非常大。」

9

當天，也就是十二月十二日下午，我們沒有採取什麼行動，任憑時間流逝。隔壁的路易絲小姐似乎不在，就算在，布爾博士也還不想與她當面對質。

一整個下午，博士不是看著這個樓層和布朗寧爵士房間的平面圖喃喃自語，就是在房裡擲倫敦塔借來的假圓斧打破花瓶，過得很隨興。

錫克教徒的圓斧，是將食指扣進鐵環中央的洞裡轉動鐵環，利用旋轉力道投擲的武器。我也試著投擲了，儘管一開始覺得很難，但習慣之後，漸漸就能打中目標。只不過，真正的圓斧外緣一整圈都是利刃，如果不小心觸碰到，一定很危險。

我看著沒有什麼行動的布爾博士，感到有些不安。根據愛德華法，偵探大師享有七十二小時的偵辦權。如果不在後天中午前破案，辦案的主導權就會落入那個龐克刑警基德手裡。到時候，天曉得我會有多慘。

再說，兇手「貓」的存在，也讓我非常不安。我該不會知道「貓」真正的身分吧？雖然現在想不起來，但「貓」會不會打算在我恢復記憶之前要我的命？

儘管我對整個案件感到不安，但今天的「偵探大師會館」卻顯得異常忙碌。下午，來了一個趾高氣揚的男人，據說是蘇格蘭警場總長亞道夫．蓋爾多夫，他察看了布朗寧爵士的文件等物。他是布朗寧爵士的副手，受命擔任明天即將舉行的「偵探大師百年慶」執行委員。據說爵士突然死亡後，他必須照料一切，因此非常著急。

我現在和昨天一樣，躺在事務所的沙發床上，想事情想得出神。

明天的「偵探大師百年慶」，我也準備出席。我請他們安排，讓我以相關人士的身分出席。

但是，我真的可以這麼悠哉嗎？時間不斷地過去，案子真的能解決嗎？「貓」究竟是誰？我又到底是誰……？

——這些事我昨晚也想過，我覺得好像有所發現，便深入內心，想打撈出記憶的碎片和沉澱在深處的殘渣。我告訴自己：無論自己是什麼人，至少都不會是殺人兇手。然而，我並不是真的對此深信不疑。

此時此刻的「意識」，在一瞬之後便成為「記憶」。這應該像是一條綿延不絕的帶子。但是，我的帶子卻出了毛病，意識與記憶之間的橋樑斷了。我的意識會突然中斷，其間可能會有無論如何都想不起來的記憶，而錯誤的記憶也同時會摻雜進來。到底是怎麼……慢著，「錯誤的記憶」？此時此刻身在此處的我的「意識」，究竟是不是真的？我怎麼能保證這分「意識」將來不會成為「錯誤的記憶」？

突然間，新的不安將我包圍。姑且不論「錯誤的記憶」，我會不會還有想不起來的「記憶」？今天早上我醒來時，覺得衣服相當潮濕。我以為是窗戶透進來的霧濡濕的，但會不會是我昨晚外出了？在失去這個意識的期間，會不會有其他的意識在我體內醒來，讓我在倫敦的霧夜裡徘徊？……啊啊，我不知道。究竟是怎麼回事？我究竟怎麼了……？

嚴重的頭痛再度向我襲來。布朗寧爵士可怕的死狀、貓令人哆嗦的影子，在我腦中激起一圈圈漩渦。

而我開始逐漸失去意識……

接著請看：

「偵探大師百年慶」慘案↓P193

或#2偵探大師麥克．D．巴羅↓P105

#3偵探大師貝芙莉．路易絲↓P151

#2 偵探大師
麥克・D・巴羅

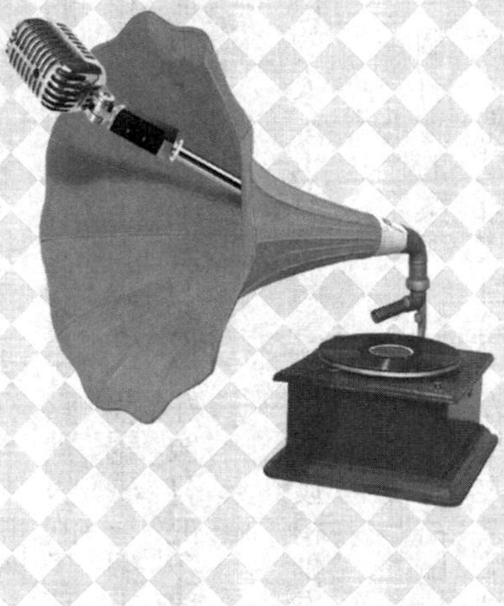

1

D—3號室，也就是麥克．D．巴羅的事務所，在布朗寧爵士遇害房間的斜右方，中間隔著走廊。我現在所在的房間和它的主人一樣，冷漠且毫無修飾可言。鐵製的辦公桌，沒鋪地毯的亞麻油地氈直接裸露在外。公家機關常見的灰色大型文件櫃。一塊看似汽車保險桿的廢鐵塊不知為何出現在房間一角，算是這個房間唯一有個性的地方，但這個性令人莫名其妙。

「把這個喝了，應該會覺得好一點。」

麥克．巴羅從文件櫃裡取出裸麥威士忌，把桌上裝了半杯咖啡的馬克杯倒滿，再粗魯地往我面前一推。好不容易把事情的來龍去脈說完的我，默默啜飲了那杯飲料。

巴羅搔著他那有如卡車保險桿般結實的下巴說：「我認識一個人，在蘇活區那邊當妓女和脫衣舞孃的無照心理醫師。聽他說，失去記憶的情況好像有很多種。」

「有很多種？」

「有頭部遭受撞擊後失去記憶的人，也有聽聞震驚之事後精神方面出問題，就失去記憶的人。

「那個無照醫師還知道這麼一個有趣的案例。有一個在蘇活區拉客的女人，對葡萄酒很挑剔，幾個同行姊妹一起喝酒的時候，總是自吹自擂，因此大家都討厭她。經常幫人心理諮商的醫生就去調查了，這才明白原來那個女人喪失了記憶。她原本其實是法國社交界有名的貴婦，好像是因為偷偷跑來和愛人約會，出了車禍，才失去記憶的。」

說到這裡，巴羅忍住笑，肩膀抖動了起來。

「所以，那女人就到真正的醫院住院，找回了記憶。她出院的時候，醫生裝傻問她：『夫人，喪失記憶前後的生活差異，會不會讓妳感到不自在？』結果，你知道那女人怎麼回答嗎？她說：『哎喲，不會呀！因為做的事都差不多。』」

巴羅對自己的笑話大笑，猛拍我的肩膀。我望著杯裡搖晃的威士忌咖啡，心情更加憂鬱了。

「我的記憶什麼時候才會恢復？」我喃喃吐出一句。

巴羅聳聳肩，說：「哎呀，別這麼在意。我在洛杉磯的時候，被小混混拿木棍猛打，整整三天認不得老婆。到第四天我認得了，但我裝作想不起來，和老婆離婚了。這簡直就是天上掉下來的大好機會啊！」

巴羅再度大笑。但是，這次的笑有點假，聽起來有些苦澀。聽得我愈來愈憂鬱了。

「喂喂，別一臉沮喪嘛！要去我認識的那個蒙古大夫那裡看看，還是要直接開始調查？」

「你相信我說的話？」

「……這個嘛，雖然很離奇，但你看起來不像壞人，這個案子我就接下吧！再說，我也想給那些囂張的龐克小鬼一點顏色看。」

儘管猶豫，我還是決定委託這個硬漢辦案，不去看蒙古大夫。

「對了，得幫你取個名字。」硬漢打量著我說。「——金髮，灰藍眼，沒有口音，中等身材，年齡約二十到二十五歲，身上有五英鎊，穿著水電工的連身工作服，口袋裡有一雙手套、老虎鉗和螺絲起子，沒有任何其他與身分有關的東西。沒辦法，就隨便取一個吧！——迪克……迪克．崔西如何？反正接下來要做的事和他一樣。」

我覺得叫什麼名字都無所謂，便點點頭。

巴羅緊接著說：「費用是一天兩百英鎊，總共三天，外加雜費。總之，訂金是三百鎊，可分期付款，也接受美金。要是現在沒錢，等案子解決了再付也可以。」硬漢說到這裡，表情變得有些嚴肅。「但在辦案方式上，我不接受任何指示。」

2

「我是麥克．D．巴羅。依照愛德華法，接下來七十二小時的偵辦權歸我，別恨我啊！」巴羅叼著菸，以大無畏的態度說。

龐克刑警基德．皮斯托與他的同事蘋可．貝拉多娜已回到了現場。基德的鼻梁上貼著OK繃。看來我剛才那一記頭錘頗有威力，他一看到我，就惡狠狠地瞪了我一眼。但只要我有巴羅的保護，他就奈何不了我——至少在這三天內沒有辦法。

接下來，基德等人將成為巴羅的幫手，協助調查。以下是基德針對案情描述的相關報告。

「我們接到布朗寧爵士祕書的聯絡，大約九點半趕到現場，這裡有祕書的證言錄音帶，你們聽一下。」

克里斯多佛．布朗寧爵士的祕書伊莉莎白．波特的證詞

「我今天早上九點來上班，一來就發現走廊通往會客室的門開著，覺得很奇怪。我進去後，就看到布朗寧爵士的外套掛在衣架上了。我心想，哦，爵士今天來得很早。我敲敲爵士的門想打聲招呼，但裡面沒有回應，門也打不開，好像是上了鎖。我怕是出了什麼事，就把臉湊到門上的毛玻璃往裡面看，隱隱約約可以看到有人倒在地上的樣子，我嚇了一大跳……

「其他偵探大師多半還沒來，而大樓的管理員腰不好，應該也沒辦法把門撞開，所以我想還是找基德先生來比較快，就打電話到警局，因為基德先生是負責幫布朗寧爵士辦事的刑警。

「基德先生趕往現場去的時候，我很害怕，就待在管理員室，所以我不知道爵士房間裡有個打扮得像個水電工的人……我剛才有看到他一眼，是我不認識的人。嗯，從來沒見過。

「昨天？昨天我休假。爵士好像私下約了人見面，但我不知道對象是誰。所以，我想昨天爵士應該是單獨待在事務所裡的。

「爵士似乎也在調查可怕的『貓』兇殺案，但與這些案子有關的檔案，爵士都當作機密

事項自行管理，所以我不知道。難道，這是『貓』下的手……討厭！好可怕！」

基德再次開口：「這是布朗寧爵士祕書的證詞，接下來由我說明一下現場室內的狀況。就像祕書說的，會客室與辦公室相通的門上了鎖，那是轉動內側門把上的鎖鈕就能上鎖的鎖鈕式安全鎖。外側，也就是會客室那一頭，是沒有鑰匙孔的，所以不可能用備用鑰匙從外側開門。走廊和辦公室之間的門的狀況也很類似。這扇門雖然有鑰匙孔，但現在大家幾乎都不會從這扇門進出。爵士為了安全起見，就把門鎖廢了。這扇門左側有門閂，而門閂是牢牢閂上的。

「兩邊門上採集到的指紋，雖然有幾枚來源不明，但大部分都是布朗寧爵士的。西邊有三道橫拉窗，也都從內側上了鎖。窗戶這邊只採到爵士的指紋。

「這次『貓』留下的物品，是由布綑起的貓蠟像，長度約四吋，是從被害者長褲的口袋裡找到的。不只這樣，這次還很好心地多留了一件。上衣內側口袋裡，還有一張貓女神帕架特的明信片，上面有大英博物館的標記。我向博物館詢問過了，這款明信片十年來一直在零售店販賣，博物館之外也有很多地方販賣，所以很難鎖定是誰於何時何地買的。至於貓蠟像，現在還在調查來源。

「我查過布朗寧爵士的檔案了，但是沒有找到和『貓』兇殺案有關的，也可能是被『貓』帶走了。我還在辦公桌上的行事曆上發現爵士昨天的預定行程。內容是這樣的：

十二月十日（二）

10：30 哈查森書店／聯絡

11：00 《偵探》雜誌訪談

12：30 電話／午餐

14：00～15：30 「偵探大師百年慶」開會／福爾摩斯紀念會館

16：00 與C見面！

18：00 與B晚餐（試探）

法醫判定布朗寧爵士的死因，是頸動脈斷裂失血過多，死亡時刻大概是昨天下午四點半到六點半之間，這是解剖前的推論。由於房間的暖氣是打開的，室溫從死亡時間一直到半夜都很高，所以時間上多少會有一些誤差。總之，照這張表來看，爵士正好是在『與C見面』時死亡的。

房間內並沒有發現類似兇器的東西，該不會是這位喪失記憶的仁兄偷藏起來了吧？算了，法醫認為，依照傷口的長度與深度來看，兇器應該是鋒利彎曲，像彎刀之類的利器。

對了，說到兇器我才想起來，客用沙發底下有一把手槍，是小口徑的貝瑞塔M20。據祕書說，那是布朗寧爵士的手槍，上面的指紋也是爵士的。爵士雖然是死於刀傷，但也許是試圖以手槍反抗的那一瞬間，被人割斷咽喉，所以槍掉了。還有，手槍裡的子彈是滿的，一槍都沒有發射過。

房間中央靠走廊的客用沙發位置偏了，茶几也倒了，由此推測這一帶曾經發生打鬥。屍體附近除了剛才的手槍之外，還找到一條被利刃割破、沾滿血的手帕。這條手帕，也是爵士的。

還有，房間中央的類比音響裝置開著沒關。轉盤上的唱片一直轉動，這應該也要報告一下比較好吧？唱片好像是年代久遠的爵士歌曲，這方面我就不懂了……

──啊，忘了說最重要的一點。如你所見，被害者臨死前在地板上留下了血字，它們可以解讀為『CAT IS』。如果字確實是被害者寫的，那屍體的位置很不自然，蘋可懷疑先前在密室的那個發呆男動過了。不管怎麼說，這傢伙實在很可疑。

「咦？布朗寧爵士的家人？我和高高在上的貴族偵探大人沒有私交，所以也調查過了。布朗寧爵士好像是名門布朗寧家的最後一人，房子和土地都已經處理掉了，爵士目前獨自住在倫敦市內的公寓，沒有結過婚。

「最後，事發當時人在玄關的管理員提供了和這王八蛋──呃，不……和這個失去記憶的人有關的證詞。聽聽這卷錄音帶吧。」

「偵探大師會館」管理員約翰．皮波帝的證詞

「昨天啊？嗯，對，大概是下午兩點吧，我看到一個穿白色工作服的水電工搭電梯上

來。不過，我只看到背影，沒看到臉。咦？安全檢查？這棟大樓沒事才不會搞那些，這裡每一層樓都有好幾個名偵探吶！不過，把昨天定為公休日的偵探大師很多，所以來的人很少。就算這樣，也不會有小偷來偷這棟大樓啦！他就只是個水電工嘛，我當然不會去注意。

對了，看你這德性，真的是刑警嗎？蘇格蘭警場也真的是沒救了，連頂著龐克頭無所事事的小混混都能當刑警。想當年我年輕的時候啊……」（錄音帶聲音漸漸變小）

「我向偵探大師聖經《血字的研究》發誓，上述報告句句實言，毫無虛假。」

3

聽完基德的報告，巴羅環視房內一圈。

「這麼說，這就是所謂密室殺人的把戲了。我不愛這一套，這案子不適合我，我喜歡更直接一點的。」

我著急了起來，決定誘導一下巴羅。

「可是，還是先了解一下狀況比較好吧？不然，人在密室裡的我，就會被當成兇手了。」

巴羅那挨過揍因此有點歪的鼻頭皺了起來。

他思索了片刻，然後漫不經心地對蘋可說：「洋娃娃，怎麼樣，門的狀況調查過了嗎？」

蘋可玩弄著她那頭誇張的頭髮，頭沒朝向巴羅那裡，但她還是繃著臉回答了。

「嗯——有啊，查過了。和走廊相連的門，也就是正對布爾博士事務所的那一扇，是很堅固的木材做的，門的四邊都沒有縫隙。而且，布朗寧爵士為了安全起見，還把鑰匙孔封起來了。這扇門從內側上了滑動式的門閂，雖然卡卡的，但還是有發揮作用。

「另一扇門，也就是基德撞破的那扇，同樣是四邊都沒有縫隙。應該說，頂多只能塞進一張紙吧。這扇門的鎖是從內側轉動鎖鈕就能鎖死的鎖鈕式安全鎖，這個鎖也是鎖上了。還有，門上的玻璃也鑲得好好的，沒有縫。

「窗戶也一樣，玻璃和窗格子之間沒有縫隙。窗戶也用新月形的鎖釦從內側扣住。可能是因為舊了，要很用力才打得開。以上，報告完畢。這樣你滿意了嗎？老——闆。」

蘋可說「老闆」時，重音的位置很怪，她以略帶諷刺意味的語氣結束了她的話。巴羅仍是一臉失望，他走過房間，在屍體前蹲下來，隨手把俯臥的被害者翻過來。

「是不是密室我才不管，那種事交給那個胖子布爾博士就好。我的作法是更現實派的，啊，這是……」

巴羅說到一半就打住了。我轉頭一看，他正聚精會神地看著屍體的胸口。那裡幾乎全被喉嚨噴出來的血染紅了，但左胸那一帶有一個半圓形的部分沒有沾到血。往地毯一看，果然，相對應的地方也有一塊沒有染血的圓形部分。那個圓形直徑大約有十吋。這樣看來，俯臥的屍體胸口和地板之間，好像夾了一塊圓形的東西。

巴羅沉吟著：「唔，喉嚨只有一刀，但沒想到那個男人身上竟然有這麼多血！」

「是《馬克白》吧？」我忍不住插嘴。

聽到我這麼說，巴羅一臉奇怪地看著我。

「不是，是我叔叔的口頭禪。我叔叔不叫馬克白，叫麥唐諾，他在德州抽豬血做香腸。」

巴羅冷冷說完，又回頭去察看屍體。

「被血噴成這樣，好好的一件晚宴服也毀了，口袋裡還帶了為約會準備的禮物啊。哼，原來是『貓』給的東西啊，這麼觸霉頭的玩意兒，打動不了女人的。」

巴羅嘆了口氣站起來，又晃回辦公桌那邊。他一會兒細看辦公桌上的菸灰缸，一會兒不經意地翻翻抽屜，從抽屜深處取出一張照片時，他吹了一聲口哨，容光煥發。

「你看，才剛說呢，就找到這個了。雖然是句老話，不過，兇殺案背後一定有女人——而且還是一隻相當性感的母貓呢。」

說著，巴羅把照片往辦公桌上一扔。照片拍的好像是舞臺的光景：一個身穿白色長禮服的黑人美女，站在五〇年代風格的大麥克風前，雙手合十，唱著歌。大大的貓眼綻放著堅定的光芒，臉蛋令人聯想到優雅的黑貓。照片是彩色的，連女子嘴上摩登的紫色口紅都拍得清清楚楚。照片上以清晰易懂的文字簽名，寫著：

給布朗寧爵士　貝蒂

「不錯哦！」巴羅心情頓時好了起來。「布朗寧爵士常常會和這女人見面……」

「你怎麼知道？」蘋可問。

「這女人確實來過這裡，不過是不是昨天，就不知道了。你們看看菸灰缸，有一根菸蒂上面有口紅，沒有多少女人會搽這種顏色特殊的口紅，而且這顏色看來和這張照片裡的貝蒂小妞的口紅一樣。」

巴羅賊笑著，將照片收進前胸口袋，然後走到音響旁，細看轉盤。

「哦，這不像布朗寧爵士的品味嘛！」

巴羅從轉盤上拿起唱片。那張唱片比普通的黑膠唱片小，卻又比單曲唱片略大，尺寸和一般的不同。巴羅積極地看起唱片上的標籤。

「……『The Funky Cat Live at Cat Bones』。A面是摩爾．沃卓所作的〈Cat Walk〉，B面是拉洛．施夫林所作的〈The Cat〉。貓多到讓人心裡發毛，不過這看起來是一張收錄爵士鋼琴演奏的唱片，而且是私家盤。這個好！和老不拉嘰的童謠比起來，追查這個還比較時髦。」

聽他這麼一說，我再次看了看唱片的標籤，結果那真的只是張寫了字的白紙，粗糙原始，實在不像為商業用途做出來的東西。

我拿起唱片細看時，巴羅開始翻動布朗寧爵士的唱片架。

蘋可來到他背後，用天真無邪的聲音問：「喂，有沒有布魯斯．史賓斯汀巡迴演出的盜版唱片之類的？」

「有布魯諾．華爾特指揮的莫札特。沒有搖滾唱片啦，這架上全都是古典樂。轉盤上的唱片和這個房間似乎有點不對盤，而且那可不是隨便找就有的東西……」

基德把唱片放在轉盤上，放上唱針。房裡響起靜謐而憂鬱的鋼琴聲，令人聯想到貓輕巧的腳步。聽起來的確是爵士鋼琴三重奏。

巴羅轉頭對我說：「我大概知道這張唱片是從哪裡來的，傍晚之前要不要先去一趟？還是要去追我胸前口袋裡這張照片上的性感母貓？——你放心，我不會帶龐克小鬼一起去的，接下來是大人的時間。那麼，要去哪邊啊？」

站在巴羅身後，將雙手架在胸前、不發一語的基德聳了聳肩，一臉不感興趣的樣子。

4

「實在想不起來吶，我這陣子記憶變差了。」

「紅鼻子」以倫敦人的口音這麼說，然後很沒教養地大聲擤鼻涕。這個線民果真是人如其名，鼻子很紅。巴羅和我把巴羅專屬的線民叫到酒吧，問起照片裡的女人。

「我只知道這女人很危險，不過她的身分我就不知道了……」

「紅鼻子」不感興趣地戳著桌上的炸魚薯條。

「現在流行失去記憶嗎？看樣子，你需要恢復記憶的藥。」

巴羅在「紅鼻子」的盤子旁，放了二十鎊的紙幣。

「謝啦，我的病好像好一點了。我記得是在蘇活區那邊……唔……」「紅鼻子」再次戳起盤子，陷入沉默。

桌子突然晃動了一下，原來是巴羅一把抓住「紅鼻子」的胸口，右手的拳頭把「紅鼻子」的大鼻子壓得扁扁的。

巴羅從咬緊的牙縫裡擠出聲音來：「王八蛋，老子沒空陪你玩啞巴遊戲。不然，要我幫你通通這記憶不好的鼻子，也是可以。」

「紅鼻子」全身發抖。

「那、那女人叫貝蒂．庫柏，在蘇活區的俱樂部唱歌，住在北邊的夏綠蒂街。其、其他的我就不能再多說了，這女人是組織的人，再說下去我會有麻煩……」

貝蒂就住在蘇活區北邊夏綠蒂街一幢又老又髒的連棟透天屋。「紅鼻子」只給了大概的住址，所以我們到的時候，暮色已深沉了。

「這時候有什麼事？我宿醉很不舒服。」

照片中的女子站在門口，禮服的肩帶邋遢地滑落在手臂上，就這樣面對著我們。硬漢偵探大師一點也不客氣。

「我喜歡宿醉的女人，很性感。我是麥克．D．巴羅，私家偵探。他是迪克……」

貝蒂不等他說完就想關門，但是巴羅的鞋尖早一步伸進了門縫。

「妳也太無情了吧？我雖然沒有蒐集女士房門的興趣，但情況需要的話，我也可以連合葉整個拆掉帶走。」

「好啦，我知道了啦！我可不想過著和霧氣為伍的日子。」

貝蒂不情不願地開了門。

出現在我們眼前的是一間凌亂的起居室。茶几上的菸灰缸塞滿了菸蒂，空威士忌瓶和髒杯子到處亂放。貝蒂沒請我們坐下（也沒地方可坐就是了），我們就站著說話。

「那，有何貴幹？」貝蒂點起菸，隨手把火柴往地上丟。

「我是很想知道大名鼎鼎的貴族老爺，和性感俱樂部歌手之間的關係。」

「貴族？」貝蒂的臉色變了。

「哦？妳的神情愈來愈有魅力囉，顯然是心裡有數。」

「你說的是誰？」

「克里斯多佛．布朗寧爵士。」

貝蒂的臉龐再度回到無表情的狀態，她緩緩吐了一口菸。「……哦，我認識他啊。」

「只是認識而已？」

「嗯，以前他來聽歌認識的，他人不錯啊。」

「哼，真是個奇特的組合。」

「好了，我沒空跟你閒聊，我接下來得到俱樂部唱歌，所以請你出去。」

「哦，那正好。我也正想到那愉快的俱樂部去瞧瞧，每個人都口口聲聲俱樂部、俱樂部的。怎麼樣？等會兒我護送妳過去吧？」

巴羅抓住貝蒂的手，貝蒂猛烈掙扎。

這時候，我們背後有人說話了：「看樣子，流氓偵探不知道怎麼對待女士啊，這裡可是紳士的國度呢。喂！還不放手。」

門口站著一個臉色陰沉的中年男子，和露出一口暴牙的男人，兩人手上都拿槍指著我們。

中年男子愉快地揚起眉毛，說：「嘿嘿，你們兩個都面向牆壁，雙手舉在頭上。要是敢亂來，我就在你們胸口打洞。」

巴羅壓抑著怒氣說：「媽的，是『紅鼻子』那傢伙告的密？」

「天曉得？不過呢，太愛對手下小囉嘍耍威風，難保不會被反咬一口啊。」

我們面向牆壁，聽見中年男子的聲音靠近背後。他的聲音高亢，偏向女聲，和他的長相不搭調，這點反而給人危險的印象。

巴羅不死心，又反駁了一句：「哼！我看不見得吧！我對你們的組織略有了解……」

我的脖子受到猛烈衝擊，同時也聽到巴羅的呻吟。只覺眼前一黑，意識逐漸遠去。遙遠的彼方傳來貝蒂的聲音：

「小弟弟，偵探遊戲的時間已經結束了，接下來是睡覺覺的時間囉……」

等巴羅和我恢復意識，已經是深夜了。當然，毆打我們的人已不見蹤影，貝蒂的房子也已空空如也。

我們喝威士忌當提神飲料，然後立刻趕往蘇活區的俱樂部。但是，那裡也已經人去樓空，據說當天晚上就關門大吉了。

一切都太遲了。從俱樂部相關人士匆匆走避的情況看來，那裡肯定是某種犯罪的巢穴。當時，如果沒有去追查照片的女人，而是先去找唱片的來源的話，也許就不會落到這種地步……

5

——這時，我突然回過神來。

奇怪。我現在正靠在計程車的椅背上，巴羅就坐在我旁邊。我在做什麼？剛才不小心睡著了嗎？我前一刻應該還在蘇活區的俱樂部才對啊……

我感到極度混亂，於是問巴羅：「我為什麼會坐在車裡？」

巴羅吃驚得好像有人突然在他耳邊吹起小號一樣，他看著我。

「為什麼？是你說想要去找私家盤唱片的來源，所以我們才動身前往我心裡有底的那家俱樂部啊！」

「……我記得我們是去找照片上的女歌手……然後……被兩個男的拿槍逼住……我總覺得好像有過這一段……」

巴羅皺起眉頭說：「你在胡說什麼？我們可沒做過那種事。你的記憶該不會又出問題了吧？你沒事吧？是作夢夢到的？」

聽他這麼一說，的確有可能，我的記憶迴路也許還沒有恢復正常運作。剛才浮現在腦海裡的另一種行動選擇，會不會就是片刻的白日夢所造成的記憶錯亂……

「喂，別苦著一張臉，看看外面吧！可以轉換一下心情。你看，不夜城今晚也很熱鬧，不是嗎？」

我聽了巴羅的話向窗外看，把心思放在蘇活區。

世界上每一個都市裡，必定有一座不夜城。不，不僅是不夜而已，反而是愈夜愈清醒，有如青樓豔妓般，打扮得花枝招展，擺出撩人的媚態。

在倫敦，蘇活區就是這麼一個地方。在倫敦，數百年歲月以秩序與傳統刻劃而成的市容，給人沉浸在深褐色憂愁中的印象。其中，穿上七彩霓虹衣裳，化上歡樂彩妝的蘇活區，宛如妖嬈的妓女，向來訪者送出蠱惑的秋波。

蘇活區原本是十七世紀末歐洲亡命之徒定居之處。這種接納異類的寬容精神如今依然健在，像最近就有大量東方人自城東的港灣地區移居至此。人種交雜的街上，熱氣蒸騰，金錢流動，勾心鬥角，買賣快樂，犯罪叢生。

——犯罪。

是的，我現在正捲入了可怕的犯罪之中，在緩緩駛過蘇活區街道的計程車中不知所措。

「不用管基德他們嗎？」我問坐在身旁的巴羅。

「別擔心，愛德華法生效的七十二小時之內，他們不能拿你怎麼樣。再說，就算把你抓走，既然密室裡找不到兇器，就無法證明人是你殺的。雖然現在警場裡講究這種事的人不多了。」

真不知道這個人到底是想讓我安心，還是想讓我不安。看樣子，他這個人只照自己的意思做事，不太在意別人的看法。說好聽一點是冷硬派，說難聽一點就是我行我素。

車子來到鬧區正中央，被車潮卡住了。下午起了近來罕見的濃霧，可能因為這一帶靠近泰晤士河的關係，視線變得相當差。司機啟動雨刷，把駕駛座旁的小窗戶打開一個縫，令人不快的霧氣從那個縫裡鑽進來。但是，他這麼做是為了在惡劣的視線中聽取其他車輛的引擎聲，這也是不得已的。

快到著名的「朗尼史考特俱樂部」❺時，巴羅要司機停車。

❺Ronnie Scott's Jazz Club，開張於一九五九年，許多著名的爵士歌手都曾在此表演。

巴羅和我下了車，站在霧濛濛的人行道上，豎起衣領，邁步向前。這一帶平常即使到了深夜也人滿為患，今天卻因為濃霧而人影稀疏。我們走過招牌可疑的劇場和俱樂部，在「慶花樂」這家中式餐館前轉彎，便抵達我們的目的地了。

那是後巷裡平平無奇的連棟建築，略有破損而油漆剝落的門後方，隱隱露出通往地下室的樓梯。門上掛的招牌，和門一樣油漆斑駁。深藍的底色，上面畫著灰色的貓與兩根交叉的骨頭，圖案就像我們從小便熟悉的海盜旗的貓咪版。店名就在畫上。

Cat Bones

貓骨頭

巴羅抬頭看著招牌，悄聲說：「那張唱片就是從這裡來的。這家店的事，我以前就有耳聞了——而且是不太好的那一種。」

「所以說，布朗寧爵士明明不是狂熱爵士樂迷，卻有這種店的私家唱片。這點很難懂。」我說。

「對，你很聰明。要是繼續待在這裡讓霧裹著，我們最後就會得風濕，讓醫院的棉被裹著了。喂，走吧。」

狹窄的樓梯兩旁貼滿了各種演出活動的傳單海報，我們走下去之後，樓梯盡頭有一名女子無聊地坐在放了一個小型手提保險箱的桌前，還有一個魁梧的黑人穿著花稍的外套，背靠著牆站著。

男子懶洋洋地開口：「十鎊，兩個二十。」

巴羅把紙幣往保險箱上一放，喃喃說聲：「好貴啊。」

「今晚是特別演奏，而且一臉刑警相的人要加收特別費用。」

巴羅憊賴地笑著，摩娑下巴。

「哦，我看起來像刑警？」

黑人以懷疑的眼光在巴羅與我之間掃視，然後說：「這年頭沒有狗偵探會穿風衣了，全都是龐克小鬼……開玩笑的，當我沒說。」

我們穿過黑人面前，進入昏暗的店內。裡面有個演奏臺，一個由黑人、白人一起組成的四重奏正演奏著〈A Foggy Day〉，非常切合時宜。戴著太陽眼鏡的年輕黑人，以薩克斯風吹奏出霧一般迷濛的音色，雙頰削瘦的白人鋼琴師，則以洗練的和弦伴奏。樂聲與酒杯碰撞聲、客人耳語聲交織在一起，醞釀出爵士樂俱樂部特有的氣氛。

店內有十張桌子，客人約七分滿，其中有一半的聽眾不是為了音樂而來，而是專注於杯中物和談笑。從這些客人的樣子來看，就知道舞臺上的樂團不怎麼有名。巴羅和我在右側靠牆而設的吧檯前坐下來。

注意到我們坐下而轉身過來的酒保，是個陰沉的男子，活像德蘭斯瓦尼亞吸血鬼古城的管家。

我們先點了啤酒。喝完以後，巴羅向酒保搭話。

「生意如何？」

酒保在吧檯裡彎著身子擦拭酒杯，冷冷回答：「你都看到了。」

「這家店真不錯。」

「大多數人不會這麼說，那些人雖然討厭，至少比你誠實。」

「呵，是嗎？其實我是聽朋友介紹才來的。」

「說這種話的人很多，但那些朋友我倒是從來不認識。」

「克里斯多佛．布朗寧爵士你也不認識？」

酒保擦拭酒杯的手頓了一下。

「——這樣啊。布朗寧爵士還好嗎？好一陣子沒見到他了。」

「嗯，哦，還好。」

「那麼，他還是一樣，在那個叫什麼來著？皮卡地里圓環那邊的酒吧……對了，叫『黑獨角獸亭』。他還是在那裡開懷暢飲啊？」

「對，昨晚我也一起去了，就是去『黑獨角獸亭』。」

酒保抬起頭來，狠狠瞪著巴羅，那表情好像戴了面具。

酒保以冰冷的聲音說：「給我滾。」

「為什麼？」

「皮卡地里根本沒有叫作『黑獨角獸亭』的酒吧，而且布朗寧爵士滴酒不沾。」

巴羅叼起菸，愉快地說：「原來如此，這我倒是不知道。所以，你不想理不老實的人。好啊，再喝一杯我就走。」

「一樣的？」

「不，我要野火雞❻，雙份的。」

酒保臉上露出滿懷惡意的表情。

「我們只有蘇格蘭威士忌，這裡不賣那種麥稈味的酒。」

「哦，以一個提供爵士樂給客人的地方來說，你們的想法倒是很少見嘛。但可能是我眼力不差吧，你後面架上那瓶子的標籤，看起來就像是火雞……」

酒保看也不看身後的架子，便說：「那是火雞高湯。」

「倒給我就是了。」

巴羅大聲把硬幣放在吧檯上，兩人瞪眼對峙了一會兒。酒保看對方沒有讓步的意思，便死了心，他掀起瓶子，往酒杯裡倒酒。

巴羅得意地揚起下巴，一口氣把酒灌進去。

❻Wild Turkey Bourbon，美國的威士忌。

吧檯出現片刻的沉靜，像是天使從上方飛過去了。

巴羅面無表情地轉向我，說：「真的是火雞高湯。」

下一秒鐘，酒保的腳已經懸在半空中了。巴羅抓住他的胸口，隔著吧檯把他拎起來。

巴羅咬緊的牙縫裡發出低吼般的聲音：「竟敢耍你老子！說！不喝酒的布朗寧爵士來這家店做什麼？」

酒保邊咳、邊說：「我、我說就是了，放開我。」

巴羅一放手，雙腳總算著地的酒保不滿地咕噥：「都說那是高湯了……」

酒保正要再次開口時，舞臺那邊突然有人開口：「喂，那邊的老兄，雖然我看不清你們是誰，能不能請你們安靜點？我要唱歌了。」

我們吃了一驚，回頭一看，只見一個氣鼓鼓的女子手扠腰站在舞臺上。她正是照片中的女子——貝蒂。

「不好意思。既然現在已經安靜下來了，我要開始和The Funky Cats的貓兄貓弟們一起演唱了。這是一首新歌，叫作〈Cat's Eye Love〉。說到貓眼，我就想到以前埃及有位貓神。這貓神也是月神，據說是因為貓眼像月亮一樣，會在黑暗中發光。呵呵呵，不過，這首新歌裡的貓眼，指的是瞬息萬變的女人心……埃及的貓神是女神，現在轟動社會、難以捉摸的『貓』，搞不好也是女人喲！哎呀，我多嘴了。那麼，我便來為大家唱〈Cat's Eye Love〉，但願能唱到你的心坎裡……」

貝蒂對著麥克風說完之後，給了樂團一個暗號。貝斯彈奏出踮腳走路般的前奏，貝蒂唱：

我的愛情就像貓眼，
Cat's eye love,
My cat's eye love.
你對我冷漠時我嗚嗚叫，
你對我溫柔時我伸出爪子。
啊啊，愛情難以捉摸……

貝蒂穿著胸口有銀色織紋的紅禮服，雙手戴著與禮服同色的長手套，像鳥兒張開雙翼般往兩旁擺開，做出煞有介事的姿勢。聲音像在耳語，歌聲卻充滿感情。巴羅與我忘了教訓酒保，聽得入神。

但是，樂團開始演奏間奏時，發生了一點變化。首先，鋼琴發出不協調的和弦，接著鼓聲也出錯了。整個樂團似乎都變得神經質起來。貝蒂微微偏著頭，仍再度朝向麥克風。

我的愛情就像貓眼，

Yes, cat's eye love.

陰晴不定，說變就變……

伴奏的薩克斯風突然停頓了，其他的樂團團員也幾乎在同一時間停止演奏。貝蒂也中斷了歌唱，看著觀眾，站在原地，表情像是結凍了。

我也跟著往觀眾席看過去，這才發現店內的異常，倒抽了一口氣。

不知何時桌旁的客人已經全部換過一批了。剛才十多名中年以上的男女，現在一個也不剩。

從我們所坐的吧檯看過去，幾乎只能看到客人的背影，但即使是在照明昏暗的店內，仍舊看得出客人已換人的事實。

因為，大剌剌地坐在座位上的那些人的頭髮，有的是像棕櫚葉般的龐克頭，有的像古代劍龍的骨板般高聳，有的像日本歌舞伎演員——每顆頭上的髮型都很不尋常。

原本坐在店內的客人，全部都被龐克族取代了。

「龐克族來劫店了！」吧檯後的酒保呻吟著說。

出口通道那邊，最後一名中年客人被一個龐克族抓住衣領趕了出去。與他錯身而過進來的，是抱著吉他、剛剛到來的龐克族。

帶頭的是一個高高瘦瘦、一臉孩子王神情的男子，他宣告：「大人上床的時間到了！這家俱樂部，由嘉斯．維瑟斯和魔童接手，接下來我們要為年輕人演奏！」

舞臺上的貝蒂放聲尖叫，開啟了一場亂鬥。The Funky Cats的人，開始和龐克族互毆。鼓發出巨大的聲響倒下，折斷的吉他碎片甚至飛到觀眾席上。怒吼聲與互毆的悶聲，在店內此起彼落。

聽到貝蒂的尖叫後，數名看起來像保鑣的男子從店內深處出現。他們朝觀眾席的龐克族衝過去，讓亂鬥更加混亂。折損椅子的聲音、打破玻璃的聲音，使戰況更加激烈。

「你們也給我出去。」

幾個龐克族往這邊過來，圍住我們。其中最年輕的一個，粗暴地抓住我的手。

「看樣子你們這些人不懂得溝通。」

我說完，用膝蓋朝對方的心窩狠狠撞了一下。男子呻吟著，當場倒下，並按住肚子。

「迪克，你挺不錯的嘛！」

巴羅臉上的笑容像不斷堆起的積雲，他賞了正面襲來的龐克男一記右直拳。巴羅在打鬥中，一直是容光煥發、笑容不斷的。看來，他是極愛以暴力解決問題的人。

我對上第三個活像一頭瘦瘋狗的龐克男，也就是剛才自稱嘉斯．維瑟斯的人時，眼角看到酒保和貝蒂正要從舞臺逃向後臺。

巴羅好像也發現了，朝我叫道：「別管他了，快追！」

怎麼辦？要先解決這個呢？還是現在馬上就去追？

我正猶豫未決時，維瑟斯已抽出一把綻放出危險光芒的剃刀，觀察我的動向。

我想先解決眼前的對手再走。

維瑟斯不懷好意地笑著，拿著剃刀步步逼近。先踢掉那把危險的刀子，才是上策。我左腳用力向前踏了一步。

這卻是錯誤的開始。

我向前踏的腳踩到了滾落在地上的冰鑽。滑了腳而失去平衡的我，向前直衝了兩、三步。好巧不巧，變成自己把頭湊到維瑟斯面前了。

我的脖子感覺到一股鈍鈍的衝擊。一開始，我無法理解自己身上發生了什麼事。脖子發麻，然後像燙傷一般灼熱。我伸手去摸那個部分，手心有濕滑的觸感。我吃了一驚，拿起手來一看，手被染紅了。原來維瑟斯的剃刀正中我的頸動脈。

沒過多久，我身子就有一半就被噴出來的鮮血沾濕了，地板上形成一灘血。我看到維瑟斯像慢動作播放一般往後退，他也是一臉錯愕。然後，這次換染血的地板緩緩朝我靠近。

在逐漸遠去的意識中，我好像聽到維瑟斯畏畏縮縮的聲音。

「我、我沒有殺他的意思……」

——這時，我恢復了意識。

怎麼回事？我還活著嗎？我不是被維瑟斯的剃刀殺了嗎？我伸手摸摸理應被割破的脖子，沒有流血。在脖子喉嚨上到處摸，也都完好如初，摸不到傷口。我到底是怎麼了？又作白日夢了嗎？

我突然往前一看，發現維瑟斯正不懷好意地笑著，手上拿著剃刀步步逼近——簡直就像按了錄影帶的倒轉鍵……

總之，這次我小心擺好架式，免得白白丟掉一條小命。

下一秒鐘，維瑟斯便衝了過來。

維瑟斯剃刀一揮，我勉強閃過，然後往他的小腿前方一踢。煞不住力道的維瑟斯就這樣撲進觀眾席裡，在巨大聲響中跌倒了。

我不再戀戰，轉身衝上舞臺，跟在巴羅身後追趕。

橫越舞臺時，我勾到低音鼓和鈸跌倒了。倒在地上的那組鼓發出的聲音，像是要為達到高潮的演奏畫下句點。我沒多想，直接衝過舞臺側邊，跑上後面一段狹窄的樓梯。一樓有個看起來像梳妝室的房間，我打開小門就直接衝進去。

從房間內部看起來，這的確就是梳妝室。有一整面牆上掛了好幾個骯髒的鏡子，鏡子前細長的桌子上，有亂成一團的化妝用品和華麗誇張的衣服。巴羅就佇立在房間中央。但是，除了他沒有別的人影，梳妝室已經人去樓空了。

「喔，你來了啊，迪克。他們好像從那裡跑了。」

我朝著巴羅所指的方向看過去，大鏡子後的門敞開，後方有一條走廊。

巴羅和我毫不猶豫地穿過那扇門，來到走廊。

走廊的右側盡頭是逃生出口，那裡的門也是敞開的，門後方是水泥空地，應該是停車場。左側深處則好像有房間，門是關上的。

要往哪邊走？右邊還是左邊？我們一時拿不定主意。

我們決定從逃生出口到外面去。

霧還沒有散，引擎聲在近處響起。我和巴羅一驚，往聲音的來向一看，一輛車的霧燈正在霧中掉頭。

「停車！」巴羅大喊。

車子的引擎聲沒有停。巴羅從胸口的槍套上抽出Colt Goverment，雙手握槍，朝逐漸遠去的引擎聲連開幾槍。

輪胎急煞的刺耳聲響傳來，接著是金屬撞擊的聲音。

我們跑到聲音的來源處一看，發現一輛雙門小轎車撞上了停車場的牆，像死掉的獨角仙一樣掛在那裡。巴羅立刻上前打開駕駛座的門。

從駕駛座裡滾出來的，是個身穿皮夾克、頭髮根根豎立的龐克族。

找錯人是個致命的錯誤。我們連忙回到剛才的走廊，踢破左後方的房門進去，只見正面的窗戶大開。酒保和貝蒂一定是從那裡逃走的，也帶走了他們的祕密……

一切都太遲了，之後我們再也無法掌握他們兩人的行蹤，巴羅和我失去了線索，束手無策。

「貓骨頭」俱樂部這件事之後第二天，又發生了更駭人的兇殺案，這個案子也沒有破案，愛德華法的時限就到了，於是我被交到警場的龐克刑警手中。

要是當時沒有選擇逃生出口，立刻闖進走廊左側深處的房間，也許……

——這時，我又再一次恢復了意識。

我正站在昏暗的走廊下。環顧四周，我認得這裡……這裡是「貓骨頭」梳妝室後面的走廊，我記得之前曾經來過這裡。我現在為什麼會在這裡？感覺這次和上次之間，隔了一段時間……

我心中開始泛起一陣冰冷的不安，難道我的記憶迴路又錯亂了？還是我得到了能夠在瞬間預知未來的能力？我……

「喂，迪克，你在發什麼呆？左邊，往左邊走。」

巴羅在我耳邊大吼。對了，我現在正在追酒保和貝蒂。

我們奔向走廊左後方的房間。我們轉動門把，門卻文風不動，我和巴羅兩人一起用肩膀把門撞開。

門在破裂聲中打開，我們踉蹌地踏進房內。

冰冷的寒氣拂上臉頰。我們在千鈞一髮之際趕上了——貝蒂一腳跨在通往外面的窗臺上，而酒保正推著她的大屁股。巴羅從胸口的槍套裡抽出Colt Goverment，架好槍，喊了一句：

「不許動！把雙手放在頭上，轉過來！」

兩人像是被什麼彈了起來，立刻將背脊挺直，緩緩轉過身來。酒保腳邊有一個匆忙中掉落的黑色文件夾。

「把那個撿過來。」巴羅用下巴朝地上的文件夾點了點。

我一面注意那兩人的動作，一面伸手拿起那個文件夾時，門口有人說話了。

「我也想看看那個。」

巴羅立刻把槍口朝向聲音的來向。

門口的男子連忙制止：「喂喂，別開槍。才剛打過架的嘛！不打不相識，我來自我介紹一下。我是蘇格蘭警場毒品課刑警，嘉斯．維瑟斯。」

這個國家的年輕人真是令人無言……

巴羅也嘆了一口氣，說：「搞了半天，原來你是刑警啊。我是麥克．巴羅，偵探大師。他是我的搭檔，迪克．崔西。我們現在正依愛德華法偵辦兇殺案。」

維瑟斯刑警以聳肩回應巴羅的話。

「兇殺案啊，那跟我的案子就不同路了，我今天是來查緝毒品的。」

「毒品？」

「對，有人密告說這家俱樂部正在進行毒品交易，我想說來鬧鬧場，可以賺點外快。」

「可惡！原來真的不是一般的俱樂部打劫？」酒保咬牙恨恨地說。

「那當然。別把我跟國王十字區那裡的龐克小鬼混為一談。我們警場龐克可是硬派的積極龐克，更……怎麼說？更有遠景！」

維瑟斯自吹自擂了一番，往酒保的小腿一踢。

「說，喬，東西在哪裡？你想自討苦吃嗎？」

維瑟斯在折磨酒保的時候，我和巴羅翻開剛才的文件夾。裡面是一連串莫名其妙的文字和數字。

貓骨頭分部結算／十一月

SOJPY AUHH ……………………£2000

（務必追討！）………………累計£58000

JODH YKUJE ……………………£1000（付清）

TSCPHDO LCPGOP ……………£1500（付清）

「哦，這就是客人的帳簿了？」不知何時維瑟斯也湊過來看了。「這些亂拼的字是什麼？顧客的名字嗎？」

酒保喬已經鼻青臉腫不成人形，低頭不語。

巴羅看著他，問維瑟斯：「這傢伙就是藥頭？」

「對，哥倫比亞幫的。他們認為美國市場已經沒搞頭了，而且他們只要跨過加勒比海就能賣，所以得意忘形做得太過火了。現在已處於供過於求的飽和狀態，價格大跌。他們為了打進歐洲市場，刻意採用低價傾銷。在紐約一公克要價一百二十美元的古柯鹼，運到我們倫敦運費明明高得多，卻只賣九十到一百美元。真是的，教人怎麼擋啊！」

「小兄弟，你還挺用心的嘛。這下顧客帳簿到手了，再來只要查緝到東西就是大功一件？」

「是啊，剛才我們的人把樂隊舞臺拆了，只找到古柯鹼。可是根據線報，還有地下ＬＳＤ才對……」

「哦，連那種東西都進來了？」巴羅一本正經地摸摸下巴。

ＬＳＤ是流行於一九六〇年代的一種強力迷幻藥，當時是大學機構極力研究的藥品。後來大家發現這種藥品會帶來嚴重精神異常的副作用，是一種可怕的毒品，如今已經全面禁止。

這回換維瑟斯發問了：「你們怎麼會跑到這裡來？」

「因為出了一件命案，現場有一張特別的唱片，那張唱片就是這家俱樂部演奏的私家錄音盤，所以……」

「你說的唱片，是類比的——那個嗎？」

我們往維瑟斯隨手指的方向看過去，看到窗邊一角堆著紙箱，裡面的唱片和布朗寧爵士房裡的尺寸相同。巴羅連忙從中抽出一張，仔細察看。

唱片收錄的內容，一樣是The Funky Cat的演奏錄音。封套只是一般的白厚紙板，非常簡陋。

巴羅把封套舉到眼前察看，舉著舉著，突然吹了一聲口哨：「哼，騙小孩的東西。」他話還沒說完，就開始撕封套的包裝紙——那是貼在厚紙板上的一層薄薄的紙。

巴羅晃著撕下來的紙，眨了眨眼說：「Paper Acid——ＬＳＤ劑就在紙上。」

維瑟斯和我接過這張紙來。仔細一看，上面有直橫交錯的騎縫線，像郵票一樣做成一格格的。

巴羅繼續解釋：「這東西是順著騎縫線一張一張撕下來用的。我以前在加州看到的，還印了史努比和米老鼠，做成小孩子蒐集的貼紙或優惠券的樣子。」

維瑟斯出了神似的盯著手上那張通往死亡的可怕優惠券，說：

「原來如此，真是意想不到的收穫！查兇殺案竟然中這種大獎，你運氣也太好了。我得好好感謝那個被殺的糊塗蟲，雖然不知道是誰……」

「就是克里斯多佛．布朗寧爵士。」巴羅不經意地說。

聽到這句話，貝蒂突然陷入歇斯底里狀態，開始尖叫。在她身旁的酒保喬慌忙制止她：

「笨蛋！不要叫！」但為時已晚。

我們三個人都清清楚楚地聽到了。

貝蒂叫的是：「老大被殺了？」

7

布朗寧爵士竟然與哥倫比亞幫的販毒組織倫敦分部掛勾，這個事實帶來莫大的衝擊。

事後調查得知，他手上的顧客甚至遍及財政界、警場和偵探大師協會，但那些人究竟是誰，貝蒂和酒保喬就是不肯透露，大概是害怕組織會對叛徒採取報復行動吧。貝蒂算是布朗寧爵士的情婦，有時會造訪「偵探大師會館」。但遺憾的是，兇殺案發生當天，她有確切的不在場證明。她說的話當中，唯一值得注意的就是：「你們如果要找殺害爵士的兇手，最好多注意他身邊。」這一句。但這句話是什麼意思，貝蒂始終不肯多說。

當天晚上，回到「偵探大師會館」的事務所後，巴羅就開始專心解讀那份顧客帳簿了。

「就算知道布朗寧爵士是販毒集團的頭目也沒有用，因為他本人已經死了。重要的是查出帳簿裡的顧客，特別是欠很多錢的。與毒品有關的兇殺案，兇手一定是沒錢卻想要吸毒的傢伙。」

巴羅說完後，就抱著帳簿回他房間去了。

我沒別的事好做，只好把事務所會客室的沙發當作床，準備就寢。

我躺在沙發上，呆呆望向窗戶。這時，我發覺霧已經籠罩了諾丁丘門這一帶。

霧悄悄撫過窗玻璃，像一隻黃色的貓在磨蹭背部……一個陌生男子的面孔，以這片霧為背景，映在玻璃窗上。

那個陌生男子應該就是我本人。我一張嘴，玻璃窗裡的男子也張嘴；我皺眉，他也皺眉。但是最令人感到焦躁的是，我無法切身感受到他就是我。

我不認得自己的臉，我究竟是誰？濃厚的霧氣仍執拗地撫著玻璃窗，不肯散去，彷彿是在嘲笑這樣的我……

突然間，一股奇異的感覺從我心頭掠過。

這股窗外濃霧般模糊不清的感覺，開始在我腦海中翻騰攪動。

——我發現什麼了嗎？那和我之前看過的東西有關嗎？我想抓住這感覺，它卻像隻狡猾的貓，從我的手裡溜走。這種奇異的感覺究竟是什麼？這是記憶恢復的前兆嗎？我發覺了讓我想起一切的契機嗎……？

我是誰？我在那個房間裡究竟經歷了什麼？

當時尚未成形的不安，此刻已明確化為恐懼了。

我感覺到冷汗不住從額頭上冒出來，「想要逃走」的念頭驅使著我，無法抑制。但是我不能逃！即使逃了，事情也不會好轉。我決定面對盤踞在我心中的恐懼，然後親自挑戰我一直在逃避的問題。

——人是我殺的嗎？

我展開一項痛苦的工程。「自我」對我而言已形同陌生人，但我仍試圖翻遍他內心的每一個角落。在我的內心深處，潛藏著不惜殺害他人的攻擊衝動嗎？即使忘了自己是誰，忘了意識表面上的事，也許我還是能夠感受到殺人衝動這類本能……

就這樣，我在自己心中盲目飛行、摸索著。但是，無論如何，我都無法從自己的內在找出邪惡殺人兇手的影子。無論我是誰，我都不是能夠動手殺人的人——我這麼認為。不，也許是我拚命在說服自己……

如果兇手真的不是我，事情又會如何演變？如果我不是兇手，不是邪惡的「貓」，那麼此時此刻，「貓」或許正躲在某處物色下一個犧牲者，不是嗎？想到這裡，我發現心中湧出另一股新的恐懼——既然我曾目擊布朗寧爵士房間裡發生的一切，那麼「貓」會不會在我想起這件事之前殺我滅口？也許「貓」就在我身邊伺機而動。啊啊！我在那個房間裡看到什麼？我是誰？

……我開始覺得，連我腦中也充滿黃色的霧了，頭痛欲裂。

——接著，我逐漸開始失去意識……

8

睡醒的感覺很不清爽，我一面呻吟、一面起身。看樣子，我好像沒換衣服就睡著了，身上穿著昨天的衣服。

頭還是有點痛，我完全不記得昨晚我是在什麼狀態下睡著的，我的腦子到底是怎麼了？讓我不舒服的不只是頭痛而已，我身上的衣服有點受潮。昨晚我好像沒把窗戶全部關緊就睡著了，衣服一定是因為這樣被霧濡濕，濕氣才會這麼重吧。

一思考，頭就有點痛。我從沙發上站起來，踏著蹣跚的腳步走向隔壁房間。

「你醒了？」巴羅從桌上抬起頭來衝著我笑。

隔壁房間裡充滿了香味，桌上盛著美味料理的盤子，散發出陣陣蒸氣。已經將近十二點了，我的肚子突然餓了起來，立刻在位子上坐好。

「來，吃吧！這是『橘汁鴨』。我信奉的原則是，一下床就要好好吃一頓。」

我第一次對他的「原則」產生共鳴。巴羅請我吃的菜，是一道相當花功夫的美食。英國料理一向以難吃聞名，這道卻是例外。

我側眼看著還穿著圍裙的巴羅，問道：「這是你做的嗎？」

巴羅似乎有些難為情，他垂著眼說：「這個國家實在沒什麼好吃的東西，我自然就開始自炊了。不過，這年頭，像我這種會做菜的偵探也沒什麼好稀奇的，只不過還是有些人說話很酸……」巴羅將一把叉子推到我眼前。「他們就愛消遣我，說我的教名D是Domestic（家庭的）的D。」

我一面大嚼橘子醃的多汁鴨肉，一面問：「那你的教名到底叫什麼？」

「……達許。」巴羅小聲說完，臉又紅了。

達許，會不會是取自冷硬派始祖達許·漢密特（Dashiell Hammett）呢？我心想，這個一臉兇相的硬漢其實也有可愛的地方啊。

吃過飯之後，我問巴羅：「帳簿的暗號解開了嗎？」

「解開了。」巴羅答得意外乾脆，碰一聲在桌上放下一本厚厚的書。封面上印著嚴肅的書名，是桑戴克博士所寫的《暗號大全》。

巴羅以無來由的強硬語氣說：

「怎樣？我解開暗號很奇怪嗎？昨晚身體做了不少活動，所以換腦袋來動一動了。頭腦也是肉體的一部分，動腦才是最累人的勞動，往後的私家偵探個個連大腦都需要健身。」

說到這裡，巴羅又回到正題，開始解釋：「嗯，我花了一個晚上，做了很多嘗試。令人意外的是，這是很初級的暗號，在桑戴克大師書裡基礎篇的第三頁就提到了。要解謎，知道這些就綽綽有餘了。多虧這樣，我已經找出可疑的嫌犯，就像貝蒂說的，要好好看清身邊……」

「是誰？」

「關於這一點，等我進一步深入調查之後再告訴你。像我這種硬漢型的偵探，通常會像一點一點滲出的汗一樣，慢慢揭露真相，但偶爾我也想像打牌一樣，在最後關頭才把一手好牌攤在桌上，來個大獲全勝！」

「流汗啊……我倒是已經全身冷汗了……」我語帶怨恨地喃喃說道。

「總之，等我多做點調查之後再說，你也好好想想。不然，這個借你好了，《暗號大全》。」

巴羅故意賣關子。我想，再追問下去也沒有用吧，他有他自己的一套作法。

不過，巴羅倒是把一個新消息說給我聽了。隔壁事務所布爾博士的祕書葛林伍德太太與巴羅的祕書很要好，這消息是葛林伍德太太私下告訴巴羅祕書的，內容如下：

珍・葛林伍德太太的證詞

「我要說的不是別的，就是和布朗寧爵士有關的事。

那是三天前的事了，我正想離開布爾博士的事務所到走廊上的時候，聽到有人在爭執。我想出也出不去啦，於是就把門打開一個細縫，然後……有點算是在偷聽他們說話——沒有啦，我沒有常常做這種事！只是當時剛好聽了起來……

走廊上的爭執聽起來像是男女情感糾紛，女方很激動，他們出現了這樣的對話——

『你已經厭倦我了。』

『喂，妳何必在這裡激動起來……我們再談談吧！』

『我已經不想談了，我無法原諒你的不忠。』

『妳心神都亂了。現在對我來說是很重要的時期，等我們雙方都冷靜下來，再好好談……』

『不要！你最好從世界上消失！你最好死了算了！』

——這段對話結束之後，我就聽到我們事務所正面的門，和右邊的門關門的聲音。換句話說，男方是布朗寧爵士，女方則是事務所開在我們隔壁的貝芙莉．路易絲。雖然我沒看見他們，但那確實是他們的聲音沒錯。還有，女方氣得說：『最好死了算了！』也是真的。我還記得當時我心想，平常沉著穩重、聰明能幹的路易絲小姐，竟然會像母狗一樣……啊，抱歉，我是說，竟然會用那麼激動的語氣說話，真是嚇人。

至於他們兩人的關係啊，大概是從今年年中開始的吧，我早就發現了，因為我對這種事情很敏感。只不過他們兩人好像不太想讓人知道的樣子，不知為何。總之，布朗寧爵士好像會偷開走廊那邊的門，讓路易絲小姐進出。不過呢，你也知道的嘛，那門就在我們事務所正對面，就算不想看也會看到。

然後，還有另一件和路易絲小姐有關的事要告訴妳。

那是昨天早上的事。基德先生他們趕到之後，不是和崔西先生你吵起來，鬧了一陣子嗎？其實那時候我已經來上班了。

所以，當我聽到對方的房間傳來大吼大叫的聲音時，吃了一驚，想前去看看情況……我想那是基德先生剛離開的時候吧，然後我就看到了。路易絲小姐她……從布朗寧爵士的事務所走了出來，她一面四處張望，一面從走廊往這裡過來。而且，從她的樣子看來，好像在衣服底下藏了什麼很要緊的東西。就這樣拱著背，偷偷摸摸的。真是可怕，不知道她究竟藏了什麼……」

「這麼說，路易絲就是兇手……？」聽了葛林伍德太太的話，我大吃一驚，便如此逼問巴羅。

「不，聽完這番話，我們只知道路易絲曾經是布朗寧爵士的情人，以及案發後的第二天早上，她可能從現場帶走什麼東西而已。我認為兇手不是路易絲，而是另有他人。」

巴羅說完這些，就不再談布朗寧爵士的兇殺案了。

當天下午，巴羅找來他熟識的線民，又四處打電話，獨自進行調查。他真的能在愛德華法生效的七十二小時之內破案嗎？不安再度折磨著我……根據愛德華法，偵探大師享有七十二小時的偵辦權。如果不在後天中午前破案，辦案的主導權就會落入那個龐克刑警基德手裡。到時候，天曉得我會有多慘。

再說，兇手「貓」的存在，也讓我非常不安。我該不會知道「貓」真正的身分吧？雖然現在想不起來，但「貓」會不會打算在我恢復記憶之前要我的命？

儘管我對整個案件感到不安，但今天的「偵探大師會館」卻顯得異常忙碌。下午，來了一個趾高氣揚的男人，據說是蘇格蘭警場總長亞道夫．蓋爾多夫，他察看了布朗寧爵士的文件等物。他是布朗寧爵士的副手，受命擔任明天即將舉行的「偵探大師百年慶」執行委員。據說爵士突然死亡後，他必須照料一切，因此非常著急。

我現在和昨天一樣，躺在事務所的沙發床上，想事情想得出神。

明天的「偵探大師百年慶」，我也準備出席。我請他們安排，讓我以相關人士的身分出席。

但是，我真的可以這麼悠哉嗎？時間不斷地過去，案子真的能解決嗎？「貓」究竟是誰？

我又到底是誰……？

——這些事我昨晚也想過，我覺得好像有所發現，便深入內心，想打撈出記憶的碎片和沉澱在深處的殘渣。我告訴自己：無論自己是什麼人，至少都不會是殺人兇手。然而，我並不是真的對此深信不疑。

此時此刻的「意識」，在一瞬之後便成為「記憶」。這應該像是一條綿延不絕的帶子。但是，我的帶子卻出了毛病，意識與記憶之間的橋樑斷了。我的意識會突然中斷，其間可能會有無論如何都想不起來的記憶，而錯誤的記憶也同時會摻雜進來。到底是怎麼……慢著，「錯誤的記憶」？此時此刻身在此處的我的「意識」，究竟是不是真的？我怎麼能保證這分「意識」將來不會成為「錯誤的記憶」？

突然間，新的不安將我包圍。姑且不論「錯誤的記憶」，我會不會還有想不起來的「記憶」？今天早上我醒來時，覺得衣服相當潮濕。我以為是窗戶透進來的霧濡濕的，但會不會是我昨晚外出了？在失去這個意識的期間，會不會有其他的意識在我體內醒來，讓我在倫敦的霧夜裡徘徊？……啊啊，我不知道。究竟是怎麼回事？我究竟怎麼了……？

嚴重的頭痛再度向我襲來。布朗寧爵士可怕的死狀、貓令人哆嗦的影子，在我腦中激起一圈圈漩渦。

而我開始逐漸失去意識……

接著請看：

「偵探大師百年慶」慘案↓P193
或#1偵探大師亨利．布爾博士↓P65
#3偵探大師貝芙莉．路易絲↓P151

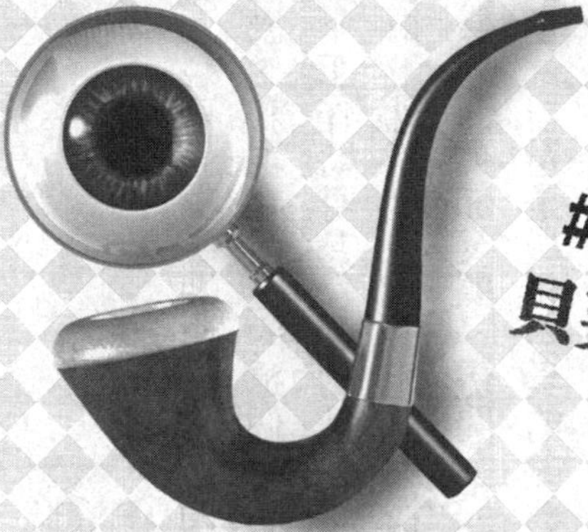

#3 偵探大師 貝芙莉・路易絲

1

D—1號室，也就是貝芙莉．路易絲的事務所，位於布朗寧爵士遇害的房間左斜前方，兩者中間夾著走廊。我現在所在的這個房間，同時展現了主人路易絲小姐重視機能的職業婦女想法，以及放下工作時身為女性的感性。舉例來說，高科技感的餐桌上，擺飾著「插花」這種日本造型藝術，就是呈現出機能與感性的絕妙組合。

但是，有兩樣東西更加突顯了房間主人的個性。其一，便是裝飾架上的收藏品，有印度七弦琴、看不出是武器還是農耕器具的非洲石器，和日本的懷劍等，在在說明了路易絲小姐對古物的興趣。

另一個，便是她高掛在牆上、燦然生輝的座右銘。那是以美麗字體寫下的一句話：

女人行動時，唯一該服從的主人就是自己。

——C．葛雷

眼前這位視自己為唯一主人的女偵探，為自己斟了第二杯茶之後，面向了我。

「聽了你的話，我了解事情大致的狀況了，我決定接這個案子。由於我才剛開業不久，費用是A－II等級，雜費另計。不過等破了案，你恢復記憶之後再付就可以了。」

看來，路易絲是會正面凝視對方、仔細聽別人說話，該交代的事情全都會交代的女子。

「妳相信我說的話？」我怯怯地問。

路易絲的一頭黑髮剪成一九二〇年代風格的中長鮑伯頭，只見她以略微隨興的姿勢撥了撥劉海，笑了。

「如果說我全盤皆收，那是騙人的，因為這案子實在太古怪了。再者，我答應接這個案子，老實說是為了我自己。就算從你身上收不到錢，只要我偵破『貓』的連續兇殺案，就能得到很高的破案分數，搞不好『偵探皇帝』的寶座也不是夢。只不過……」

「只不過？」

「只不過，不能這麼簡單、明快地看待事情。偵探和委託人之間坦誠無欺的關係是很重要的，只要誰稍稍有所隱瞞，往往會以失敗收場。我啊，雖然公事公辦，但是我很看重這樣的信賴關係，但我相信至少你沒有說謊，你開口說話五分鐘，我就看得出來這點了。你不是個會一刀割斷別人喉嚨的人。」

聽她這麼說，我頓時感到坐立難安，她竟然相信沒有記憶的我……雖然被一個美女相信的感覺是很不錯啦。

我先把我在意的事情說出來：「我的記憶會恢復嗎？」

路易絲微微噘起她那美麗的嘴唇，思考片刻後才慎重作答：「我不是醫生，關於這件事我不敢說什麼，但是以前我看過這方面的書。據說健忘症分為兩種——生理性和心因性。所謂的生理性，就像腦震盪引起的失憶。心因性的健忘症名副其實，是由心理因素引起的，例如受到重大打擊或是罪惡感等。你的情況……」

「我的情況……」

「我想，應該是兩者都有吧。你的後腦有被毆打的痕跡，不是嗎？所以有腦震盪的可能。還有，你可能在那房間裡看到了什麼，因此精神受到打擊。」

路易絲再一次仔細打量我的臉之後，繼續說：「你有一頭金髮，眼睛是灰藍色的，身材中等，年紀在二十到二十五歲之間，衣服、螺絲起子等隨身物品裡沒有任何身分證件。口袋裡只有五英鎊紙幣和到處可見的手套一雙，說話沒有什麼口音。這樣就沒轍了。要查出你是誰，線索太少了。既然這樣，就必須先做個決定。」

「做什麼決定？」

「是要找相關的醫生接受治療呢？還是要和我一起先辦案？」

我相信我沒有閒功夫慢慢接受治療。七十二小時一過，偵辦權就會移交到剛才的龐克刑警手中，天曉得他們會怎麼處置我。我立刻做出決定。

「至少，這三天請讓我和妳一起辦案，路易絲小姐。」

「貝芙莉——叫我貝芙就好。呃，哎呀，不好意思，我忘了一件重要的事。」

我也想到她說的「重要的事」是什麼，因而感到為難。

「我該怎麼稱呼你？啊，對了。你有沒有看過一部叫作『鴛夢重溫』（Random Harvest）的老片？」

我認為我應該沒看過，便搖搖頭。

「我以前在午夜劇場看的，故事是描述第一次大戰期間，有一名男子在法國戰線受到砲擊，失去了記憶。他的真名應該就叫就約翰．史密斯。怎麼樣？就叫你約翰如何？雖然這個名字很平凡。」

「好啊，貝芙。妳說好就好。」

「不要因為我這樣幫你取名字，就不高興哦！我取這個名字，是因為約翰．史密斯後來在這部電影裡恢復了記憶。喏，這名字很吉利吧？」

2

「我是貝芙莉．路易絲。依照愛德華法規定，從現在起，我具有七十二小時的偵辦權。沒問題吧？」

我們正在布朗寧爵士橫屍就地的房間裡，路易絲站在窗畔以堅毅的態度如此宣告，散發出一種凜然之美。外面灰色的天空襯托出她夜藍色的天鵝絨西裝外套；深V領之下的白領與學院風的領帶，為她的美帶來一分威嚴。

龐克刑警基德．皮斯托已與他的同事蘋可．貝拉多娜一同回到了現場。基德的鼻梁上貼著ＯＫ繃。看來，我剛才的那一記頭錘頗有威力。他一看到我，就惡狠狠地瞪了我一眼。但是，只要我在路易絲的保護之下，他就奈何不了我——至少這三天內沒辦法。

兩個龐克刑警遵照路易絲的指示，開始進行調查。以下是基德針對案情描述的相關報告。

「我們接到布朗寧爵士祕書的聯絡，大約九點半趕到現場。這裡有祕書的作證錄音帶，你們聽一下。」

克里斯多佛．布朗寧爵士的祕書伊莉莎白．波特的證詞

「我今天早上九點來上班，一來就發現走廊通往會客室的門開著，覺得很奇怪。我進去後，就看到布朗寧爵士的外套掛在衣架上了。我心想，哦，爵士今天來得很早。我敲敲爵士的門想打聲招呼，但裡面沒有回應，門也打不開，好像是上了鎖。我怕是出了什麼事，就把臉湊到門上的毛玻璃往裡面看，隱隱約約可以看到有人倒在地上的樣子，我嚇了一大跳……

其他的偵探大師多半還沒來，而大樓的管理員腰不好，應該也沒辦法把門撞開，所以我想還是找基德先生來比較快，就打電話到警局，因為基德先生是負責幫布朗寧爵士辦事的刑警。

基德先生趕往現場去的時候，我很害怕，就待在管理員室，所以我不知道爵士房間裡有個打扮得像個水電工的人……我剛才有看到他一眼，是我不認識的人。嗯，從來沒見過。

昨天？昨天我休假。爵士好像私下約了人見面，但我不知道對象是誰。所以，我想昨天爵士應該是單獨待在事務所裡的。

爵士似乎也在調查可怕的『貓』兇殺案，但與這些案子有關的檔案，爵士都當作機密事項自行管理，所以我不知道。難道，這是『貓』下的手……討厭！好可怕！」

基德再次開口：「這是布朗寧爵士祕書的證詞，接下來由我說明一下現場室內的狀況。就像祕書說的，會客室與辦公室相通的門上了鎖，那是轉動內側門把上的鎖鈕就能上鎖的鎖鈕式安全鎖。外側，也就是會客室那一頭，是沒有鑰匙孔的，所以不可能用備用鑰匙從外側開門。走廊和辦公室之間的門的狀況也很類似。這扇門雖然有鑰匙孔，但現在大家幾乎都不會從這扇門進出。爵士為了安全起見，就把門鎖廢了。這扇門左側有門閂，而門閂是牢牢閂上的。

兩邊門上採集到的指紋，雖然有幾枚來源不明，但大部分都是布朗寧爵士的。西邊有三道橫拉窗，也都從內側上了鎖。窗戶這邊只採到爵士的指紋。

這次『貓』留下的物品，是由布綑起的貓蠟像，長度約四吋，是從被害者長褲的口袋裡找到的。不只這樣，這次還很好心地多留了一件。上衣內側口袋裡，還有一張貓女神帕架特的明信片，上面有大英博物館的標記。我向博物館詢問過了，這款明信片十年來一直在零售店販賣，博物館之外也有很多地方販賣，所以很難鎖定是誰於何時何地買的。至於貓蠟像，現在還在調查來源。

我查過布朗寧爵士的檔案了，但是沒有找到和『貓』兇殺案有關的。也可能是被『貓』帶走了。我還在辦公桌上的行事曆上發現爵士昨天的預定行程。內容是這樣的：

十二月十日(二)
10：30 哈查森書店／聯絡
11：00 《偵探》雜誌訪談
12：30 電話／午餐
14：00～15：30 「偵探大師百年慶」開會／福爾摩斯紀念會館
16：00 與C見面！
18：00 與B晚餐(試探)

法醫判定布朗寧爵士的死因，是頸動脈斷裂失血過多，死亡時刻大概是昨天下午四點半到六點半之間，這是解剖前的推論。由於房間的暖氣是打開的，室溫從死亡時間一直到半夜都很高，所以時間上多少會有一些誤差。總之，照這張表來看，爵士正好是在『與C見面』時死亡的。

房間內並沒有發現類似兇器的東西，該不會是這位喪失記憶的仁兄偷藏起來了吧？算了，法醫認為，依照傷口的長度與深度來看，兇器應該是鋒利彎曲，像彎刀之類的利器。

對了，說到兇器我才想起來，客用沙發底下有一把手槍，是小口徑的貝瑞塔M20。據祕書說，那是布朗寧爵士的手槍，上面的指紋也是爵士的。爵士雖然是死於刀傷，但也許是試圖以手槍反抗的那一瞬間，被人割斷咽喉，所以槍掉了。還有，手槍裡的子彈是滿的，一槍都沒有發射過。

房間中央靠走廊的客用沙發位置偏了，茶几也倒了，由此推測這一帶曾經發生打鬥。屍體附近除了剛才的手槍之外，還找到一條被利刃割破、沾滿血的手帕。這條手帕，也是爵士的。

還有，房間中央的類比音響裝置開著沒關。轉盤上的唱片一直轉動，這應該也要報告一下比較好吧？唱片好像是年代久遠的爵士歌曲，這方面我就不懂了……

——啊，忘了說最重要的一點。如妳所見，被害者臨死前在地板上留下了血字，它們可以解讀為『CAT IS』。如果字確實是被害者寫的，那屍體的位置很不自然，蘋可懷疑先前在密室的那個發呆男動過了。不管怎麼說，這傢伙實在很可疑。

咦？布朗寧爵士的家人？我和高高在上的貴族偵探大人沒有私交，所以也調查過了。布朗寧爵士好像是名門布朗寧家的最後一人，房子和土地都已經處理掉了，爵士目前獨自住在倫敦市內的公寓，沒有結過婚。

最後，事發當時人在玄關的管理員提供了和這王八蛋——呃，不……和這個失去記憶的人有關的證詞。聽聽這卷錄音帶吧。」

「偵探大師會館」管理員約翰．皮波帝的證詞

「昨天啊？嗯，對，大概是下午兩點吧，我看到一個穿白色工作服的水電工搭電梯上來。不過，我只看到背影，沒看到臉。咦？安全檢查？這棟大樓沒事才不會搞那些，這裡每一層樓都有好幾個名偵探吶！不過，把昨天定為公休日的偵探大師很多，所以來的人很少。就算這樣，也不會有小偷來偷這棟大樓啦！他就只是個水電工嘛，我當然不會去注意。對了，看你這德性，真的是刑警嗎？蘇格蘭警場也真的是沒救了，連頂著龐克頭無所事事的小混混都能當刑警。想當年我年輕的時候啊……」（錄音帶聲音漸漸變小）

「我向偵探大師聖經《血字的研究》發誓，上述報告句句實言，毫無虛假。」

3

路易絲背靠著窗邊的牆上，雙手交疊胸前，陷入沉思。

基德一報告完，她便開口說：「有很多問題必須好好思考，像是密室、死前留言、貓偶……」

「還有消失的兇器。」我加上一句。

這句話似乎讓路易絲吃了一驚，但她立刻點頭。

「嗯，沒錯，還有兇器的問題……不過，首先是密室之謎。這裡真的是密閉的房間嗎？怎麼樣，基德刑警？」

基德正靠在壞掉的門那裡喝著罐裝啤酒，也許是懶得報告，便叫杵在一旁、板著一張臭臉的蘋可回答。

蘋可非常不甘不願地開口：「嗯——有啊，查過了。和走廊相連的門，也就是正對布爾博士事務所的那一扇，是很堅固的木材做的，門的四邊都沒有縫隙。而且，布朗寧爵士為了安全起見還把鑰匙孔封起來了。這扇門從內側上了滑動式的門閂，雖然卡卡的，但還是有發揮作用。

「另一扇門，也就是基德撞破的那扇，同樣是四邊都沒有縫隙。應該說，頂多只能塞進一張紙吧。這扇門的鎖是從內側轉動鎖鈕就能鎖死的鎖鈕式安全鎖，這個鎖也是鎖上了。還有，門上的玻璃也鑲得好好的，沒有縫。

「窗戶也一樣，玻璃和窗格子之間沒有縫隙。窗戶也用新月形的鎖釦從內側扣住。可能是因為舊了，要很用力才打得開。

「還有，天花板和地板當然都沒有洞囉。要是妳覺得我說謊，那就請妳自己調查吧。」

路易絲看了看蘋可誇張的頭髮，然後一路看到鞋尖，只說了一句話：「和別人說話的時候，不要嚼口香糖。」

蘋可的頭髮原本就是豎起的了，這時它們更有如暴怒的貓背一般衝天而起。

蘋可瞪著路易絲，從嘴裡取出口香糖，以挑釁的態度黏在旁邊的牆上。

路易絲不理會蘋可，走過房間，在屍體旁蹲下來。從這個角度看過去，她的側臉上帶著深深的哀傷。路易絲低下頭不讓四周的人發現她的表情，開始察看屍體。首先，她把屍體翻過來面朝上。屍體的衣服和地板上的地毯都沾滿了血，但只有左胸附近有一塊地方沒有血跡。路易絲不僅察看屍體，也仔細調查了地毯上以血所寫的訊息。

看完屍體之後，路易絲站起來，走到通往走廊的門，察看裝在離地約三呎處的門閂。

「這人好煩喔。」蘋可看著路易絲的背影竊竊私語。

看完門之後，路易絲來到音響旁邊。她拿起轉盤上的唱片。

「這標籤看起來像是盜版的，這裡怎麼會有這種東西呢？曲子是〈Cat Walk〉……演奏者是The Funky Cats。這是什麼？鋼琴三重奏？看起來好像是爵士樂。」

路易絲將唱片大致看過一遍後，還移開轉盤的塑膠墊察看，但或許是沒有任何發現吧，她只嘆了一口氣。接著，她又開始環視整個房間。她的視線突然停住了，人往靠走廊那面的房間角落走去。

喇叭後面放著一個奇特的塑像，似乎是日本佛像，銅製品，高度超過四呎，看起來相當沉重。塑像以獨特的姿勢站立。

「這大概是阿彌陀如來吧，我曾經在日本的攝影集裡看過。祂會在極樂世界，也就是類似天國的地方，拯救民眾。」路易絲說。

「哦——阿彌陀？祂的姿勢真有趣。那隻手擺那樣是什麼意思？」基德走過來，好奇地問。

「那叫作『手印』，代表每一尊佛像的精神。」

面容慈祥的佛像將右手舉到胸前，食指和拇指圈起來，正好形成一個「ＯＫ」的手勢。

「哦，上天堂ＯＫ啊？佛教真不錯，很好懂。」基德自行解釋，自行讚歎。

「不過，奇怪了，那個阿咪頭怎麼會是面向後面？」蘋可從基德身後出聲。

蘋可說得沒錯，佛像做出ＯＫ「手印」的那隻手是靠牆的，換句話說，佛像是以面朝走廊那側牆壁的方向放置的。若站在房間中央以後的地方，只能看到佛像的背影。

「啊，我知道了！」蘋可天真地說。「一定是布朗寧爵士討厭阿咪頭的長相。我小時候，也會把討厭的娃娃擺成背對我的樣子。」

路易絲深深嘆了一口氣，轉身面向蘋可。

「說到娃娃，蘋可刑警，讓我看看『貓』留下，又被妳偷摸走的那個人偶吧。」

蘋可瞪著路易絲，表現出抗拒。但基德往她背上推了一把，她只好把人偶從外套的口袋裡拿出來。

路易絲接手的人偶相當令人毛骨悚然。人偶是圓筒狀的，高四吋、直徑一吋左右，全身以棋盤格紋的麻布捲起。勉強能看出那是個貓偶，是因為從布裡露出來的那一小部分灰色蠟製的頭。做工雖然粗糙，但看得出是貓。

「貓木乃伊啊。」

路易絲的話，讓在場的人心頭一驚。全身被布包起來、連腳都看不到的人偶，模樣確實和全身被繃帶綑起的木乃伊相仿。

「古埃及人曾經把很多貓做成木乃伊埋葬。大家都知道，埃及人把家貓當成神聖的動物，視為神來崇拜。前幾天，布朗寧爵士他們在電視上也說過。在倫敦的話，只要去大英博物館就可以看到貓木乃伊。不過，這看起來應該是最近才做的複製品，你們看，這裡……」

路易絲讓我們看貓偶的頭部。貓的後腦上以工整的字體刻著：

泰西夫人蠟像館

「看樣子，這是拿來賣的東西。這家泰西蠟像館是……」

蘋可打斷路易絲的話：「哦，管理員大叔說，那個館裡的人曾經來過命案現場。」

她不經意的一句話，頓時讓整個氣氛緊張起來。

基德粗暴地大叫：「妳、妳怎麼會知道？」

「就在剛剛啊，這裡的管理大叔說基德的頭髮不像話，要對你說教，不是嗎？那時候，

基德一氣之下就不再問話，把錄音帶切掉了。可是那個大叔跟我說，昨天傍晚，蠟像館的館

長好像有來過。」

路易絲嘆了一口更深、更沉的氣，把視線從蘋可身上移開，然後對我說：「該是採取行動的時候了，有很多該討論的事。不過，我想從我拿手的部分開始。我對考古學方面略有研究，所以我們就先跑一趟這個貓偶的出處——泰西夫人蠟像館吧。」

我向兩個龐克刑警看了一眼，以眼神問路易絲：「他們呢？」

女偵探大師毅然回答：「不用擔心他們，我們雙方各自行動。我是不接受警方指使的——因為我是我自己的主人。」

4

路易絲和我立刻採取行動，我們搭乘的計程車正開在梅莉本路上，往貝克街駛去。因為我們的目的地泰西夫人蠟像館，就位在貝克街偉大的偵探故居（現已改為福爾摩斯紀念館）旁。

出門前，我們再度向「偵探大師會館」的管理員確認，得到「昨天傍晚六點左右，泰西夫人蠟像館的館長來過，並搭電梯上樓」的證詞。

「哎，我沒跟那個龐克不良少年刑警說，但是我看到了，雖然只看到背影。之前我也看過那個蠟像館館長兩次，那時候他是和布朗寧爵士一起進出的。是路易絲小姐來問我才說的，因為妳平常都很親切啊！不過啊，說到最近女人的墮落程度，我……」管理員是這麼說的。

「問題是，他說的館長到底是哪一個……」路易絲望著車窗外悄悄逼近的霧，這麼說。

「哪一個？」

「泰西夫人蠟像館的館長，其實是一對長得一模一樣的雙胞胎。」

「雙胞胎？」

「對，詹姆斯．理奇和威廉．理奇兄弟。正確地說，哥哥詹姆斯是館長，弟弟威廉是副館長。我也見過這對兄弟一次，兩人相像的程度十分驚人。」

聽路易絲說話的同時，我也望著窗外的霧。這陣霧是近來少見的濃霧。車輛縱橫來去，霧燈宛如遊魂。霧變得愈來愈濃以後，連走在人行道上的灰色人影，乍看之下都像是幽靈。東看西看一陣子後，前方出現了巨大的黑影，是一個圓頂形的建築。

我們似乎已經抵達泰西夫人蠟像館了。

我們走到排隊等候入場的民眾前方，在窗口告知來意後，便進入蠟像館。

霧當然不至於會進到館內，但裡頭陰暗的照明光度，讓眼前景物像是蒙上了一層靄，一群群活像殭屍的蠟像就在那幽微的光線中迎接我們。

殘酷的行刑場面、華麗的皇室家族、披頭四的笑容、板著臉的邱吉爾等，英國史上赫赫有名的場面與英雄們在館內各處重生，但令我吃驚的不是這些。或許是出於館長的玩心吧，館內有幾個地方放著令人誤以為是活人的蠟像，有的是警衛，有的是拿著相機拍照的觀光客。連參觀的民眾也上當了，我甚至看到有個老人頻頻對著蠟像警衛說話。

我們走過真正的警衛告訴我們的路，穿過只有工作人員才得以進入的門，門內沒有蠟像或參觀的民眾，唯有走廊在寂靜中延伸。

我們走了一陣子，在走廊深處看到「館長室」的招牌。

路易絲敲了門。我們得到一個模糊的應聲後，便轉動門把。

門緩緩開了。

布朗寧爵士露出令人不寒而慄的笑容，坐在房內正面的辦公桌前。

路易絲的尖叫聲響徹了昏暗的走廊。

「喔，嚇到妳了啊，抱歉抱歉。」

一名男子從門後的陰影中現身。

「做得很逼真吧？路易絲小姐。妳瞧，和布朗寧爵士一模一樣。」

男子身後還有另一名男子，位在前面的男子站到一旁後，他就出現在我們面前了。並肩而立的兩人，真的是同一個模子裡印出來的。他們應該就是理奇兄弟吧，雖然他們略微駝背，但個子算是高。頭頂一根頭髮都沒有，臉上戴著厚厚的眼鏡。

「那竟然是蠟像，太驚人了！」

路易絲紅著臉，握了握男子伸出來的手。我則握了另一位的手，一握才發現他的手冷得嚇人，我忍不住把手抽回來。

「哈哈！在沒有心理準備的時候，人是很容易受騙的。哎，失禮失禮。我是這裡的館長詹姆斯．理奇。剛才和你握手的，不是我弟弟威廉，而是蠟像的試作品M－三〇三號。我弟弟現在外出不在。呃，你是？」

路易絲連忙說：「他是史密斯先生，我的助手。」

理奇請我們在沙發上坐下之後，嘴角露出笑容說：「不過，路易絲小姐，妳吃驚的程度真是與眾不同啊。」

路易絲強作平靜，說：「那當然了，我怎麼也沒想到已經死去的布朗寧爵士竟然會在這裡出現，還以為是見鬼了。」

「哦？布朗寧爵士死了？」理奇突然變得面無表情。「這是怎麼回事？」

「『貓』兇殺案。沒有時間了，我就開門見山說吧，現場留下了這個──『貓』作案的證明。」

理奇接過貓木乃伊，立刻就說：「哦，這是我們的商品，樓下的紀念品店就有販售。不過，每個月都會賣出好幾個，要追查這一件賣給了誰，實在很困難……原來『貓』留下了這個啊。」

他的回答完全在我們的意料之中。

路易絲毫不氣餒，換個話題繼續逼問：「那具布朗寧爵士蠟像呢？」

「哦，那是本館為了紀念爵士就任『偵探皇帝』與多年來的豐功偉業製作的。上週才完成，沒想到竟成為爵士的遺像啊！」理奇撫摸著厚實得出奇的下巴，感慨地說。

「那麼，爵士也曾經為了製作蠟像來過這裡？」路易絲問。

「是啊，來測量尺寸等等的。」

路易絲突然又換了話題。

「對了，你昨天傍晚六點左右，在『偵探大師會館』做什麼？」

她一扔出這個問題，沉默立刻支配了整個房間，理奇的臉當場變得像蠟像一樣蒼白。路易絲更進一步說出大樓管理員的目擊證詞，逼問理奇。

「哈哈，怎麼沒來由地說這種莫名其妙的話。什麼？管理員看到我？他一定是認錯人了吧。我在這裡發脾氣也不是辦法，妳一定會說這是為了辦案才問的『形式上的問題』吧，電視和小說的劇情都是這樣展開的。好吧！昨天傍晚啊……」理奇的眉毛愉快地揚起來。「喔喔，對了對了，昨天是一年當中最難忘的日子。昨天難得放晴，卻還是很冷，我和我姨婆、弟弟三個人，度過了一個快樂的慶生會，就在我們蠟像館的私人空間內。」

「慶生會？」

「是的，是本館的創始人兼所有人，伊莎貝兒·堤佩特姨婆一百零三歲的生日。我們理奇兄弟在破產時，她把人在美國的我們找來，讓我們在這裡工作。她是我們的大恩人，我們當然是由衷為她慶生的。」

路易絲與我對望一眼。

「哦，你們似乎不相信。那好，我找個證據……喔，對對對，有那個嘛。呵呵，正合我意，簡直就像電視上的推理劇場。」

理奇自言自語地說著，一面站起來，設定好房間一角的錄影機，回到沙發上，拿起遙控器按下開關。

「我們以錄影機拍下了慶生會的情形，」理奇說明，「只有短短三分鐘左右，不過這是為了紀念嘛。裡面應該有拍到當天傍晚的事情。」

螢幕上出現影像了。

畫面裡映出一個舒適的房間，中央坐著一個老太太，她小小的臉上滿是皺紋，髮量極少的灰髮梳成一個髻。理奇兄弟的姨婆，也就是這座蠟像館的現任所有人，迎接一百零三歲生日的堤佩特女士，坐在安樂椅中，眨著眼凝視著鏡頭。

理奇兄弟就坐在她的兩側。兩人穿著同樣的深藍色晚宴服，但右側那個手插在口袋裡，縮著肩似乎很怕冷，他學東方人戴了一個大大的白色布製口罩，口罩上方眼鏡後面，有一對眼神憂鬱的藍色眼睛。左側那個一面以手帕擦拭眼鏡，一面朝鏡頭說話：

「一九八七年十二月十日下午六點就快到了，我們敬愛的伊莎貝兒姨婆的慶生會即將開始。」

正好在這時候，房內後方一直開著沒關的電視為晚間六點整點報時，熟悉的ＢＢＣ播報員開始報導當天下午哈洛德百貨發生的火災。

這時有人敲門了，一個身穿紅色洋裝、滿臉笑容的女子捧著一個大大的蛋糕，從畫面左方出現。

她面向鏡頭，露齒而笑，大聲說：「『瑪波生日歡樂送』的蛋糕來了！祝您生日快樂！」

左側的男子把蛋糕安置在桌上、鏡頭拍得到的地方，再次面向鏡頭，刻意地說：

「太好了，伊莎貝兒姨婆，祝妳生日快樂。」

然後，畫面突然消失了。

「昨天，我弟弟不巧有點感冒，所以一個東方來的朋友送他一個感冒用的口罩。現在他正好去看醫生，所以不在。不過，昨天晚上我們過得很愉快。不知道這樣的錄影帶算不算證據啊？」

路易絲以拘謹的語氣說：「很抱歉懷疑您。看您昨晚過得那麼愉快，我們也為您高興。不過，如果您不嫌冒昧，還有一件事想拜託您，能不能把這卷錄影帶借給我們？這是形……」

「——形式上，是嗎？」理奇譏諷地哼了一聲。

5

我們正在「偵探大師會館」附近的酒吧「白女王亭」。昏暗的酒吧中略略飄著炸魚薯片的味道，有人靜靜喝酒，後方也有人熱中射飛鏢，有點熱鬧又不會太熱鬧。

路易絲和我在酒吧一角的桌位，喝著一杯杯啤酒和蘇格蘭威士忌，回顧整件兇殺案。

「真是氣死人了！那陽奉陰違的態度，還有那不在場證明！根本就是做出來的！」

「那是假的嗎？」

「哼！一看就知道了。我一定要破解他們的不在場證明，我們也有必要好好調查這對兄弟，我聽過他們的一些負面傳聞，布朗寧爵士搞不好也辦過跟他們有關的案子，我們要再查一次爵士的檔案。」

「密室和兇器的問題也還沒解決。」

本來熱切地說個不停的路易絲，突然一凜，沉默片刻，然後才望著手中的酒杯，以興趣缺缺的語氣說：「這我知道。密室和兇器的問題你不用擔心，我差不多已經有譜了，倒是……」

「倒是？」

「死前訊息才是大問題，關於這個，我自有看法。今晚我要仔細想想。」

這時，吧檯裡的鐘正好響了，距離打烊時間十一點還有十五分鐘。英國的酒吧一定會鳴鐘提醒客人打烊時間。我們決定拖著沉重的身子離開。

回到「偵探大師會館」的事務所之後，路易絲說要獨自研究案情，便躲進自己的房間裡。

我沒別的事好做，只好把事務所會客室的沙發當作床，準備就寢。

我躺在沙發上，呆呆望向窗戶。這時，我發覺霧已經籠罩了諾丁丘門這一帶。霧悄悄撫過窗玻璃，像一隻黃色的貓在磨蹭背部……一個陌生男子的面孔，以這片霧為背景，映在玻璃窗上。

那個陌生男子應該就是我本人。我一張嘴，玻璃窗裡的男子也張嘴；我皺眉，他也皺眉。但是最令人感到焦躁的是，我無法切身感受到他就是我。

我不認得自己的臉，我究竟是誰？濃厚的霧氣仍執拗地撫著玻璃窗，不肯散去，彷彿是在嘲笑這樣的我……

突然間，一股奇異的感覺從我心頭掠過。

這股窗外濃霧般模糊不清的感覺，開始在我腦海中翻騰攪動。

——我發現什麼了嗎？那和我之前看過的東西有關嗎？我想抓住這感覺，它卻像隻狡猾的貓，從我的手裡溜走。這種奇異的感覺究竟是什麼？這是記憶恢復的前兆嗎？我發覺了讓我想起一切的契機嗎……？

我是誰？我在那個房間裡究竟經歷了什麼？

當時尚未成形的不安，此刻已明確化為恐懼了。

我感覺到冷汗不住從額頭上冒出來，「想要逃走」的念頭驅使著我，無法抑制。但是我不能逃！即使逃了，事情也不會好轉。我決定面對盤踞在我心中的恐懼，然後親自挑戰我一直在逃避的問題。

——人是我殺的嗎？

我展開一項痛苦的工程。「自我」對我而言已形同陌生人，但我仍試圖翻遍他內心的每一個角落。在我的內心深處，潛藏著不惜殺害他人的攻擊衝動嗎？即使忘了自己是誰，忘了意識表面上的事，也許我還是能夠感受到殺人衝動這類本能……

就這樣，我在自己心中盲目飛行、摸索著。但是，無論如何，我都無法從自己的內在找出邪惡殺人兇手的影子。無論我是誰，我都不是能夠動手殺人的人——我這麼認為。不，也許是我拚命在說服自己……

如果兇手真的不是我，事情又會如何演變？如果我不是兇手，不是邪惡的「貓」，那麼此時此刻，「貓」或許正躲在某處物色下一個犧牲者，不是嗎？想到這裡，我發現心中湧出另一股新的恐懼——既然我曾目擊布朗寧爵士房間裡發生的一切，那麼「貓」會不會在我想起這件事之前殺我滅口？也許「貓」就在我身邊伺機而動。啊啊！我在那個房間裡看到什麼？我是誰？

……我開始覺得，連我腦中也充滿黃色的霧了，頭痛欲裂。

——接著，我逐漸開始失去意識……

睡醒的感覺很不清爽，我一面呻吟、一面起身。看樣子，我好像沒換衣服就睡著了，身上穿著昨天的衣服。

頭還是有點痛，我完全不記得昨晚我是在什麼狀態下睡著的，我的腦子到底是怎麼了？讓我不舒服的不只是頭痛而已，我身上的衣服有點受潮。昨晚我好像沒把窗戶全部關緊就睡著了，衣服一定是因為這樣被霧濡濕，濕氣才會這麼重吧。

一思考，頭就有點痛。我從沙發上站起來，踏著蹣跚的腳步走向隔壁房間。

「你醒了？覺得怎麼樣？」

路易絲從茶几上抬起頭來微笑，茶几上冒著蒸氣的紅茶和吐司，彷彿也和她一起微笑著迎接我。

我一就座，路易絲立刻就把桌上的一本文件夾推過來。

「不好意思，請你邊吃、邊聽。昨晚，我又再度調查了一遍布朗寧爵士的檔案櫃，結果從相關的文件夾裡發現了有趣的東西。」

我打開文件夾，裡面夾的是標明「泰西夫人蠟像館事件」的文件。

「簡單說，文件裡頭把詹姆斯和威廉那對蠟像館兄弟幹的壞事一五一十列出來了。他們幾年前從美國來到這裡之後，做了不少壞事。布朗寧爵士是受到堤佩特女士其他的遠房親戚委託，而進行調查的。」

「他們做了什麼事？」

「做假帳、污錢等等，很多，不過最大的一宗是偽造遺囑。他們看準蠟像館所有人伊莎貝兒．堤佩特年事已高這點，幾乎把她所有的財產都據為己有了。更可怕的是，根據布朗寧爵士的調查，他們兩個人還曾經企圖殺害姨婆，有殺人未遂的嫌疑，證據就在另一個紙袋裡。」

「這麼說……」

「對，那對理奇兄弟有把柄落在布朗寧爵士手裡，所以有殺害爵士的動機，只不過……」

「他們有不在場證明。」

「對。今天早上，在你還沒起床之前，我已經忙過一陣了，我去那家『瑪波生日歡樂送』跑了一趟，錄影帶裡的那個女孩真的存在。我問過她，她說前天晚上錄影帶裡拍的事，都是真實的，也給我看過登記了配送時間的販售紀錄，所以不在場證明算是成立的。」

「那麼，再來就只能當面問堤佩特女士了。」

路易絲聳聳肩。

「是啊，可是她年事已高，我想大概也不能期待有多少收穫吧……你不覺得我們應該在這裡多研究一下那卷錄影帶嗎？」

我贊成這個提議，路易絲便將錄影帶放進錄影機裡，隨即按下遙控器的播出鍵。螢幕開始出現影像。

畫面裡映出一個舒適的房間，中央坐著一個老太太，她小小的臉上滿是皺紋，髮量極少的灰髮梳成一個髻。理奇兄弟的姨婆，也就是這座蠟像館的現任所有人，迎接一百零三歲生日的堤佩特女士，坐在安樂椅中，眨著眼凝視著鏡頭。

理奇兄弟就坐在她的兩側。兩人穿著同樣的深藍色晚宴服，但右側那個手插在口袋裡，縮著肩似乎很怕冷，他學東方人戴了一個大大的白色布製口罩，口罩上方眼鏡後面，有一對眼神憂鬱的藍色眼睛。左側那個一面以手帕擦拭眼鏡，一面朝鏡頭說話：

「一九八七年十二月十日下午六點就快到了，我們敬愛的伊莎貝兒姨婆的慶生會即將開始。」

正好在這時候，房內後方一直開著沒關的電視為晚間六點整點報時，熟悉的ＢＢＣ播報員開始報導當天下午哈洛德百貨發生的火災。

這時有人敲門了，一個身穿紅色洋裝、滿臉笑容的女子捧著一個大大的蛋糕，從畫面左方出現。

她面向鏡頭，露齒而笑，大聲說：「『瑪波生日歡樂送』的蛋糕來了！祝您生日快樂！」

左側的男子把蛋糕安置在桌上、鏡頭拍得到的地方，再次面向鏡頭，刻意地說：

「太好了，伊莎貝兒姨婆，祝妳生日快樂。」

然後，畫面突然消失了。

我問路易絲：「根據基德刑警的報告，布朗寧爵士的推定死亡時間是……」

「下午四點半到六點半之間。從蠟像館到『偵探大師會館』，不管是開車還是搭地鐵，都需要三十分鐘左右，來回就是一小時。假設犯案需時三十分鐘，加起來就是一個半小時。這樣算起來，最晚只要在五點半之前犯案，就來得及回蠟像館錄影了。」

「可是，『偵探大師會館』的管理員說他看到理奇兄弟之一，在六點的時候來訪。假設他們其中之一是兇手，兇手是為了殺害爵士才來訪的，那麼行兇時間就是六點左右了。」

路易絲的眉頭皺起來：「但是在六點的時候，理奇兄弟卻都在蠟像館裡入鏡——這該怎麼解釋？總之，再看一次錄影帶再說……」

接下來的一個鐘頭，我們反覆研究那短短三分鐘的錄影帶，卻無法找出影片中有什麼可疑之處。失望的路易絲嘆了一口氣，宣布要喝喝茶，休息一會兒。

茶壺裡的熱茶倒進茶杯，冉冉升起的蒸氣彷彿能夠安撫我們疲憊的心靈，所以我呆呆注視茶杯，看了好一會兒。想必路易絲也有同感，她一樣愣愣地望著茶杯。但是，當我正要開口說話時，路易絲眼睛突然大睜。

「我知道了！」

我吃了一驚，問她：「知道什麼？」

路易絲一臉興奮，指著茶杯，說：「就是蒸氣，我看到茶杯裡冒出來的蒸氣才想到的。」

說著，路易絲一把拿起桌上的遙控器，再次按下播放鍵。

……畫面裡是一個舒適的房間，中央坐著一個老太太……快轉……理奇兄弟就坐在她的兩側……快轉……右側那個手插在口袋裡，縮著肩似乎很怕冷，他學東方人戴了一個大大的白色布製口罩，口罩上方眼鏡後面，有一對眼神憂鬱的藍色眼睛。左側那個一面以手帕擦拭眼鏡，一面朝鏡頭……停……倒帶……

「準備好了嗎？要仔細看這裡。」路易絲低聲說，語調充滿自信。

播放……縮著肩似乎很怕冷，他學東方人戴了一個大大的白色布製口罩，口罩上方眼鏡後面，有一對眼神憂鬱的藍色眼睛。左側那個一面以手帕擦拭眼鏡……停……倒帶……播放……口罩上方眼鏡後面，有一對眼神憂鬱的藍色眼睛……

「左邊那個男的，也就是哥哥詹姆斯，在擦眼鏡。那是為什麼？」

「……大概是從外面進來，眼鏡起霧了吧……」

「那麼，右邊那個，也就是弟弟威廉，他的眼鏡卻沒有起霧，連眼睛都看得一清二楚，這是為什麼？」

「可能是因為他先進來，已經適應室溫了……」

「但是，他因為感冒所以戴著口罩哦，鼻子到眼睛下方的部位都在口罩裡。像這種時候，眼鏡不都會起霧嗎？如果右邊那個男的是真正的人類，有在呼吸的話。」

「那麼，妳是說……」

「對，那是蠟像，一定是這樣沒錯，那就是跟你握手的試作品M—三〇三號。當然，他們大概會說什麼眼鏡有防霧功能什麼的。但是，至少這樣他們就不能主張他們的不在場證明是絕對的了，而且我們還有布朗寧爵士的調查文件，以及他們過去犯案的物證，有了這麼多武器，也許可以駁倒他們……」

「好，走吧！再跑一次蠟像館。為了保險起見，也聯絡基德刑警。」

再度恢復生氣的路易絲和我跑出房間。我們找出了理奇兄弟不在場證明的破綻，因此非常亢奮。但是，當時我們完全不知道，這種亢奮狀態在短短幾秒鐘之內，便會完全冷卻。

這出其不意的打擊，是當我們來到「偵探大師會館」門口時降臨的。管理員皮波帝看到我們，招呼了我們一聲，打擊便突然來到……

「啊，路易絲小姐，蠟像館的調查進行得怎麼樣了？」

「嗯，託你的福，很順利。」

老管理員以遲緩的動作喝了茶，皺起眉頭。

「不過，他們那天到底是怎麼辦到的啊？」

老管理員奇特的話，讓路易絲停下腳步。

「咦？他們？你說誰呀？」

「哎，就是蠟像館的兩位理奇先生啊。不知道是哥哥還是弟弟，在下午六點的時候上去，可是大概過了十分鐘，下來時卻變成兩位……另一個是怎麼進去的啊？我現在想，還是想不通……」

路易絲驚愕地問老管理員：「等等，你說兩個人？」

老管理員抓著頭說：「就是那對禿頭、眼鏡又厚得跟牛奶瓶底一樣的雙胞胎兄弟啊，他們一起離開了這裡。」

路易絲當然會懊惱到在管理員室前含淚跺腳了。

7

路易絲和我在計程車裡反覆討論。

「我們推論錄影帶左邊的是哥哥詹姆斯，右邊的是蠟像。換句話說，是弟弟威廉來到『偵探大師會館』，涉入布朗寧爵士的兇殺案。這就是我們的推理。然而……」

「然而，照剛才皮波帝先生的話，那時候雙胞胎是一起走的。這麼一來，錄影帶裡左邊那個會動、會說話的人，究竟是誰？」

我們本以為不在場證明已經出現破綻了，現在反而無法解釋。證明一個人不可能同時存在於兩個地方，才叫作不在場證明。但眼前的不在場證明，卻證明了一個人同時存在於兩個地方——真是前所未聞。

路易絲和我在車內為這個問題頭痛不已，但最後決定：既然到了這個地步，不如先別理會管理員莫名其妙的證詞，依照最初的決定去嚇唬嚇唬理奇兄弟。

我們再次來到泰西夫人蠟像館。路易絲與我就在館長室前，眼前的門緩緩地開了。

雙胞胎背著窗戶射進來的微光，坐在沙發上。其中一人認出我們準備站起來時，路易絲已經朝他們走了過去。站起身來的男子，以殷勤的態度打招呼。

「哎呀呀，路易絲小姐，妳連日大駕光臨，真教人高興。」

路易絲冷冷回答：「這就難說了，我可不敢保證你聽了我接下來要說的話，還高興得起來。」

她從肩背包裡取出布朗寧爵士針對遺產繼承案做的文件夾。

「這裡面記錄了你們做的種種壞事，我看得很開心。所以，我想再請教你們前天傍晚造訪布朗寧爵士的經過，還有……」路易絲拿起文件夾啪啪打在沙發上男子的禿頭上。「關於這假人演出的那段錄影帶，我也有話要說……」

文件夾下的禿頭客氣地乾咳一聲。

路易絲倒抽一口氣。

站著的那名男子以責備的眼神看著路易絲，說：「很抱歉，路易絲小姐。妳打的是我弟弟──活生生的威廉。」

路易絲雖然認錯人（蠟像），但因為我們的下馬威很成功，因此她出的醜也就不算什麼了。接到通知的基德刑警也半路加入，他嚴厲的盤問（應該說很接近暴力了）並沒有白費，理奇兄弟最後勉強將兇殺案當天的事說了出來。

依照他們的說法，兇殺案當天六點左右，到事務所去找布朗寧爵士的，是弟弟威廉。他們表示，由於布朗寧爵士握有他們偽造遺產繼承文件，與謀殺姨婆未遂的把柄，為了賄賂爵士、請他銷毀這些犯罪事實，於是弟弟來到了事務所。但是，從他們特地製作不在場證明錄影帶這點來看，不難想像他們找爵士除了商量之外，也有明顯的謀殺意圖。但儘管如此──

「到會客室以後，我本來想進布朗寧爵士的房間，門卻上了鎖。我透過門上的毛玻璃往裡面看，看到有人倒在地板上。我害怕了起來，就把門上的指紋擦掉，回來了……」

如果相信威廉的這番話，那麼兇殺案在他到達之前，就已經發生了。

理奇兄弟承認兇殺案當天曾經去找過布朗寧爵士，但對於殺害爵士，以及令人百思不解的一人進兩人出這兩件事，卻矢口否認。我們在百思不解的情況下，結束了偵訊，基德將兄弟倆押回警場。

路易絲目送著他們的背影，說：「我們要不要探望一下堤佩特姨婆再回去？也許可以得到什麼線索，還是要直接回事務所，重新討論案情？」

她這一問讓我緊張起來，因為我總覺得這個選擇，會是我的命運的分歧點。我想了想，選擇去拜訪堤佩特女士。

「那一位就是堤佩特女士。」

帶我們到房間的祕書說完這句話就走了。幽暗的房間中央孤零零地放著一張安樂椅，那位瘦小乾癟、在錄影帶裡看過好幾次的老婆婆，就坐在椅子上。路易絲雖然有些猶豫，仍出聲叫她。

「您好，我是私家偵探貝芙莉……」

路易絲的話說到一半就停了。安樂椅中的老婆婆動也不動地坐著，儘管她那張皺紋遍布、蠟一般沒有血色的臉上，兩隻眼睛的確是睜開的。

「貝芙，這會不會也是蠟像……」我小聲問。

「噓！也許只是耳背。」

路易絲說完，走到老婆婆耳邊，提高聲音說：「堤佩特女士，您好不好？」

老婆婆的頭瞬間有了反應。埋在皺紋裡的嘴唇，有如獨立於身體之外的生物般動了起來：

「哦？一大清早的，做什麼？唔，這一覺睡得真香。」

原來這位老婆婆剛才是睜著眼睡著了。

路易絲音量提得更高了：「堤佩特女士您好，我是私家偵探（private detective）貝芙莉・路易絲。」

老婆婆睜大了眼看著路易絲，再次吃力地動了動嘴唇。

「哎呀，俘虜（prisoner）愛破壞（distructive）？那真是不得了！德軍終於登陸了嗎？」

「不，不是的，堤佩特女士，第二次世界大戰已經結束了。我是偵探。」

「偵探？不要騙我這老太婆，我從來沒聽說過有女人當偵探的。別說這些了，還不快去幫我換床單？」

她好像把路易絲當作新來的女傭了。

我悄聲對路易絲說：「她都一百零四歲了，可能沒辦法問出什麼。」

「我一百零三，前天才過生日！」

這種話她倒是聽得清清楚楚。

堤佩特女士似乎把注意力轉移到我身上了，她面對我說：「哦，好久不見哪，喬治。」

好像又認錯人了。

「堤佩特女士，我想，我不是妳說的喬治，我……」

「什麼，不是？那你是誰啊？」

「呃，這個，我因為出了事，得了失憶症（amnesia），所以不知道自己是誰……」

「什麼？肛門（anus）？」堤佩特女士臉上（似乎）出現了慍色。「真沒禮貌！對淑女說這是什麼話！……不過，肛門出問題倒是挺可憐的。」

沒救了，再問也問不出什麼。路易絲和我決定打道回府。

臨走時，堤佩特女士以慈愛的語氣對我說：「喬治，要好好保重你的肛門。」

路易絲停下腳步回頭，再一次提高了音量：「堤佩特女士，您說的喬治究竟是誰？」

老婆婆打著哈欠回答：「啊啊？這還用問嗎？喬治就是理奇家詹姆斯和威廉的弟弟，三胞胎之一啊！」

8

和昨晚一樣，路易絲和我又到「白女王亭」喝酒了。今晚沒有多少客人，吧檯裡的酒保也清閒地擦拭著酒杯。

「沒想到理奇兄弟竟然是三胞胎，這樣算的話就沒錯了……」

路易絲滿臉倦容，以美麗的指尖戳著酒杯裡的冰塊。也許這雙手更適合撫弄典雅的古老樂器，而不是拿槍。我發覺，在這兩天和路易絲同進同出的過程中，自己已逐漸被她吸引了。

「雖然解決了理奇兄弟這個案子，但布朗寧爵士的兇殺案卻完全沒有進展。」

「是啊。不過，我認為關鍵還是在於理奇家的三弟……總之，接下來我想重新思考這條線索和死前留言。那幾個血字一直卡在我心頭。」路易絲抬起頭來，似乎心意已決。「接下來呢？要多喝一會兒再走？還是要回事務所了？」

正好在這時候，酒吧打烊的鐘響了。

——一陣奇異的感覺又向我襲來。我現在被迫做出選擇了：要在這裡多留一會兒？還是要趕快回事務所？這明明不是什麼天大的抉擇，卻讓我內心感到異常不安，彷彿覺得這決定將左右我的命運。這究竟是怎麼回事？

我不經意地望向路易絲。她當然不知道我內心的不安，只是默默凝視手上的酒杯。

我不敢誘惑——多喝一杯再走也不為過吧！這陣子神經一直繃得很緊，放鬆一下也無妨……而且，老實說，和路易絲共度的快樂時光，多一分鐘是一分鐘……

我決定和路易絲再喝一杯。雖然已經到了打烊時刻，但老闆提姆可以為常客特別通融。

「這是最後了，敬回家之路。」

路易絲舉起酒杯，以迷離的眼神望著我說。吧檯內的提姆以口哨吹著〈皮卡迪玫瑰〉（Roses Of Picardy）的其中一段旋律，一面擦著酒杯。酒吧裡除了我們，沒有別人。

「你不覺得失去記憶是一件好事嗎？雖然不應該對你說這種話。」

我不知該如何回答，只能回她一個不置可否的表情。

路易絲以低若蚊鳴的聲音繼續說：「我也想遺忘，我有太多事情想遺忘了……」

這位女偵探大師第一次露出軟弱挫折的模樣。平常全副武裝的女性，一旦卸下盔甲，就會像毫無招架之力的嬰兒那樣委身於人嗎？現在的路易絲就是這樣。

她絮絮述說自己過去失敗的婚姻，以及最近與情人發生的口角（那個對象是與兇殺案有關的，一個非常令人意外的人物）。我同情這名受挫的女子，結果陪她四處喝到天亮。

過不了多久，我的同情便化為愛情了。

路易絲也愛上了我，因為我是第一個接納最真實的她的男人。兇殺案發生後的第三天早上，我們發現了一件事——那就是，在這世界只要有真心相愛的人，兇殺案偵不破又有何妨？

路易絲和我逃往海外，順利舉行婚禮，過得很幸福。當然，兇殺案成了懸案，至今我的記憶仍然沒有恢復。但是，這一點也不妨礙我們度過幸福的人生。

一個人的命運真是難以預料。

——這時候，我恢復了意識。

這裡是哪裡？我連忙環視四周。我認得這裡，我正在「偵探大師會館」的貝芙莉．路易絲事務所，而且路易絲就在我眼前。她坐在辦公桌前看文件。

現在究竟是怎麼回事？她在這種地方做什麼？路易絲——不，貝芙和我……不是已經結了婚，在南美過著幸福快樂的日子嗎？我怯怯地叫喚貝芙。

「……貝芙，妳……在這種地方做什麼？」

貝芙從文件中抬起頭來，一臉驚訝地說：「我？……我在看和兇殺案有關的資料啊。」

「兇殺案？妳是說布朗寧爵士的兇殺案嗎？」

「這還用說嗎？」

「可是，我記得我們放棄偵辦兇殺案……對……然後在牙買加舉行婚禮，到里約熱內盧……」

「婚禮？誰啊！」貝芙揚起眉毛反問。

「……就是，妳和我……」

貝芙突然笑了出來。

「你在胡說什麼？才喝那麼一點酒，你就醉了？我和你結婚？別開玩笑了。我們剛剛在『白女王亭』喝酒，我問你要不要再喝一杯，你說要回來，所以我們就回事務所啦。你又失去記憶了？你真的不要緊嗎？」

我覺得好像當頭被潑了一盆冷水。這麼說，和路易絲結婚，是我喝醉之後夢到的嗎？這麼一想，好像真的是如此……我究竟是怎麼了？記憶迴路整個亂掉了嗎？

路易絲的語氣轉為辦公的語氣了。

「好了，我沒空陪喝醉的人。今晚我有事要查，明天又要忙『偵探大師百年慶』，你也早點睡吧——去睡隔壁會客室的沙發。你喝醉之後的妄想雖然令人高興，但我暫時還不想依靠男人，我要一個人過日子。好了，你去睡吧。」

路易絲的語氣沒有半分商量的餘地，我只覺得自討沒趣，無話可說。無奈之下，只好伸手去開通往隔壁會客室的門。

這時候，路易絲在我背後說：「不過，那時如果你說要再喝一杯，也許就真的會變成那樣……」

一個人的命運真是難以預料。

儘管我對整個案件感到不安，但今天的「偵探大師會館」卻顯得異常忙碌。下午，來了一個趾高氣揚的男人，據說是蘇格蘭警場總長亞道夫．蓋爾多夫，他察看了布朗寧爵士的文件等物。他是布朗寧爵士的副手，受命擔任明天即將舉行的「偵探大師百年慶」執行委員。據說爵士突然死亡後，他必須照料一切，因此非常著急。

我現在和昨天一樣，躺在事務所的沙發床上，想事情想得出神。

明天的「偵探大師百年慶」，我也準備出席。我請他們安排，讓我以相關人士的身分出席。

但是，我真的可以這麼悠哉嗎？時間不斷地過去，案子真的能解決嗎？「貓」究竟是誰？

我又到底是誰……？

——這些事我昨晚也想過，我覺得好像有所發現，便深入內心，想打撈出記憶的碎片和沉澱在深處的殘渣。我告訴自己：無論自己是什麼人，至少都不會是殺人兇手。然而，我並不是真的對此深信不疑。

此時此刻的「意識」，在一瞬之後便成為「記憶」。這應該像是一條綿延不絕的帶子。

但是，我的帶子卻出了毛病，意識與記憶之間的橋樑斷了。

我的意識會突然中斷，其間可能會有無論如何都想不起來的記憶，而錯誤的記憶也同時會摻雜進來。到底是怎麼……慢著，「錯誤的記憶」？此時此刻身在此處的我的「意識」，究竟是不是真的？我怎麼能保證這分「意識」將來不會成為「錯誤的記憶」？

突然間，新的不安將我包圍。姑且不論「錯誤的記憶」，我會不會還有想不起來的「記憶」？

今天早上我醒來時，覺得衣服相當潮濕。我以為是窗戶透進來的霧濡濕的，但會不會是我昨晚外出了？在失去這個意識的期間，會不會有其他的意識在我體內醒來，讓我在倫敦的霧夜裡徘徊？

……啊啊，我不知道。究竟是怎麼回事？我究竟怎麼了……？

嚴重的頭痛再度向我襲來。布朗寧爵士可怕的死狀、貓令人哆嗦的影子，在我腦中激起一圈圈漩渦。

而我開始逐漸失去意識……

接著請看：

「偵探大師百年慶」慘案↓P193
或#1偵探大師亨利・布爾博士↓P65
#2偵探大師麥克・D・巴羅↓P105

「偵探大師百年慶」慘案

1

貝克街二二一B。只要說出這個地址，大家馬上就會知道那是誰的住所。這樣的地方在倫敦，不，恐怕在全世界也找不到第二個。

這個象徵名偵探的住宅，就位在倫敦西北部，從牛津街向北走到底，倫敦最大的公園，攝政公園旁。

夏洛克·福爾摩斯退休後，為了專注進行學術研究與養蜂，便移居至薩西克斯丘陵，因此貝克街的住宅曾經在某時期改建為金融公司大樓。但幾年前，偵探大師協會買下這個地方，興建了福爾摩斯紀念館。

福爾摩斯紀念館裡，有辦公室、會議室、資料室、休閒設備、宴會廳等設施，除了為維持英國治安的偵探大師提供種種服務，也是海外遊客必定造訪的倫敦新名勝。

而今天，福爾摩斯紀念館正舉行值得紀念的「偵探大師百年慶」。

今年正值福爾摩斯發表的第一篇案件紀錄《血字的研究》一百週年，因此這一天，世界各地的名偵探都齊聚在貝克街，向名偵探的代表人物福爾摩斯致上最高敬意。

這天早上，來自各國的偵探舉行了公開座談會，傍晚則安排了以高齡八十以上的福爾摩斯二世為主賓的紀念晚宴。

當天傍晚，我請偵探大師設法安插我入場。為了避免引人注目，我戴起黑框眼鏡簡單改裝，前往福爾摩斯紀念館。

在尊重傳統、重視市容的英國，建築物不能任意建造。屋齡不過數年的福爾摩斯紀念館，也是依維多利亞時期的風格建造的。我仰望著雄偉的三角屋頂與白色的外凸窗，發現自己有點膽怯。話說回來，今晚世界各國的名偵探都會聚集在這裡的二樓大廳，不緊張才奇怪。

我出了電梯，尋找會場，但卻沒看到像會場的地方。正當我到處亂轉的時候，在走廊上和基德刑警遇了個正著。

「你沒事戴什麼眼鏡？你也要出席晚宴嗎？大廳在下面，你多上了一層樓。」

基德的話讓我明白自己的外行變裝完全沒有效果，臉不由得熱了起來。

基德以懷疑的眼光打量我，但還是把樓梯的方向指給我看。我趁他還沒有改變心意前，趕緊溜下樓。

大廳位於二樓。貝克街二二一B的「B」意指副住宅，也就是哈德森夫人經營的出租住宅二樓。所以說，這個大廳所在的空間，正是過去福爾摩斯的住處。

大廳的水晶燈金碧輝煌，照耀著美麗的地毯與拼木地板。纖細的日本風格門板等裝飾，讓人看了會心一笑，這些想必是為了重現維多利亞後期的風格吧。

然而，比任何裝飾都震撼人心的，是掛滿了一整面牆的歷代名偵探肖像。

首先，是西德尼．派吉所繪的夏洛克．福爾摩斯。觀看者彷彿能感覺到他精悍的表情下，清晰活躍的頭腦。旁邊是眼中充滿好奇心的布朗神父，接著是刻意擺了姿勢的白羅，與表情流露出強烈探究心的瑪波女士擺在一起，再過去則是面帶優雅微笑的貴族偵探彼得・溫西爵士。此外，還有亨利・梅瑞威爾爵士、法蘭奇探長、卡克瑞爾探長等，一整排代表英國的名偵探肖像睥睨群倫。

說到睥睨，不能不提到一位高貴無比的人物。她正在大廳後方的王座之上，睥睨群倫。這位從頭到腳一身黑的人物，正是知名的黑衣女王——維多利亞三世。會得到黑衣女王這個稱號，是因為她在許多方面模仿了比自己還要有名的十九世紀大英帝國維多利亞女王。舉例來說，她經常穿著如喪服的黑衣，也常把維多利亞女王的口頭禪「余無事可樂」掛在嘴上。

不過，讓國民眉頭深鎖的，是黑衣女王的另一個口頭禪，這也是從《愛麗絲夢遊仙境》中，有名的紅心女王那裡模仿來的。有傳言說黑衣女王個性不但陰鬱，又容易激動，只要看誰不順眼，立刻就下令：「拖出去斬了！」大家在傳這件事時，總是說得煞有介事。

最靠近黑衣女王那張餐桌的中央席位，安排給特別來賓福爾摩斯二世，右手邊是布朗寧爵士，左邊是亞道夫・蓋爾多夫總長。但布朗寧爵士已身亡，福爾摩斯二世也還未到場，只有蓋爾多夫總長孤零零地坐著，等待其他人到來。

我走到蓋爾多夫座位前方的那張桌子。這一桌坐的是英國現任偵探代表，也就是目前破案分數最高的三位偵探大師：亨利・布爾博士、麥克・巴羅，以及貝芙莉・路易絲。

放眼望去，四周的餐桌上，其他英國名偵探和代表各國的名偵探都到齊了。

對面那一桌上，坐著詩人偵探亞當·戴立許。他對沒落的蘇格蘭警場失望，因此提早退休了，此時正與歌蒂麗亞·葛雷親密地談話。他身旁的多佛探長目前仍留在警場中，或許是因為沒落的警場待起來反而舒適吧。現在他正不耐煩地等著上菜。

他們前方的座位，坐著來自美國的朋友。長相像「鼻子被打歪的卡萊葛倫」的史賓賽，與滿頭白髮的菲利浦·馬羅，兩人正你一言我一語地拋出博學的臺詞。旁邊閉著眼睛的尼羅·伍爾夫是上了年紀的男子，感覺乾癟許多。

令人稍感驚訝的是，非人類的名偵探也來到會場來了，那便是來自瑞士的巨大聖伯納犬——克強。這頭偵探犬以敏銳的嗅覺破解了許多案件，今晚亦躋身於人類偵探中，即將獲頒特別獎。克強伏在尼羅·伍爾夫腳邊，從臉上表情看來，牠好像覺得當前的活動很無聊，比伍爾夫還不耐煩。

場內響起掌聲。朝入口方向一看，艾勒里·昆恩正好抵達。雖然他年事已高，但那雙聰明的灰眼睛仍精光四射。跟在他身旁那名壯碩的婦女，想必是祕書妮姬·波特吧。

除此之外，會場應該還有五十名左右的偵探，分別來自歐亞各國。大廳的盛況，真可謂是名偵探的饗宴。

換上燕尾服、置身在各國名偵探當中的基德，待在會場一角，顯得相當不自在。他身旁穿著晚禮服的蘋可也一樣不自在，兩人板著臉站在那裡。他們身後還有一個看起來像嗑藥嗑得痴肥、臉色很差的龐克男，大概是基德的同事吧。他們身上穿的雖然不是平日的龐克打扮，卻還是留著又尖又刺的髮型，還真是挺可愛的。來自中國的偵探或許是受到那大膽的髮型吸引吧，還要求與他們一起拍照留念，讓他們備感困擾。

2

距離晚宴開始還有幾分鐘。

我決定默默觀察眼前三位偵探大師來打發時間。

首先打破沉默的，是布爾博士。

博士露出裝傻的笑容，對路易絲說：「哎呀呀，路易絲小姐，妳今晚這身禮服真是美極了，我都想毛遂自薦，充當妳的護花使者了。」

「哦，謝謝！隨時歡迎。」路易絲也以笑容回應。

「唔，還是算了吧，不然會被妳老公罵。雖然布朗寧爵士已經不會開口抱怨了。」

場面頓時陷入沉默。

「呵呵，您在說些什麼？博學的人開的玩笑真是難懂呀！」

「博學？怎麼敢當。路易絲小姐，我看妳懂的才多吧。好比印度西北部使用何種怪異武器等等……」

笑容從路易絲臉上消失了，她以冰冷的眼神射向博士。

「是呀，下次我們就來聊聊印度吧！不過，到時候我們不要只聊武器，也順便聊聊更令人輕鬆愉快的草本植物吧！」

這回換布爾博士因為路易絲的話陷入窘迫了。

在一旁觀戰的巴羅立刻插話：「是啊，路易絲小姐說得對，我們來談談愉快的事嘛！別提冷冰冰的兇器，多談點熱騰騰的話題。布爾博士，像你這種一直動腦的偵探，應該放輕鬆一點才行，像藉助藥物應該是個不錯的方法。」

路易絲恢復攻勢。

「就是啊，偉大的福爾摩斯據說也吸食古柯鹼呢！不過，我可不行，要是嗑藥變胖就太難看了。」

巴羅愉快地說：「貝芙美女說得對。萬一嗑藥變胖，走不過船上的catwalk❼，就沒辦法去旅行了。你說是不是，博士？」

「Catwalk？呵呵！好有趣的字眼。是船員的專業術語嗎？哎，真是讓我長了見識，我可得好好記起來。」

布爾博士的語氣裡有幾分焦急，聽得出他想改變話題。但是，路易絲卻對這幾句對話產生了敏感的反應，將攻擊的矛頭指向本應是同盟的巴羅。

❼狹小的通道。

「對了，巴羅先生應該懂不少吧？我是指，一般人不會懂的世界，像清一色由男性組成的船員世界之類的。」

面對同盟突如其來地瓦解，巴羅的臉色似乎變了，他頻頻眨眼。

路易絲不顧他的反應，繼續說：「聽說巴羅先生不但是個硬漢，還非常溫柔呢！會把年輕男孩叫到房裡，做菜給他們吃。大家都說你的教名『D』，是domestic的『D』。」

巴羅堅實的下巴似乎快把菸咬斷了，只見他開始猛抽菸，很不自然地眨眼；布爾博士以空虛的表情獨自唸唸有詞；路易絲則是一臉事不關己的模樣，專心塗口紅。接下來三名偵探大師便不再和其他人交談了。

這些人到底是怎麼回事？獲得最高破案分數的偵探大師竟然是這副德性，這次的案子究竟能不能偵破？他們當中有誰能查出事情的真相？我的偵探大師選對了嗎？——種種疑問與不安同時在我心中爆發，黯淡的心情攫住了我。

3

再過不久，紀念晚宴便要開始了。蓋爾多夫總長眼睛下方黑了半圈，露出焦躁的神情。細看這位總長會發現，他的容貌受到形狀過時的鬍子影響，像極了亞道夫．希特勒，而他的名字正是取自這個歷史名人。事實上，這名德裔警察總長懷抱著異想天開的妄想：他希望有朝一日英國能像漢諾威王朝一樣，由德意志人稱王，因此最近在倫敦市民之間的風評一落千丈。

「因為福爾摩斯二世還沒來，蓋爾多夫才會坐立難安。」鄰座一臉陰沉的偵探大師低聲對我說。

根據他的說法，福爾摩斯二世是非常隨興的人，儘管他年事已高，喜愛遊蕩的毛病仍不時發作，經常兩、三天不見人影。因此，就連這種公開場合，他有時也會在結束時才突然出現。鄰座的偵探大師聳聳肩，露出無可奈何的表情。

終於，耐不住性子的蓋爾多夫總長站了起來，紀念晚宴就要開始了。

獨裁者仔細睥睨了四周一番，才對麥克風開口：「今天，感謝各位不遠千里而來，出席這值得紀念的『偵探大師百年慶』。本來應該要由『偵探皇帝』克里斯多佛·布朗寧爵士，在女王陛下出席的盛大場面中，為各位來賓致辭。但誠如各位所知的，數日前爵士不幸喪命。在哀悼的同時，我們蘇格蘭警場與英國偵探大師協會也在此發誓，將盡全力查出真相。「『偵探皇帝』的位置暫時無人承接，經偵探大師樞密院與在下協議後，決定由在下暫代。」

場內響起滿場噓聲。總長以嚴厲的語氣大喝一聲「肅靜」之後，繼續發言：「這也是不得已的決定，因為規定便是如此。反正一週後便會舉行『偵探皇帝』改選，這只是暫時的權宜之計。

「還有，今晚的特別來賓，前任『偵探皇帝』夏洛克·福爾摩斯二世似乎尚未到場……

不知他是否不顧高齡，正在奮力獵貓？」

這挖苦的笑話，引起與會人士的苦笑。

「……總之，我想福爾摩斯二世先生稍後一定會到場，我們一面進行大會的既定程序，一面等候吧。那麼，首先，想請各位欣賞偉大的名偵探夏洛克．福爾摩斯的影片，回顧《血字的研究》以來的眾多事蹟，同時為大家獻上專程為今天所準備的紀念品。」

據我身旁的偵探大師說，蓋爾多夫所說的紀念品共有兩個，一個是從福爾摩斯像取模的真人大小冰淇淋，另一個是將來準備展示在這個會館玄關的福爾摩斯父子銅像。這名偵探大師似乎是個愛冷嘲熱諷的人，對於大會這番俗氣的安排，露出些許厭煩的表情。

在蓋爾多夫示意下，大廳後面的牆往左右分開，出現了一個巨大的螢幕。偵探當中，有些人顯然不想看無聊的紀錄片，身體動來動去。

畫面亮起，音響發出了一點雜音。同時，有兩個大大的金屬箱子送進了會場，多半就是那兩件「俗氣」的紀念品。

會場的騷動聲突然靜了下來，原來是畫面上出現影像了。

看不出是何處的白色背景中，出現一個身穿黑色披風的背影的大特寫。沉默的黑色背影，詭異的氣氛。這真的是福爾摩斯的紀錄片嗎？

我還在訝異時，畫面中的剪影便轉身面向鏡頭了。一看到那個身影，我立刻挺直背脊，像是被什麼東西彈了起來。

——「貓」就在那裡。

他戴著霧銀色的貓面具，在螢幕中定定看著我們。造形古樸的貓面具眼睛部分鏤刻得很大，這點很符合貓的風格。但或許是打光的關係，看不見戴面具的人的眼珠顏色。

會場又漸漸嘈雜起來。貓開口了：

「親愛的名偵探，大家好。我是——」「貓」彷彿是要製造效果般，停了一拍之後才說：「——『貓』。」

會場內的譁然之聲有如潰堤一般。蓋爾多夫總長呆住了，他就只是抬頭望著畫面。從他的反應看來，這顯然不是大會的安排，也不是惡質的玩笑。「貓」的聲音經過變音器處理，高亢刺耳，分不出是男是女。

只聽他繼續說：「……歡迎來到值得紀念的『偵探大師百年慶』晚宴，能夠與來自世界各國的名偵探談話，真是光榮至極……我是很想這麼說，但遺憾的是，其實，我最討厭偵探這種到處亂聞的狗。」

會場內更加騷動了，本來趴在地上的克強朝著畫面吠了一聲。

「……我會那樣說的原因不需隱瞞，我正是被夏洛克．福爾摩斯塑造成大罪人的天才莫里亞堤教授之後。教授分明沒有做什麼天大的壞事，卻被歷史視為窮兇極惡的大壞蛋。尤其是利物浦的貓木乃伊那件事，完全是遭到福爾摩斯陷害的。當然，後來也發生了許多事，導致我們一族變成討厭狗的貓、討厭偵探的貓。

「此外，由於威爾斯的祖先與貓有緣，所以我便想出『配合愉快的獵貓童謠，拿獵狗來血祭』的主意，並且付諸實行。我還為各個被害者選出適合他們的貓飾品作為祭品，所以這可說是一場極盡貓之能事的犯罪。我一直很想這麼做。

「咦？我的真面目？你們慢慢猜吧！不過我想，等該做的事都做完，等這個極盡貓之能事的犯罪大功告成之後，摘下這個面具也無妨。嘻嘻，想必大家都很想看看我的真面目吧。不，事實上，你們現在正看著我的真面目也說不定。你們想想，這影片是好幾天前拍的喔。所以，現在我可能就在這個會場，若無其事地坐在各位的身邊──是的，這是事實，我現在就在這個會場。來吧！糊塗的偵探狗們，你們知道我在哪裡嗎？嘻嘻……」

「貓」挑釁的言語，讓原本鬧哄哄的會場突然安靜下來。取而代之的，是陣陣令人難以承受的疑慮。偵探紛紛住口，不再朝著影片痛罵，而是不安地偷看左鄰右舍，彷彿從中看見了「貓」的影子……

貓的話還沒有說完。

「……惹毛了貓，是很恐怖的。我已經對十二名偵探伸出了貓爪……」

場內緊張氣氛高漲，已經沒有人再廢話了，每個人都專心地傾聽畫面中的「貓」說話，深怕漏了一個字。

「……所以，今晚，在這個值得紀念的十二月十三日星期五，我想提早為大家送上聖誕禮物……在那之前，先來點餘興節目吧！如果不嫌棄，請和我一起唱……」

「貓」做出出人意表的行動。他開始哼歌了。

最後一個獵人——
嘿呵嘿呵
獵貓去——
第十三個埋在雪崩裡——
貓一溜煙就逃走了——

他唱的是場內所有人都已牢記在心的那首童謠。旋律帶有英國固有抒情曲風的哀愁，由變聲器處理過的聲音一唱，變得像是遙遠星球上流傳的歌。當然，會場內沒有人跟著合唱。不，或許自稱在會場中的「貓」本人，正在心中悄悄哼唱吧……

唱完之後，畫面裡的「貓」說：「……所以，我要送的第十三件禮物，就是童謠裡那個被雪崩埋沒的可憐獵人。」場內再度譁然。「……嘻嘻嘻，來吧，糊塗的偵探犬們，打開眼前的那兩個箱子來看看吧！——該死的名偵探們！嘻嘻……」

貓發出彷彿是發自喉嚨的笑聲，影片的畫面逐漸消失。

「快把箱子打開！」騷動不安的會場中，不知誰喊了這麼一聲。

蓋爾多夫總長鐵青著臉環視場內，慢慢向較大的那個箱子靠近。

那個金屬製的灰色箱子，放在有輪子的推車上。高約八呎，寬約三吋吧，中央是對開的門。蓋爾多夫總長豁出去似的，猛力把門打開。箱中流出一團白霧，似乎是乾冰。

那一瞬間，場內有如陷入真空狀態般，鴉雀無聲。

坐在椅子上、被乾冰的白霧包圍的福爾摩斯，就在裡頭。大小確實是與真人一樣大，身上穿的是大家熟知的獵鹿帽與披風，手撫下巴，做出沉思的姿勢。當然，因為是冰淇淋的關係，包括椅子在內，整座雕像清一色是白色的。

但情況有些不對勁，原本應為一團白的冰淇淋各處都有部分剝落，露出其他顏色。雕像的白，並不是甜美的香草冰淇淋營造出來的。雕像本體顯然是別的東西做的，周圍的白霜是後來才加上的。

蓋爾多夫總長或許是察覺了這一點，他步履蹣跚地走到福爾摩斯像旁，把手伸向放置在椅子扶手上的那隻手，擦掉它表面上的霜。他仔細觀察那個部分，等到大家開始著急時，他才緩緩轉過身來，以乾澀的聲音說：

「夏洛克．福爾摩斯二世已經到場了……」

4

這是個充滿惡意的驚奇箱。

從箱子裡跳出來的，不是愉快的小丑，而是福爾摩斯二世的冷凍屍體。諷刺的是，這位難以捉摸的老偵探大師死了以後，才第一次準時赴約。每個人都認為，他今後再也不會遲到了。

發覺事態不對的出席者發出哀號和怒吼，聲音在場內此起彼落，蓋爾多夫總長則是仰望天花板呻吟著。外部人士，也就是正好進來為晚餐端湯上菜的侍者們，也嚇傻了，雙眼直瞪著箱裡的屍體看。

但是，騷亂當然不會就此結束。「貓」確實說過，要打開「兩個」箱子。

我從剛剛就一直很在意位置離我很近的另一個箱子，因為我好像有聽到裡面傳來很像呻吟的某種聲音。

這時，每個人的心神都聚集在福爾摩斯二世的屍體上，但另一個人也注意到另一個箱子了——那就是基德刑警。

基德迅速繞到箱子前，打開上方的蓋子，探頭進去看。

下一秒鐘，無比響亮的一聲慘叫在場內響起。大家一看，發現從箱子裡抬起上半身的基德正不斷掙扎，想扯下貼在他臉上的一團黑色物體。那黑色物體原來是一隻貓，一隻活生生的黑貓從箱子裡跳出來，緊抓住基德的臉不放。

黑貓不只一隻，好幾團黑色的物體從箱子裡一一跳出，開始在場內亂竄。

抓住基德的貓，一度跳下餐桌，又跳上旁邊侍者的手臂。驚慌的侍者打翻了原本準備要放到福爾摩斯二世席位上的湯盤，把基德淋個正著，讓他的雞冠頭得到充分的營養。

被害者不只基德一人，連忙趕到他身邊的龐克同事就是好例子。他好不容易抓住一隻貓的尾巴，但激動的貓用前腳猛抓他的龐克頭，後腳狂踢，像是在半空賽跑似的，最後在他臉上抓出縱橫交錯的紅色爪痕。這下，他的臉就不需要誇張的化妝了。

其他的貓也在會場各處大鬧，有的爬上出席者的光頭上，有的勾住淑女的手臂……偵探犬克強當然不會坐視不管，動物本能被喚醒的克強發了瘋似的吠叫，開始四處追趕獵物。

激動的貓奔上正面桌位，追趕牠的巨大克強也忘我地往桌子上跳，前腳在蓋爾多夫總長前的湯盤上踩個正著。蓋爾多夫來不及閃過打翻的湯，被淋了一身。

「燙死我了！幹什麼！畜生！」

熱氣從燕尾服冉冉上升，蓋爾多夫總長抓著頭髮咒罵。

此刻，場內混亂到極點。貓叫聲、狗吠聲、慘叫聲、怒罵聲、打破盤子的聲音、打翻桌子的聲音……似乎還有人在匆忙中不小心按到了錄影機的播放鍵，螢幕上再次出現殺人魔「貓」的大特寫，那發自喉嚨的笑聲再度在會場響起。

光榮的「偵探大師百年慶」典禮，被貓不祥的恐怖吞噬，最後淪為遭受詛咒的惡運慶典。

「拖出去斬了！」黑衣女王的尖叫響徹哄鬧的會場。

一個小時之後，把會場鬧得天翻地覆的黑貓全部遭到捕獲，場面終於控制下來。

貓的數量，竟然不多不少，就是十三隻……

這場從頭到尾都像是被「貓」作祟的狂亂晚宴，立刻中止了。來自各國的名偵探三三兩兩回到自己投宿的飯店。其中有些人主動表示願意調查「貓」的一連串事件，但最後大家還是決定交由英國的偵探大師來偵辦，所以即使依依不捨，他們也只能離去。

福爾摩斯二世的屍體也被送走了，在空無一人而安靜無比的大廳裡，我與我所委託的偵探大師，向蓋爾多夫總長請教事情的來龍去脈。

蓋爾多夫總長的證詞

「真是倒楣透了，百年慶被搞得亂七八糟，還淋了一頭湯，差點被燙傷……

咦？晚宴的安排？幾乎都是由我和布朗寧爵士包辦的。對，爵士喪生那天，剛好是最後一次開會，也就是十二月十日，那天很忙。爵士是任何事都要事先安排好的人，所以他想在晚宴三天前就把一切準備就緒。

本來說好當天兩點在福爾摩斯會館開會，但在那之前爵士就打了一通電話過來，給了很多細節方面的指示。哎，像是桌布的顏色啦，福爾摩斯二世的餐點要改成他喜歡的啦，要為富泰的尼羅·伍爾夫先生另外準備特別的椅子啦，克強的牛排要三分熟啦，英國的偵探大師的餐桌位置要往右移……他對細節真的很囉嗦……啊，不能說死人的壞話。

因此，在爵士來到會館之前，他交代的事情幾乎都已經安排好了。所以，當時只是來回確認，沒有做新的安排。

至於那兩個箱子，一個保管在廚房的大冷凍庫裡，當時裡面裝的確實是冰淇淋做的福爾摩斯像。另一個箱子的內容物當時也確認過，是半身銅像，怎麼會被掉包呢……？

還有，那卷『貓』的錄影帶。放在錄影機架上的，應該是夏洛克．福爾摩斯的紀錄影片才對，那天檢查過了呀！一定是有人事後掉包的。

十日和第二天十一日，是福爾摩斯紀念會館的特別公休日。我想謀殺和掉包，應該都是在這段期間進行的。只要配了備用鑰匙，誰都可以進來。這裡沒有森嚴的警備，畢竟是名偵探會館啊……我和布朗寧爵士也很放心，認為一切都沒問題，只要當天再確認就好，我又有別的事，便留下爵士先走了。但爵士後來就發生了那種事。我也很忙，所以今天檢查會場的事就疏忽了，沒想到會造成那種大混亂……真是糟透了。

昨天福爾摩斯會館是開放的，滿館都是職員。你們也知道，今天從早上開始就有大批人員出入，我想，要把那麼大的東西掉包恐怕很困難。不過，也不能說完全不可能就是了。

再來，就是福爾摩斯二世出席的事，我們事先已經以書信聯絡過，說好開完會的十日當晚，爵士要直接打電話去確認的。但爵士當天便不幸身亡，所以我昨天打電話到福爾摩斯二世府上，結果他的家人說，他在十日早上就已經離開賽克斯提，前往倫敦了。說是突然約好和出版社討論撰寫回憶錄的事……

他個性孤僻又善變，再加上喜歡到處亂跑，連在倫敦要投宿哪裡都沒有告訴家人，所以我也無法聯絡上他。他的家人和其他人都認為他的個性就是如此，到時候應該會突然現身吧。雖然最後變成了屍體，也還是可以說他出席了吧……如果這算『出席』的話，那麼今天晚宴上缺席的，就只有日本來的偵探了。他究竟是怎麼了？啊啊，全都是些怪事，教人莫名其妙……」

基德的同事多克．伯蘭刑警的報告

「關於蓋爾多夫總長的話，我有兩、三點要報告。

首先，是福爾摩斯紀念館裡掉包的時間，我想，還是從十日下午和十一日整天這條線來查比較妥當。因為十、十一日兩天，會館只由一個職員管理，除了在一定時間巡邏之外，看守並不周全。和十二日以及今天相比，兇手在那兩天進出容易得多。

然後，被害者福爾摩斯二世的死亡時間（因為是冷凍狀態，無法推算出正確的時間），推測是十日下午至十一日早上之間。驗屍的結果指出，屍體很可能是遭到殺害後，立刻就被放進地下冷凍庫的箱子裡。綜合這兩點，兇手拿福爾摩斯二世的屍體和冰淇淋掉包這件事，應該是發生在十日下午到十一日早上之間。

另一個箱子——就是那可恨的貓跑出來的箱子，是保管在廚房隔壁的倉庫裡，那裡也是只有上一個簡單的鎖而已。有點本事的人，三兩下就可以進出。那個箱子裡面有很多貓食和貓糞，可見貓已經被關在裡面兩、三天了。媽的！所以才惡狠狠地撲過來呀！那些欲求不滿的臭貓。

啊，抱歉。然後啊，那些貓的來源已經查出了。那是從倫敦市內日裔人士經營的黑貓專賣店，『大和』寵物店買來的，買家在一週前一次買了起來。不過，買家客人以電話下訂單，費用以郵寄付清，指定送貨的公寓也是只用假名租了一週而已，所以無法查出究竟是誰購買的。

被掉包的冰淇淋和銅像，一起放在冷凍庫最後面煙燻鮭魚箱旁邊，用膠布蓋起來遮住，剛剛才找到。

關於錄影帶的掉包狀況，和其他東西差不多。大概是在十日到十一日之間被換掉的吧。因為線索太少，還查不出影片是在哪裡拍的。帶子本身當然是最常見、市面上到處都買得到的那種。

最後是福爾摩斯二世的死因。他不是凍死的，而是被細鐵絲之類的東西勒死的。至於死亡時刻，就像剛才說過的，從布朗寧爵士的行程預定表來看，我認為應該是爵士在四點多先遇害，接著輪到福爾摩斯二世遭到殺害，被放進冷凍庫裡。我向偵探大師聖經《血字的研究》發誓，以上報告絕無虛假……」

5

我所委託的偵探大師和其他兩名偵探大師起衝突後，整個人便無精打采了起來。看來似乎是在擔心什麼，不時自言自語，也常常答非所問。偵探大師行使偵辦權只有七十二小時的權限，明天中午就到了。這樣能破案嗎？我當初是不是應該選擇其他偵探大師？我發覺，連我自己都開始徬徨不定了。

但不久之後，我值得信賴的偵探大師似乎恢復了幾分生氣，把接下來的調查方針告訴了我：大師要繼續在現場蒐證，這段期間，我要和蘋可刑警一起到福爾摩斯二世位於賽克斯提的家，向他的家人問話。

猶豫不決的我往蘋可的方向一看，她便板著臉把頭轉過去。我沒興趣跟這個沒禮貌的龐克少女一起旅行，便選擇留在現場。

我決定留在現場，繼續現場蒐證的工作。

我們首先到地下室的廚房，調查冷凍庫。

打開巨大冷凍庫厚實的門後，白色的寒氣宛如黏人的幽靈般，往我們的腳邊纏過來。我鼓足了勇氣，往裡面走去。

偵探大師單獨走入深處，翻開煙燻鯡魚箱旁邊的塑膠布。福爾摩斯冰淇淋滾落在一旁的斷頭，無比怨恨地看著我們。

「也真苦了你啊。」

身後有人這麼說，我一回頭，只見蓋爾多夫總長站在冷凍庫門口。

總長壓低音量，不讓專心調查的偵探聽見：「你的事，我聽基德他們說了。你跟著三流偵探大師到處亂轉？但是，我勸你還是小心點的好。」

「怎麼說？」

「我啊，總覺得偵探大師協會的布爾、巴羅和路易絲這三個人才有問題。首先，他們都有動機。」

「動機？」

「就是『偵探皇帝』的地位啊！這還用說嗎？你想想看，已經有十三個優秀的偵探被殺了，其中有好幾個人破案分數比他們三個都高。而且前幾天，身為現任『偵探皇帝』，也可說是確定連任的布朗寧爵士也遇害了。這下子，本來連要競選『偵探皇帝』都嫌不太夠格的布爾、巴羅、路易絲三人就出線了。他們只要能讓其中一個人背黑鍋，把案子搞定，就能獲得破案分數，還能把競爭對手踢下去，不是一箭雙鵰嗎？換句話說，不管他們是不是莫里亞堤的子孫，至少殺害布朗寧爵士的動機很充分。」

我內心開始混亂了。如果相信蓋爾多夫的話，那麼我就必須懷疑我所信賴的偵探大師。

我深深信賴且一同辦案的偵探大師，真的會是邪惡的「貓」嗎？

——這時候，我恢復了意識。

我正在一輛疾馳的車中。蘋可就坐在我旁邊，把油門踩到底，手裡一面緊抓著方向盤。

——到底是怎麼回事？我以為我是在福爾摩斯會館的地下冷凍庫和蓋爾多夫總長說話，而蘋可應該是單獨行動的才對啊……我又作白日夢了嗎？再怎麼想，我都覺得我是同時在經歷兩個不同行動選項，所帶來的體驗。

……這究竟是怎麼回事？我的記憶迴路完全失控了嗎？

我偷偷看了身旁的蘋可一眼。所幸她正專心開車，沒發覺我坐立難安的態度。還是別把這些奇異的經驗告訴她吧，我可不想再度遭人懷疑。我決定暫時保持沉默。

福爾摩斯二世的家，位在倫敦北部的艾塞克斯田園地帶。載著我和蘋可的那輛髒兮兮小轎車，以超速幾十哩的速度朝北方疾馳。蘋可握著方向盤，一面大口大口喝著口袋酒瓶裝的蘭姆酒，看起來心情相當不錯。她的開車方式讓我心驚肉跳，所以我一點都雀躍不起來。

「喂，你真的什麼都不記得嗎？」蘋可向我搭話，一副想殺時間的樣子。

「嗯，想不起來。」

「哦？不過，偵探大師協會的偵探大師也真不挑，竟然接受你這種人委託。——基德可是一心懷疑人是你殺的哦！」

「不、不是我……我想不是。至少，在布朗寧爵士遇害之後，我一直被關在那個密室裡，之後身邊也一直有人。所以，我怎麼可能去殺害福爾摩斯二世……」

「呵呵，很難講吧？我看你沒什麼說服力，基德八成不會相信你。他的鼻子被你撞了那麼一下，而且這麼冷的天又被淋到湯冷得要命，他一直碎碎唸說他會感冒呢！真是的，你簡直跟瘟神沒兩樣。」

我無心回答，就只是眺望著窗外夜景往後逝去。我們已經進入田園地帶了，上半部膨大的伊莉莎白時期建築、雄偉的中世紀教會，與茅草屋頂的人家映入眼簾。若是白天來到這裡，一定很美吧。蘋可不理我作何感想，逕自說個不停。

「不過呢，我倒是認為偵探大師協會那三個偵探——布爾、巴羅和路易絲，比你可疑多了。」

「怎麼說？」我吃驚地問。

「因為他們有動機啊！不管『貓』是不是真的是莫里亞堤的子孫，那群偵探大師都有殺害布朗寧爵士的動機，就是覬覦『偵探皇帝』的地位。破案分數高的偵探大師全都遇害了，再加上布朗寧爵士一死，他們就是『偵探皇帝』最有力的候選人了，要是其他偵探大師沒死，也輪不到他們。」

「所以妳是說，那三個偵探大師當中，只要有其中一人在殺害布朗寧爵士之後，指出另一個偵探大師是兇手就可以一箭三鵰？不但可以踢下對手，還可以解決『貓』連續兇殺案，自己還能當上『偵探皇帝』？」我以諷刺的語氣回應。

「哈哈！沒想到你腦筋還不錯嘛！可以去當刑警哦！」

蘋可哈哈大笑，一腳猛往油門踩下去。

「危險！減速！不然會被警察抓的！」

蘋可以一副受不了的表情看著我：「笨──蛋，我就是警察！」

6

懸山頂式的茅草屋頂。福爾摩斯二世的家，完全是田園鄉村小屋的風格。

站在門口的，是福爾摩斯二世的孫女艾琳．福爾摩斯。兩年前雙親過世之後，她便與祖父兩人在這個鄉村小屋相依為命。

「怎麼會悲慘成這樣？這樣我又是孤零零的一個人了。」

淚眼汪汪的艾琳哀嘆，遺傳自曾祖父的鷹勾鼻哭得發紅。看她這副尊容（恕我失禮），也難怪她會變成老小姐了。一想到這名孤獨女子的未來，我不得不感到同情萬分。

我們立刻被帶往舒適的起居室。壁爐架上擺著許多村裡宴會與家族的照片，爐裡燃著火，一隻巨大的阿富汗獵犬舒舒服服地趴在火爐前，大花圖樣的壁紙樸實卻有品味。

茶几上端來了雪莉酒和小黃瓜三明治。艾琳情緒平復一些之後，我們開始問話。蘋可一口氣把雪莉酒喝光，朝著艾琳傾身。

「呃——福爾摩斯小姐，我們想請問的是，妳爺爺到倫敦去那一天的事。」

「嗯，妳是說十日那一天吧。那天，爺爺為了撰寫回憶錄，出門到倫敦去了。出版社叫作莫里森與亨德利克，對方大約是在一週之前聯繫的。其實本來和對方是約十一日那天見面的，但臨時改了……」

「這是為什麼？」

「老樣子，是爺爺突然改變了主意。十日那天早上，那家出版社打電話來的時候，爺爺突然說當天就要去倫敦，希望下午和對方碰面。畢竟他也是八十歲的老人家了，經常會做這樣善變又任性的事。當天早上，爺爺比平常更加難伺候。唉，一定是因為得了口內炎心情不好吧。爺爺嫌早上的紅茶太燙不能喝，還打翻了餐具，割傷了自己的手指。當時，我就有不好的預感，要是我硬把爺爺留下來，也許就不會發生那種事……」

艾琳大聲擤了擤鼻涕。

「福爾摩斯二世沒有交代去處嗎？」我問。

「完全沒有，這也是老樣子。爺爺要在哪裡見出版社的人，要住哪家飯店，完全都沒有交代。只說『偵探大師百年慶』結束之後，十三日星期五晚上會回來……」

「這麼說，一直到蓋爾多夫總長打電話來之前……」

「是的，就是這樣。昨晚，蓋爾多夫先生來電之後，我也擔心起來，就翻了電話簿，打電話到莫里森與亨德利克公司去。可是，他們說沒有編輯委託我爺爺寫回憶錄，還說他們是專門出版貓狗等寵物雜誌的出版社，根本不可能提出這樣的企劃。這時候，我才開始懷疑會不會是什麼陷阱，結果真的就……」

「蓋爾多夫總長也祕密進行了調查，卻還是阻止不了這樣的事情發生，我真的感到很遺憾。」蘋可以難得嚴肅的神情說。「如果有什麼我幫得上忙的，請不要客氣，儘管打電話到倫敦來。唉，沮喪消沉的時候，聽好音樂是最好的幫助，這能讓我們打起精神來。不嫌棄的話，請聽聽這個。」

蘋可從夾克口袋裡取出一卷錄音帶放在茶几上，便站了起來。這段短短的問話，似乎就已經讓她滿足了。我覺得還有好多事想問，卻不得不跟著已經走向門口的蘋可離開。

在我們身後，獨自被留下來的艾琳驚訝地望著茶几上的錄音帶。

上面的標籤是：

〈活該被唾棄的龐克金曲集〉

中場旁白

「偵探大師百年慶」慘案結束之後，世界將再度分歧。無論讀者之前是與哪位偵探大師共同行動，所有破案所需的線索均已出現在文中。因此，接下來將進入破案過程的描寫。請跟隨您之前所選擇的偵探大師，閱讀他們所發表的破案篇。

接著請看：

#1偵探大師亨利・布爾博士↓P65
#2偵探大師麥克・D・巴羅↓P105
#3偵探大師貝芙莉・路易絲↓P151

「偵探大師百年慶」慘案 →P193

↓#1布爾博士的破案↓P221
↓#2巴羅的破案↓P247
↓#3路易絲的破案↓P257

開端／睡著的貓→P273

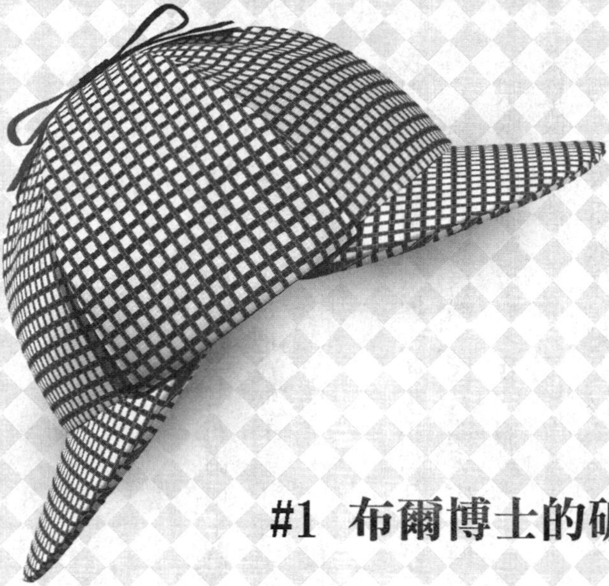

#1 布爾博士的破案

1

深夜，「偵探大師會館」。布爾博士聽蘋可刑警轉述福爾摩斯二世孫女的訪談內容，心滿意足地啜飲著咖啡，那把茂密的鬍子隨著他的嘴唇一動一動的。

「布魯，終於要迎接大結局了。」布爾博士的語氣非常悠哉，與大結局這樣的字眼不太相符。

我現在已經對布爾博士產生不信任感了，所以忍不住想酸他幾句。

「大結局？的確沒錯。因為明天中午時效就到了。」

「喂喂，別鬧彆扭啊。我的假設幾乎已經完成了，再來就只剩找證據而已。」

「證據？」

「嗯，要不要跟我一起去找？」

布爾博士從安樂椅上探出身來，睜大眼睛。

「就是今晚，就是現在！我要潛入隔壁房間找證據。」

不等我回答，布爾博士就站起來。我們走向路易絲的房間。

時間是午夜二點十五分。警衛下一次巡邏應該是三點，在那之前沒有人會來。布爾博士像個老練的怪盜般靠在路易絲房間前，拿別針插進鑰匙孔。

「哼，對密室大宗師來說，開這種喇叭鎖是易如反掌之事。」

看著博士雙眼發光、熱心專注開鎖的模樣，我開始搞不清他到底是名偵探還是罪犯了。這個人究竟是個什麼樣的人？

「芝麻開門！」

布爾博士尖銳的耳語聲響起，門也隨之敞開，我們潛進路易絲的房間。

會客室與其他事務所沒有兩樣，布爾博士似乎不感興趣，立刻走過，我們進入了路易絲的辦公室。

這個房間的大小似乎和布爾博士的房間一樣。但因為少了博士壓迫感十足的藏書，顯得大了些。

或許是因為主人年輕吧，辦公桌和椅子均給人功能性強的高科技感。

布爾博士在這裡翻找辦公桌的抽屜。手電筒的照明在博士俯視的臉上形成奇特的影子，讓那張胖得很不健康的臉帶了點妖怪的感覺。

「喂，布魯，你看看這個。雖然我不願意刺探淑女的私生活……」

布爾博士一面說、一面抬起頭來，遞給我一本小小的皮革封面筆記本。我打開一看，發現那是路易絲的日記。

我懷著一絲內疚看她的日記。內容幾乎都與案情無關，但特別引人注目的，是文中紀錄她與「C」這名男子交往的部分。看得出他們的交往約從半年前開始，但這兩個星期對方的態度突然冷淡下來，到了十二月九日，雙方終於決裂。

十二月九日

今天，我和C分手了。我明明這麼愛他，他實在太狠心了，竟然如此背叛我。我竟然會有這種心情……

可是，已經無法回頭了，我已經變了一個人了。與其讓他離開，不如乾脆死了，從這個世上永遠消失……

——我今天竟然又在走廊上大叫了……啊啊，貝芙，妳是怎麼了？沉著點！到了明天，我一定會冷靜下來的。不，我一定要冷靜下來……

字跡潦草的日記記載著路易絲痛苦的心境。從日記的其他敘述看來，「C」這名男子應該就是克里斯多佛．布朗寧爵士。看來，路易絲與布朗寧爵士之間，果然有男女關係。

「怎麼樣？看完少女的日記有何感想？」

我從日記裡抬起頭來，只見布爾博士站在檔案櫃前露出笑容。他剛才一直在察看檔案櫃，現在似乎有所收穫，博士裝腔作勢地將一個四方形的東西遞給我。

「拿去，這也是證據，是我們期待已久的東西。」

他遞給我的，是一個白色厚紙板做的東西，很像小型的唱片封套。現在雖然很少見，但我想這多半是一九五〇年代很普及的迷你黑膠唱片——十吋唱片的封套。但是，那看起來像非正式出版的私家盤，封套只是白色厚紙版做的厚封套，上面也沒有文字說明，感覺很陽春。

「可別讓指紋沾上去了。把裡面的東西拿出來吧，但要小心別受傷喔。」

我依照布爾博士的指示，慎重地搖動唱片封套。裡面的東西從封套一端跑出來，但那並不是帶給聽眾快樂的唱片。在手電筒的燈光下，於黑暗中發出金黃色光輝的，是外緣刀刃部分沾著乾掉血跡的可怕兇器——如假包換的圓斧。

布爾博士慈愛地將這件奇特的武器拿在手上，說：「呵呵！現在我們總算也『受到滿月照耀』了。順便告訴你，案子也在滿月的月光照耀之下，出現了破解之道。我記得古埃及的貓神帕絜特也是月神吧！——嗯，具有暗示性。帕絜特神的頭是貓頭，身體是……」

「女人的身體……」我不禁低聲說。

布爾博士一面向我使眼色，一面說：

「對，具有暗示性——十分具有暗示性。」

2

「好了，接下來我想針對『密室』這個主題，來一段小小的教學。」

十二月十四日星期六中午零點零分，穩穩坐在事務所安樂椅上的布爾博士，眨眨那雙睡眠不足、像是公牛才會有的眼睛說道。房間裡除了我，基德和蘋可這對龐克刑警搭檔也被叫來了。或許是因為忙碌工作接連不斷吧，他們臉上的疲態有如才剛徹夜表演完的歌手。

布爾博士繼續說：「愛德華法的時限到了，接下來我必須破案。但首先，要解開布朗寧爵士兇殺案之謎，我想先從『密室』的觀點下手。這是因為——」

布爾博士以崇敬的眼神，仰望壁爐架上方那幅黑色斗篷的紳士肖像。

「——我希望能繼承先師菲爾博士的遺志。如今，本格密室派偵探面臨絕種的危機，甚至被譏為推理界的空棘魚。我想好好展現一下本格密室派偵探的實力。」

布爾博士聲音顫抖，自己為這番話感動不已。完全無動於衷的龐克刑警們隨著日製耳機的音樂擺動身體。

布爾博士不理會周遭的反應，雙眼含光的他以陶醉不已的表情開始說話。

布爾博士的密室課

「為解開克里斯多佛·布朗寧爵士兇殺案之謎，我想稍微談談所謂密室殺人這種不可能犯罪的種類。

自從名偵探史上首樁重要案件，即一八四一年由天才奧古斯都·杜邦偵辦的『莫爾格街兇殺案』以來，密室殺人這最富有魅力的謎題，便擄獲了每一個偵探的心。布朗神父、赫丘里．白羅、費洛．范斯、艾勒里．昆恩、法蘭奇探長……可以說，所有名留青史的名偵探，都曾解過『密室』之謎也不為過。其中，我的導師，尤其偏好偵辦不可能犯罪且每次都精采破案的基甸．菲爾博士，更是特別值得介紹。

過去已有許多優秀的密室研究。像菲爾博士在一九三五年的《三口棺材》中，提出了著名的密室論；其後，日本作家學者江戶川亂步，在其著作《幻影城》中，也將密室加以分類。

因此，才疏學淺之輩如我，極力避免高談闊論，掃各位的興。但是，讓我們一面復習先賢的創見，再加上我個人的見解，對密室分類做個簡單的介紹，應該無傷大雅吧！如何？

首先，狹義地解釋密室殺人這個概念。其構成要素可分為以下三者，也就是『被害者』、『兇手』，以及無法進出的『房間』。嗯，如果要再加的話，『兇器』也可以作為次要要素加進來。

那麼，這些要素當中，如果視『房間』為靜態的話，則幾乎所有的密室案件，都是由兇手、被害者以及次要的兇器這三個要素，在兇殺案發生時與『房間』的關係來分類。反過來說，只要考慮這三個要素個別的動向與其組合，幾乎所有的密室兇殺案都能迎刃而解。這樣明白嗎？

剛才，我提出了『房間』為靜態的前提。但其實在密室機制中，『房間』具備動態的邪惡案例不是沒有發生過。但是，我們就當作是例外吧。我很喜歡這種發想離奇得可笑的詭計，但在這次的基礎篇裡，把那些例外一個個拿出來討論的話，話題會變得夾雜不清。心裡有這樣的初步概念後，接下來就要看分類了。

首先是A：『犯案時，兇手在房內』這個大類。

這看似理所當然，卻有各種情況。不管怎麼說，最多的就是和門窗有關的手法了。換句話說，兇手在行兇之後會來到房間外，想辦法從外側操作門鎖或內部門閂，利用老虎鉗或線，設法在房間外使房間密閉起來。哼！這麼做得大費周章，我也不怎麼喜歡這種辦法，總覺得這是搶金庫的小混混會做的事。總之，這個辦法在密室概念中是最簡單的一種，無論是兇手還是偵探，確實最容易想到。

相對之下，程度稍微高一點的手法，應該叫作時間差攻擊。在這手法中，兇手雖然會實際進入房內犯案，卻會讓人對『犯案時間』產生錯覺，進而構成密室殺人。

第一個作法，是讓凶案看起來像比實際還晚發生。舉例來說，利用唱片或音響之類的東西，讓其他人以為被害者在實際遇害時間過後還活著。

相反的是，讓案發時間看起來比實際還早發生。兇手以第一發現者的身分闖入密室，進入房內再迅速動手殺人的，就屬於這一類。

在這兩種情況中，密室殺人是兇手為了製造不在場證明所布下的詭計——這樣來看，應該就很容易理解了吧。和門窗的機關比起來，此手法在心理層面的水準比較高，但實際的案例卻比較少。

接著，我們來思考一下B：『犯案時，兇手不在房內』這個大類。

這個分類有兩種作法，各自案例都很多。那就是利用房內的機械裝置犯案，以及從房外隔空殺人這兩種。

前者是將自動手槍或是定時殺人裝置，祕密裝設在房內的家具等物品上。當然啦，這麼做兇手是很輕鬆，可是會產生一個問題，就是犯案後如何處理留在密室裡的殺人裝置。

後者呢，就好比從外面把刀子射進密室裡這一類。這密室不是完全封閉的密室，所以屬於縫隙必然存在的不完全密室，如何把這個縫隙找出來便是重點。

這兩種作法，除了被害者與兇手的動向之外，剛才提到的次要要素，『兇器』的動向也很重要。

再來，在B這個大分類當中，有一些案例與自殺有關。換句話說，就是偽裝成他殺的自殺，與偽裝成自殺的他殺。這個偽裝如果夠逼真，承辦人很容易就會按照表象來處理案子，很難查出真相。與這種案例類似但更巧妙的，是『被害者自行斷送生命，卻不算是自殺』的案例。例如，兇手事先設計，讓置身於密室中的被害者，因恐懼而心臟麻痺死亡，就屬於這一類。這種案例很難證明是蓄意謀殺，是很討厭的密室殺人。

第三大類是C：『犯案時，被害者不在房內』。依我的淺見，這種密室殺人的發想，在三大類中是最懂得利用盲點的。也就是說，被害者既然是在密閉的房內遭到殺害，人們自然會認為密室就是殺人現場。但這一類的想法，完全顛覆了這種先入為主的觀念。這類密室殺人有『被害者在密室外受傷，但進入房中上鎖之後才氣絕』的案例，也有『兇手設法將已死的被害者關進密室內』等案例。這種突破既有概念的想法，應該叫作『反密室』吧。

如何，你們都明白了嗎？幾乎所有的密室殺人，都可以歸進這三大類。不過，多少還是會有例外，或者無法分類的混合型。

喔喔，還有，在偵辦密室殺人的時候，還有另一點非常重要。

那就是密室的合理性。換句話說，兇手為什麼非要費心費力，弄出密室殺人？絕大多數密室殺人的理由，都是為了讓謀殺看起來像自殺，但如果不是，就非要有理由不可。就算兇手是個瘋子，瘋子也有瘋子的理由。有時候從這一點追查下去，就能直搗密室殺人的核心。這一點非常重要，你們可要銘記在心。

嗯，所以呢，我認為，你們聽完我剛才這堂密室課之後，再來思考布朗寧爵士兇殺案，一定可以將它歸入某一種類型，進而找出真相。

如何，明白這次的密室機關了嗎？呵、呵、呵！各位，聽了這麼長的一堂課，你們似乎累了。但是，這總比學校裡的幾何課有趣些吧！呵、呵、呵……」

3

「我的密室課基礎篇已經結束了，接下來進入應用篇吧。也就是說，我想來看看布朗寧爵士的密室兇殺案。」

我們還是在布爾博士的事務所，博士原本春風得意地上著密室課，這時總算漸入佳境，可以聽到他如何破案了。兩個龐克刑警不情不願地摘下耳機，面向布爾博士。

「博士，能不能快一點？今晚蘇活區那邊有演唱會。」基德大剌剌地說。

「喔呵——呵！是嗎、是嗎？年輕人很忙的，我知道了。」

布爾博士愉快地瞇起眼睛，開始說話。

「我呢，還是想以密室派偵探的身分，從密室的觀點來破解這個案子。這次的密室殺人，『貓』究竟是怎麼辦到的？來吧，各位，回想一下剛才的密室課內容。」

蘋可吹泡泡糖發出聲音。

布爾博士毫不在意學生上課的態度，繼續說：「嗯，那麼，首先，以Ａ：『犯案時，兇手在房內』的情況來看。這是第一個被我排除的情況，不過我們還是來討論討論。

如果本案符合這類情況，那兇手就是在割破布朗寧爵士的咽喉之後，以某種手法製造出密室的。換句話說，他對那兩扇門和一排窗動了什麼手腳。

但是，仔細檢查這三個正規出入口後，我們會得到別針和線之類的機關不管用的結論。窗戶的新月形鎖釦長時間沒有使用，打不開，而通往會客室門上的那個鎖鈕式的鎖，和通往走廊那扇門上的門閂都卡卡的，無法從外部以細線之類的東西來操作。不要說操作了，這兩扇門上完全沒有細線可以穿過的鑰匙孔，也沒有縫隙。

說到縫隙，窗戶也一樣。玻璃沒有缺口，完全貼合窗框。然後，門窗內側也沒有針插過的痕跡，乾乾淨淨。

所以，我把這個手法從單子上刪掉了，這個兇手不會做出銀行搶匪破壞保險箱這類小家子氣的行為。」

「可是，這個分類還有……」我忍不住插嘴。

「哎！布魯，別急。你說得對，這個分類還有時間差詭計這一項，就是讓行兇時間看來比實際更早或更晚的辦法。但遺憾的是，這些也不符合這次的狀況。這件兇殺案當中，並沒有任何音響之類的機關，無法令人誤以為行兇時間晚於實際。雖然有唱片，但唱片裡錄的不是被害者的聲音，而是爵士樂。

還有一個情況是讓行兇看起來比實際更早，也就是兇手進入密室之後再下手。好比說，基德進入密室之後，割了爵士的喉嚨……」

蘋可吹的泡泡破了，基德氣呼呼地瞪著博士。

「呵——呵、呵！開玩笑的。驗屍結果顯示，爵士的死亡時刻比屍體發現時早很多。呵呵！這兩種情況下的密室，都是為了製造不在場證明，但是在這個案子裡，並沒有人因為做了這樣的事就有不在場證明，所以這兩個辦法也可以從單子裡剔除。」

說到這裡，布爾博士喘了一口氣，把菸草裝進海泡石菸斗裡。

「那麼，再來就是B：『犯案時，兇手不在房內』。

「這個分類有兩個不同的作法，一個是兇手在房外，利用房內的殺人裝置殺人，一個是透過隔空殺人達成目的。

「根據調查結果，房間內並沒有發現殺人裝置之類的東西。不僅沒有，在我前去調查時，甚至連兇器都沒有發現——依推論，那應該是銳利的刀刃。是不是啊，基德？」

基德哼了一聲當作附和。

「接著要討論的是隔空殺人的手法。但就像我剛才說的，這次的密室是毫無縫隙的完全密室，所以從外部射進刀之類的兇器是不可能的。不過，在這個案子裡，這方向有必要再稍加追究，但我們稍後再談。

「先把這個分類中剩下的情況解決掉，還有偽裝成自殺的案例吧。但由於現場找不到兇器，我們很難相信兇手打算將這個案子布置成自殺。而且，要在爵士自殺之後，設法將兇器弄到房外也是不可能的，因為沒有縫隙可供兇器通過。再說，我們完全找不到爵士自殺的理由。」

布爾博士說到這裡，緩緩吸了一口菸，菸斗中的菸草紅豔豔地燃燒起來。看來，密室課即將進入核心了。

布爾博士的密室實驗

「在討論下一個可能性之前，我先提出我發現的一件事。那就是，為何布朗寧爵士明明拿著手槍，卻被人以利刃割喉殺害？一般持刀者和持槍者對峙，誰比較有利？對，不用說，當然是持槍的比較……」

「哎喲，我上次和基德在蘇活區看的午夜場黑澤武士電影，拿刀的就贏了拿槍的。」

蘋可像個莽撞的武士般斬斷了布爾博士的話頭。

「嗯……呃……嗯，小姐，不要相信那種亂掰的東洋電影，我們現在談的可是『現實』中的問題。總之，我認為這一點很奇怪。但在某種情況下，刀可以勝過槍。」

「……出其不意地射出來的時候嗎？」我說。

「正是，不愧是布魯，一點也沒錯。只有會飛的，能贏過會飛的。所以，我研究過兇器的動向了。很可能是利刃兇器飛過去，割傷了布朗寧爵士的喉嚨。

現在，我們再次回顧一下密室分類。目前為止，我們只考慮到兇手的動向，但這樣無法順利找出真相。如此一來，就必須轉換一下想法，進入密室第三類——

C：『犯案時，被害者不在房內』。

換句話說，被害者是在別的地方遇害，死後才被搬進密室。他也可能是在負傷的情況下進入房間，上了鎖之後氣絕身亡。

兩者當中，後者相當有可能。依爵士受傷的情況來看，應該不是立即死亡的。再回想一下那個密室的狀況，兩扇門如果不是由內部的人轉動鎖鈕，或是門上門閂，就無法輕易構成不可能的密室殺人。

相對於此，動手殺人後再將屍體搬進房間內的論點，很難有說服力。依照現場的出血量來看，爵士是在那個房間失血過多而死的，這判斷應該不會有錯。」

「這樣的話，布朗寧爵士不就不是在別的地方受傷的了？」我忍不住插嘴。

「哎，你先等等，我會照順序說明。我啊，認為這個密室殺人有點微妙，應該叫作『邊界密室』。」

「『邊界密室』？」

「是啊，我們就假設受傷的布朗寧爵士本人在房間內上鎖後，密室才成形的吧。而他這麼做，是為了避免自己再度受到兇手進一步的加害，是一種防禦策略。從這個角度來想，房間上鎖的問題就會先得到解答了。

另一方面，從噴到門上的血跡、地毯上的血量來看，推測爵士是在那個房間通往走廊的門附近受傷的，應該相當合理。」

「這麼說，啊，我明白了……」

「對，布朗寧爵士就是在房間內與外的邊界上，也就是從通往走廊的那扇門進入房間，正要關門時受傷的。驚嚇之餘，他關上門，上了門，然後才斷氣的。頸動脈受到那種程度的割傷，死亡前應該還能走上二十來步。爵士撞倒沙發倒地之後，試圖以血字在地毯上留下『貓』是誰，但結果沒有寫完就死了。」

「哦，真的是這樣嗎？」基德一面忍著哈欠、一面潑冷水。

「哦哦，基德小老弟似乎不相信老人家說的話啊。很好，我現在就來做個小實驗。」

布爾博士說完，便要大家離開事務所，一同走向走廊。

布爾博士將布朗寧爵士的房間通往走廊的那扇門，打開四十五度左右，要基德站在那裡。然後，我們走向走廊另一邊的斜對面，在路易絲的房間前站定。

「如何？從這裡可以清楚看到基德吧？」

就像布爾博士說的，從這個位置，可以清楚看見門後（布爾博士所說的密室內與外的邊界上）的基德。門是朝走廊方向打開的右開門，所以即使站到正對面布爾博士的門前，以及同樣是位在隔著走廊斜對面的巴羅的房門前，應該也看不見基德的身影，因為布朗寧爵士的房門會擋住。

布爾博士臉上滿是笑容，把手伸進帶來的紙袋裡掏掏摸摸，以聖誕老人取出美好禮物的手勢，拎出令人毛骨悚然的兇器。

那就是我們上次從倫敦塔帶回來的圓斧複製品。博士以食指為軸，運用魔術師般的靈巧手法，開始轉動那件燦然生光的美麗戰輪。

事情發生在一瞬間。圓斧轉速加快，速度快到我以為博士就要扭到手時，戰輪脫離了博士的手指，以驚人的勢道擦過基德的公雞頭，發出悶聲撞上門，在走廊上滾落。

博士痛快地看著基德那張蒼白了幾分的臉，滿意地說道：「呵、呵！如何？沒有刀刃的複製品都這麼厲害了，如果是真正的圓斧，基德就要付我理髮費了，呵——呵、呵！」

基德悶不吭聲，望著掉落在地板上那個猶如金黃色滿月的武器。

布爾博士接著又說：「這件有趣的兇器，是印度錫克教徒的武器，叫作圓斧。我已經向布魯解釋過了，我推測在那首鵝媽媽童謠歌詞裡，第十二名獵人的歌詞『受到滿月照耀』所象徵的，大概就是從現場消失的兇器，後來就找到了這個。這雖然是假貨，但我們也已經知道真品是倫敦塔武器博物館的館藏，而且已經被路易絲小姐偷出來了。不過，總而言之，『貓』這次犯案依舊忠於童謠。布朗寧爵士是喪生在閃耀著金黃色光芒的圓斧之下的，換句話說——」

蘋可把話接過去：

「——是被滿月照到喉嚨死掉的。」

4

我們再次回到布爾博士的事務所。

博士的話還沒有完：「所以，我想將這次的密室殺人，命名為『邊界密室』。也就是說呢，首先我們可以推測犯案現場位在密室內外的邊界上。再者，被害者在自己製造的密室中喪生，依照這一點可以歸類於『犯案時，被害者不在房內』的情況。但另一方面，從兇手的兇器動向來看，可說是符合『犯案時，兇手不在房內』這類情況中，『兇手在房外隔空殺人』的案例。因此，這樣一樁案件，在密室分類上，也是位於邊界位置。」

「紙上談兵。」基德冒出一句話。

「你說什麼？」基德一句話就壞了布爾博士的心情。

基德邊嘆氣、邊說：「那，兇器——圓斧跑到哪裡去了？照你說的，應該會在密室裡找到才對啊？」

「嗯，就是這一點。昨晚，我和布魯兩人去找過了，就是這個。」

布爾博士從辦公桌的抽屜裡，拿出昨晚我們在路易絲的事務所找到的日記本，和裝在唱片封套裡的圓斧真品。

「這些是路易絲小姐事務所裡的東西，都是證物，你們可要小心拿。這件兇器會從密室跑到路易絲小姐那裡，基德老弟也得負一點責任。你明不明白呀，啊？——好了，我們再回到密室的話題。在上密室課的時候我就說過了，兇手做出密室一定有他的意圖，但是，有時候也不見得全然如此。」

「……像是意外形成密室的時候。」基德說。

「正是！不錯哦，基德小老弟。那個密室，其實不是兇手安排的。路易絲小姐朝著布朗寧爵士擲出圓斧之後，萬萬沒想到爵士竟然從房內上閂。她在作案後想進入室內，我想，她多半也試過會客室那扇門，但是那裡也從內側上了鎖鈕式的鎖，所以當時她無法回收兇器。路易絲小姐太過擔心，可能一夜都不曾闔眼。因為她知道和屍體一起被鎖在密室裡的兇器很特別，只要一查就會查到自己身上，所以第二天早上……」

「啊？你是說，她是在那時候拿走的？」蘋可失聲大叫。

「沒錯。到了第二天早上，路易絲小姐好不容易才逮到機會。進入現場的基德老弟和布魯打起來，他逃走之後，你們就跟在後面追，不是嗎？當時，沒有任何人留在現場。路易絲小姐沒有錯過這個機會，她進入房間，把圓斧塞進放在音響那裡的十吋唱片封套，帶了出來。幸虧我們運氣好，這一切都被我那值得信賴的祕書看到了。圓斧當時是壓在屍體下方的。布朗寧爵士自行以左手拔出刺在喉嚨上的圓斧，面朝下倒地。那時候，兇器恰巧就壓在爵士左胸下方。喏，屍體胸前不是有個半圓形沒沾到血的部分嗎？應該就是壓在那裡。那天早上，布魯老弟和基德老弟都沒有把屍體翻開來看，所以沒找到兇器。」

蘋可不太感興趣地問：「那你的意思是說，兇手是偵探大師路易絲小姐？」

「嗯，路易絲小姐和布朗寧爵士之間有點關係。那本日記，還有我的祕書的證詞都可以證明。我想她是因為感情觸礁，才會興起殺害布朗寧爵士的念頭。你們也知道，當天爵士的預定行程中，有和『Ｂ』晚餐，不是嗎？那就是貝芙莉的Ｂ。所以，她大概是把爵士叫到自己的辦公室，想在那頓晚餐之前做個了結。結果在那裡吵了起來，布朗寧爵士走出路易絲小姐的事務所，越過走廊，要從靠走廊的門進入自己的事務所的時候，路易絲擲出了那件邪惡的兇器。」

「哦——這種事，不太像『貓』會做的事。」蘋可喃喃地說。

基德也贊成她的論調。

「沒錯，不像『貓』。第一，如果路易絲是『貓』，她的行動就有矛盾。」

「矛盾？」布爾博士臉色變了，粗聲粗氣地問。

「對，你推理的依據，是那首鵝媽媽童謠吧？『貓』會把犯案現場布置成童謠的歌詞。就是因為這樣，『貓』才會選擇象徵『滿月』的圓斧當兇器的吧？如果路易絲小姐是『貓』，為什麼要把象徵歌詞的兇器從現場帶走？好不容易安排好的兇器，如果不留在現場讓我們親眼看到，那模擬童謠殺人不就沒有意義了嗎？還是說，『貓』就只有這次放棄了他對藝術的追求？」

布爾博士這時第一次出現了不知所措的表情。

「……這個嘛，可是，在布朗寧爵士的口袋裡，有象徵『貓』犯罪的貓偶。那是個小東西，所以路易絲小姐在爵士到她事務所的時候，隨手就可以放進去……」

「沒人在問你那個。我們說的是，如果路易絲是『貓』，那她把兇器從現場拿走就很奇怪。」

「那、那是……」布爾博士糾結的臉頓時亮了起來。「對了！那個圓斧是路易絲小姐親自從倫敦塔的武器博物館拿出來的，要是留在現場，就會查到自己身上來，所以才……」

「矛盾就是矛盾在這裡。我們現在說的是，既然那是本來就不能留在現場的兇器，怎麼能用來模擬童謠？」

布爾博士再度狼狽地回答：「那是……嗯，我也不確定路易絲小姐是不是真的是『貓』……啊——對了！就算路易絲小姐不是『貓』，她為了釐清和布朗寧爵士之間的情愛糾葛，也很可能故意布置成『貓』的犯罪來掩飾……嗯，這樣還會矛盾嗎……？」

說到這裡，布爾博士終於看開了。

「哼！那種事情一點都不重要，我只要解開密室之謎，就……」

「慢著！」基德突然打斷布爾博士。「我還有事要問。」

基德以手指代槍似的指著我，不懷好意地笑著說：「請問，在密室裡的這個男的是誰，當時又在做什麼？」

完全沒料到有這一問的布爾博士，嘴張得開開的，茫然地直盯著我看。

「也對……我一心都放在研究密室上頭，不小心把他給忘了。」

我心想，開玩笑也要有個限度。

「如果說是這個男的在密室裡殺了布朗寧爵士，就完全不必動用到你說的那些麻煩得要命的密室論了。」

基德的話，再度讓我感覺到自己被巨大的不安吞沒。唯一的救生索布爾博士儘管結結巴巴，還是奮力應戰。

「這、這個，我可不是沒有想過。嗯，對，我想過了。那個啊，假如布魯老弟是『貓』的話，那福爾摩斯二世的兇殺案呢？殺害布朗寧爵士之後，布魯離開密室，跑到福爾摩斯會館，殺死第十三個犧牲者福爾摩斯二世來完成連續謀殺，把屍體冷凍起來，然後又回到布朗寧爵士的事務所，小心安排好密室，再去撞頭撞到昏倒，故意讓自己成為嫌疑最大的嫌犯，等你們來等到早上？啊？再說，後來他就一直跟在我身邊，你隨隨便便就說布魯是『貓』，這我可無法接受。」

基德仍不放棄：「那他是誰？」

「唔，這、這個……喔喔，對，我知道了，布魯的真正身分啊，」說到這裡，布爾博士稍微擺起架子，頓了頓，才開口說出意外的一句話：「是路易絲小姐的丈夫。」

這次換我茫然地張大嘴巴了。我是路易絲小姐的丈夫？這究竟是怎麼回事？

布爾博士繼續說明。

「布魯啊，就是正在和路易絲小姐辦離婚的丈夫——愛德蒙．齊塔維克。喏，布朗寧爵士的行程預定表裡不是有嗎？四點和『C』碰面。這一定是爵士為了談路易絲小姐的事，與『C』，也就是齊塔維克約在事務所見面。這時候，路易絲小姐來電把爵士叫出去，所以他就到她房裡去了。之後的事，就像我剛才說的那樣。

另一方面，在房間裡等候的齊塔維克先生一定大吃一驚吧！因為從走廊上回來的爵士渾身是血。我想當時，慌張的齊塔維克先生一定是絆倒了，頭部撞到辦公桌、當場昏倒。真是可憐啊！撞到頭部的布魯，不，齊塔維克先生從此失去記憶……」

說到這裡，敲門聲響起了。今天祕書不在，所以訪客似乎是直接來到這個房間的。布爾博士說了聲請進，於是門便開了，一個戴著重度近視眼鏡、略微駝背的男子出現在大家眼前。

「不好意思，請問這裡是路易絲小姐的事務所嗎？」

布爾博士冷冷地說：「不，你走錯了，路易絲小姐在隔壁。」

男子道謝後正想離開時，基德探出身來叫他：「啊，是齊塔維克先生吧！昨天打擾了。」

被喚作齊塔維克的男子認出基德後，便露出懦弱的微笑，說：「喔喔，基德先生，原來你在啊。」

布爾博士吃了一驚，看著兩人說：「齊塔維克……是我們剛才提到的路易絲的丈夫齊塔維克嗎？」

基德聳聳肩，好像很過意不去的樣子。

「很抱歉，但他就是——來得還真是時候。布爾博士，我來介紹。這位是如假包換的愛德蒙．齊塔維克先生。」

「可是……怎麼會……」布爾博士說不出話來了。

「嗯，其實，我們也擅自進行了調查。雖然說是調查，其實算是在你們後頭跟蹤吧。我們裝作不知道圓斧這東西，其實已經去過倫敦塔的武器博物館蒐集情報，也從博士的祕書葛林伍德阿姨那裡得到和路易絲有關的證詞了。」

這時，我把一直掛在心上的事拿出來問基德：「也許是我記錯了，不過我覺得我在倫敦塔的城牆上被『貓』攻擊過……原來那是你？雖然我的記憶很模糊……」

基德一副故作神祕的樣子，露出狡猾的笑容，說：「是啊……也許是，在某個選擇之下……也許有個龐克族作弄過你……」

「……某個選擇？」

「哎，問這麼多幹嘛，這不重要。重要的是路易絲這邊。所以呢，我們已經向路易絲小姐和這位齊塔維克先生問過話了。路易絲小姐已經承認，的確是她將兇器帶離現場的。她說，那天早上她碰巧看到現場，房內的慘狀讓她大為震驚。她想叫醒倒在地上的布朗寧爵士，卻發現自己從倫敦塔帶出來的圓斧，就在他身體下方。她生怕自己惹上嫌疑，就決定先把兇器藏起來。

但說到行兇這方面呢，布朗寧爵士遇害的十日當天下午到晚上，她都有確切的不在場證明，而且也獲得了證實。吶，齊塔維克先生，是不是這樣？」

齊塔維克先生不明白現場發生了什麼事，眨著眼回答：「是的，就像我昨天向基德先生說的。我和貝芙當天下午到晚上，都待在我位於國王十字路的公寓，談離婚的事。這一點是千真萬確的。我今天來這裡，其實就是為了離婚的相關文件……」

布爾博士已經陷入聽而不聞的狀態了，這位密室派大師在職業生涯中，想必不曾出過這種洋相吧。才剛提出假設，就因為真正的齊塔維克出現，而完全站不住腳。只見他雙肩無力地下垂，在安樂椅上縮著身子，喃喃自語。但是，布爾博士的打擊，還不僅於此。

蘋可在一旁天真又殘酷地落井下石：「哎呀，布爾大叔，你要喪氣還早呢！還有更震驚的事哦。就是啊，其實你們其中一個偵探大師告發你，說博士是殺害布朗寧爵士的兇手。」

我已經混亂到極點了。這下，一切都回到原點了。無法承受的不安，開始壓垮我。「貓」的真面目、我自己是誰、殺人之謎，一切的一切，都再度為黑暗所包圍。

這些瘋狂的偵探大師之間還互相誣賴對方，我所委託的布爾博士才是兇手？究竟是怎麼一回事？我選錯偵探大師了嗎？啊啊！如果時間能夠重來的話……

我再也無法繼續待在那裡了，我一把推開愣在一旁的齊塔維克先生，離開房間。

——我好想吐。頭痛得好像快裂開了……

#2 巴羅的破案

1

巴羅的事務所。巴羅聽蘋可轉述福爾摩斯二世孫女的證詞，然後以一臉平靜的表情啜了一口咖啡，並說：「終於快到大結局了。但是，最後你要不要再陪我一下？」

「陪你幹嘛？」

「夜闖布爾博士的房間。」

我吃了一驚：「為什麼？」

「我認為是布爾博士殺害了布朗寧爵士。會做這種怪事的，除了他之外沒有別人了，而且他也有動機。所以，我想趁今晚把證據弄到手。」

巴羅沒等我回答，便站起身來。於是，我們就前往布爾博士的房間了。

時間是午夜二點十五分。巴羅和我像罪犯般弄壞鎖，闖進布爾博士那間空無一人的事務所。其實我並不想這麼做，但巴羅似乎很有把握，所以我也只好奉陪。

書架上擺滿了有如裝飾品般的厚重皮封書，西洋棋盤前一尊面無表情的自動人偶，玻璃瓶裡裝著福馬林浸泡的生物標本──偵探大師布爾博士的房間，並不是一個令人感到舒適的地方。

巴羅與我翻遍了那個宛如玩具箱的房間，結果什麼都沒找到。我們打算要放棄離開時，巴羅說還有一個地方沒有看。

這名硬漢偵探大師走到大小有如孩童的自動人偶前。像瘋子一樣瞪大了眼睛、手裡拿著主教棋子的人偶，不知道是利用什麼機關運作的，但看起來似乎會和人隔著棋盤對奕。巴羅粗魯地把棋盤上的棋子掃開，用指甲去摳棋盤邊緣，不知他在想什麼，他竟撕起棋盤表面，發出聲響。

用不了多久，我就知道貼在棋盤上的黑白格子紙是Paper Acid，也就是浸透ＬＳＤ的紙了。

「我實在不喜歡講解破案的來龍去脈。」

巴羅將一雙腿擱在辦公桌上，一派輕鬆的模樣。他嘴裡這麼說，但看他的表情，又會覺得並不是那麼一回事。

十二月十四日上午。依據愛德華法，距離時限還有數小時。原本人在警場的基德和蘋可兩名刑警被叫到巴羅的事務所了，現在正等著巴羅描述破案的內容。巴羅喝了一口咖啡才開口。

「和毒品扯上關係的案子，有一條定律。兇手永遠是缺錢卻想嗑藥的重度毒蟲。喂，基德老弟，這句話你可要轉告毒品課維瑟斯那小鬼。這是我的經驗談，保證錯不了。

「所以，從唱片那件事碰巧查出與哥倫比亞販毒集團有關的時候，我就看準布朗寧爵士肯定是被沒錢的毒蟲幹掉的。」

「所以，你才會那麼用心地查那本帳簿？」我問。

「沒錯，那一定是毒品顧客名冊，也是用來收帳的帳本。所以，我拚了命解開那張表裡的暗號。因為我無論如何都想查出那個欠了五萬八千鎊的混帳，叫什麼名字。所以，我埋首那本《暗號大全》，沒想到很簡單就解開了。真實的事件往往都是這樣，和偵探小說不同。」

「那是用什麼方式寫的？」蘋可問。

「小妞，別急。妳知道換字式嗎？就是把原本文句裡的某個字，用其他的字替換，讓別人看不出內容的寫字方式。至於怎麼替換，有一定的規則。這本帳簿的作法，是把英文字母的某個字，換成另一個字。小妞，妳在那張紙上把ＡＢＣ寫下來。ＡＢＣ妳應該會寫吧？」

蘋可對巴羅扮了個鬼臉，但她還是在紙上寫下了二十六個字母。

「對，這就是基本列。下面要再列出一行字母作為暗號列，兩列相鄰的對應字會彼此替換。還有，妳必須依照某個規則把暗號列錯開。這個規則就是──啊啊！為什麼我非得講解這麼麻煩的事不可？」

「是關鍵字吧。」基德插嘴。

「噢，基德老弟，原來你也知道啊。對，在下一列字母最開始的地方，先放上決定好的關鍵字，後面再排上錯開的字母。當然，關鍵字裡用過的字母，後面就要去掉，這樣全部加起來才會是二十六個字母。要不要試試看？」說到這裡，他看著蘋可，說：「寶貝，妳能不能幫個忙，在下一行開頭先寫關鍵字，照我剛才說的，後面再補上關鍵字沒用過的字母？」

「關鍵字是什麼？」

「CAT BONES。以俱樂部『貓骨頭』來當暗號，真是無所不貓啊。只不過我是試了好一段時間以後才發現的。」

ABCDEFGHIJKLMNOPQRSTUVWXYZ
CAT BONES DFGHIJKLMPQRUVWXYZ

關鍵字

蘋可照他所說的補上下列。

「只要有這張解讀表，我們就勝券在握了。這本帳簿裡欠了一屁股債的傢伙，ＳＯＪＰＹＡＵＨＨ，把他的字母一個個從下列裡找出來，再對照上列順序正確的字母。吶，正確的名字出來了吧。」

「呃——S是H，O是E，所以……啊，變成Henry Bull，是布爾博士！」

「雖然我搞不懂身為硬漢的我，為什麼要為這種事操煩，不過總而言之，我們知道欠了一屁股債的毒蟲，就是人在我隔壁，一臉無辜樣的布爾博士。我也很吃驚，不過，既然布朗寧爵士是帶頭老大，布爾博士會透過他拿古柯鹼和ＬＳＤ，也就不難理解了。

「所以，我透過線民等管道，打探了布爾博士的消息。結果有不少發現。

「布爾博士大約二十年前，也就是一九六〇年代中，曾經參與美國所進行的ＬＳＤ的Acid Test——不過，當時研究的是幻覺之類的東西，是大學裡的正規研究。他以此為契機，對毒品產生了興趣。一開始好像是出於學術方面的好奇心，但後來不知不覺就陷進去了。他曾經戒了一段時間，但這幾年據說老毛病又犯了。那種不健康的肥胖，就是所謂的吸毒肥。他可能也沒多久好活了吧。

「然後，我也叫人去打聽布爾博士的資產，他幾乎一文不名，存款是零。他有的，就是欠『貓骨頭』的那五萬八千鎊的負債。而最後，最具有決定性的證據，就是在布爾房間裡找到的這些Paper Acid。」

巴羅把昨晚從布爾博士房裡拿來的棋盤貼紙放在辦公桌上。

「這麼說，布爾博士是為了賴掉毒品欠債而殺人的……？」我問。

「這個嘛，這是一大原因。不過，只幹掉布朗寧爵士一個，也解決不了問題。我想，布爾一定是和爵士發生口角，最後才演變成那樣。我想把這次的兇殺案，叫作『帽子戲法』（hat trick）謀殺案。」

「帽子戲法？」

「對，這指的就是一個人在一場比賽裡連得三分。布爾博士殺了毒梟頭子布朗寧爵士，暫時可以逃過販毒集團逼債。爵士又是偵探大師，殺了他又可以獲得身為『貓』的滿足。然後，自己親身辦案，把罪賴在你身上，宣布破案的話，會有什麼結果？」

「以最高的破案分數坐上『偵探皇帝』寶座，贏得大筆的年收入和權力……」

「沒錯。這麼一來，他就可以拿那些錢來還欠毒品組織的錢，擺脫債務。這人真的聰明得跟魔鬼一樣。殺一個人，就等於一箭三鵰。」

「布爾博士就是『貓』嗎？」

「對。他以這種方式殺了布朗寧爵士之後就放心了，然後，他又把福爾摩斯二世騙出來，在福爾摩斯會館裡幹掉。就這樣依照童謠歌詞殺了十三個人，遊戲到此完成。」

「可是，路易絲的行動呢？」

「關於這一點，由我們來說明。」基德插進來。「路易絲在案發第二早上的行動，我們已經調查過了。布爾博士的祕書也把事情告訴過我，所以經過我都知道了。對她偵訊後，發現把兇器從現場帶走的，其實就是路易絲。兇器是一種叫作圓斧的奇特武器，那東西的形狀就像十吋的唱片，邊緣是銳利的刀鋒。喏，屍體下方不是有一塊圓圓的、沒有沾到血的地方嗎？那八成是圓斧壓在身體底下造成的。聽說那是印度錫克教教徒的武器。這是複製品，你們看看吧。」

基德把一個以鑲嵌工藝裝飾的美麗金屬盤遞給我們。形狀果真和十吋的唱片一樣，也像是大了一圈的ＣＤ。只不過中間的洞比ＣＤ大得多，和唱片比起來，更像一個薄薄的鐵環。

「這個圓斧，是她之前在情人布朗寧爵士的唆使之下，從倫敦塔的博物館拿出來的。而案發的第二天早上，她碰巧發現東西竟然在兇殺案現場的屍體底下。就是我們去追那邊那個男的，追到電梯那兒的時候。」

「可是，路易絲的話可信嗎？」我說。

「應該可以。她是怕兇器被發現之後惹上嫌疑，才把兇器帶走的。而且，她在布朗寧爵士遇害的時刻有不在場證明。

昨晚，倫敦塔報案說將圓斧帶走的女人叫作齊塔維克。我們從這條線索查下去，發現路易絲原來在考古學研究所上班時結了婚，丈夫就姓齊塔維克，現在正在談離婚，還沒談妥。換句話說，路易絲的真名就是齊塔維克。我們立刻去找他們兩人問話，一問之下，發現案發當天下午到晚上，他們夫婦都在一起，在丈夫家裡談離婚。」

巴羅開心地接話：「沒錯，這樣就對了。路易絲只是把那個什麼斧的兇器帶走而已。聽你這麼一說，我也在她那裡看過那個東西。我想，布爾博士是知道路易絲擁有那件兇器，才會用那東西來殺人，好嫁禍給她。這種沒品的事很像熟悉武器的布爾會做的事，不是嗎？」

基德露出不屑的笑容，看著巴羅說：「接下來，我倒是想請問……」

「問什麼？」

「第一，密室之謎怎麼解釋？」

突然被將了一軍的巴羅瞪大了眼，結巴起來。

「這、這個嘛……我沒去想。密室這種東西，不在硬漢思考的範圍內。但是，慢著……

對，我知道了。布爾不是懂催眠術嗎？他就對迪克——當時也在房裡的男人施了催眠術，要他在兇殺案之後上鎖。對，一定是這樣沒錯。」

基德的笑容更明顯了。

「那個人上了鎖之後，再打自己的頭，把自己打昏？催眠術還真好用。不過，幹嘛非做這麼麻煩的蠢事不可？」

「這、這是因為布爾喜歡密室喜歡到病態的地步啊。對，一定是的。『貓』犯下的案子每個都是經過精心布置，一定是變態詭計狂幹的。」

巴羅已經滿頭大汗了，但基德仍緊逼不捨。

「那好，成為這個蠢詭計關鍵的人……你叫他迪克，是不是？他究竟是什麼人，在現場做什麼？」

「嗚，嗯，這個嘛……迪克是，對，他是某個無關的水電行工人，遭到無辜牽連……不、不對……」

天哪，愈說愈不可靠了。巴羅太專注於調查毒品，竟然完全沒有想過密室之謎和我的身分問題，真是令人難以置信。

基德最後使出最致命的一擊：「順便告訴你，布爾博士在布朗寧爵士的死亡推定時間到來時，人正在倫敦大學，對三百個學生舉行特別授課。好了，已經沒時間了，你還要去推翻這個不在場證明嗎？喔，我看你沒這個閒功夫吧。因為，巴羅先生，其實另一個偵探大師告發了你，說你是殺害布朗寧爵士的兇手吶……」

我再也忍不住了。這件兇殺案究竟是怎麼回事！我所信賴的偵探大師巴羅不僅失敗，甚至還被別人告發？我已經完全一塌糊塗了。

啊啊，頭好痛……我好想立刻離開這裡。

我踉踉蹌蹌地朝門走去。

#3 路易絲的破案

1

深夜的事務所。路易絲聽蘋可轉述福爾摩斯三世孫女的證詞，和我一起喝著濃濃的紅茶。

路易絲看來心事重重，但抬頭看了看鐘，彷彿下了決心一般，開口說：「其實，我現在就想夜闖麥克．巴羅的事務所。」

「巴羅的事務所？」我吃了一驚。

「對。我做了許多調查，無論怎麼看，兇手都是巴羅。所以，我想要證據……」

「妳這想法有什麼根據？」

「有。關於這一點，我有個東西要讓你看看。」

路易絲說著說著，把剛才就從檔案櫃裡拿出來的奇特金色盤子放在茶几上。那個盤子大小有如十吋的類比唱片（以前曾經大量製造的唱片，尺寸介於ＬＰ與單曲唱片之間），更精準地說，中心的洞比唱片大，形狀有如一個扁平的環。

「這是什麼？」

「圓斧，是印度錫克教教徒的武器，周圍這一整圈都是刀鋒，平常是以投擲的方式來使用……」

我盯著那件陌生的武器看。做了鑲嵌工藝的表面，好像沾到黑黑的東西。

「這就是消失的兇器，是我從現場拿出來的……」

路易絲這句意想不到的話，讓我從椅子上彈了起來。

「對不起，一直瞞著你。我自己說偵探和委託人之間的信賴關係很重要，卻好像背叛了你。不過，基於兩個理由，我不得不這麼做。」

「兩個理由？」

「嗯，首先，我解釋一下狀況。兇殺案發生之後的第二天早上，你和基德刑警彼此追趕，現場沒有人的時候，我正好經過，就到房裡去看，結果就找到這個。」

「它本來放在哪裡？」

「被壓在布朗寧爵士的屍體下面。」

我想起那天早上，我並沒有察看爵士的屍體下方。

「其實，這個圓斧本來是放在我房裡的。這不是我的東西，是我從別的地方拿來的……我怕現場有這件東西，我會遭人懷疑，所以就把它帶走了。這是第一個理由。再來就是，接受你的委託之後，我認為現場找不到兇器對你比較有利，這是第二個理由。」

我默不作聲，示意她說下去。

「但請你不要懷疑我。案發當天，從下午一直到晚上，我都在和我丈夫談離婚，所以我有不在場證明。這件事，我已經告訴基德刑警了……」

「丈夫……？」

「是的，其實在法律上，我並不是路易絲小姐，而是齊塔維克太太。我是在考古學研究所上班時結婚的。」

意外的談話內容，讓我倒抽了一口氣。

路易絲一臉憂鬱，繼續說：「我本來很想和死去的布朗寧爵士結婚。說來羞人，但我和他有男女之間的關係。雖然最近發生了很多事，讓我們不斷爭吵。我後來和爵士走在一起，才會和現在的丈夫談離婚……」

「等等，這和巴羅有什麼關係？」

「大有關係，我想殺害布朗寧爵士的兇手，是為了想嫁禍於我，才用圓斧作為兇器。而除了布朗寧爵士之外，知道我有這件東西的，就只有巴羅了。他好像對我有意思。大約一週前，他硬闖我的房間，對我花言巧語，那時他正好看到這東西放在辦公桌上。所以，我懷疑兇手就是巴羅……」

「所以，妳才想夜闖巴羅的事務所？」

路易絲似乎心意已決，她默默點頭。

半個小時之後，我們撬開巴羅事務所的鎖進入內部。會客室與辦公室之間的門沒有上鎖，因此我們輕而易舉就進入了辦公室。

辦公室內的陳設，或許反映了現實主義偵探大師的個性吧，它冷漠且毫無裝飾可言。鐵製的辦公桌、沒鋪地毯的亞麻色地板，以及公家機關常見的灰色大檔案櫃。這些隨處可見的東西當中，唯一令人感到有個性的，便是不知為何隨意擺在房間一角的汽車保險桿，儘管沒人知道這表達出來的是什麼樣的個性。

我和路易絲分頭在房內搜索。我深感良心不安，覺得自己才像個罪犯，但路易絲以篤定的態度俐落地進行搜查。

「約翰，你來看一下。」不久，搜索著檔案櫃的路易絲對我這麼說。

我走過去，探頭看櫃子最下層打開的抽屜。裡面完全沒有收放文件的樣子，反而放了幾瓶橫放的波本威士忌瓶，但在酒瓶之後，似乎塞著一塊黑黑的東西。

「看樣子，能解釋兇殺案機關的東西出現了。」

說著，路易絲拎起那塊黑色的東西。原來是一頂黑色的假髮，櫃子裡還有另外幾頂假髮和度數極深的眼鏡。

我把這些拿在手上翻看，說：「理奇兄弟作為特徵的結實下巴……和巴羅的下巴一樣。把巴羅的頭髮拿掉，戴上眼鏡的話，會和理奇兄弟一模一樣……」

路易絲點點頭說：「兇殺案當天的傍晚六點，離開『偵探大師會館』的兩人當中，其中一個，也就是多出來的那一個，正是巴羅。他其實是理奇三兄弟的第三人……也就是喬治！」

「我懷疑巴羅是理奇家的三弟喬治，於是我打國際電話向美國的朋友詢問，也在國內進行許多調查，結果找到巴羅就是理奇兄弟之一的證據了。」

十二月十四日早上，在路易絲的事務所內，在基德、蘋可兩名刑警的見證下，路易絲正在破解整件兇殺案。現在，她正要拿著那頂假髮，解釋巴羅就是喬治．理奇的說法。

「我發現，巴羅有經常眨眼的毛病，我想他一定是戴了隱形眼鏡。大概是認為硬漢偵探禿頭又近視太不稱頭，才改裝的吧。」

蘋可不屑地笑著問：「所以，就是那個禿頭又近視的硬漢偵探先生，殺了布朗寧爵士？」

「對。就像我剛才說的，知道兇器圓斧在我這裡的，就只有他，而且我還有別的依據。巴羅殺害布朗寧爵士不僅僅是為了他的兄弟，也是為了達成自己身為『貓』的邪惡計畫，在機緣巧合之下，他伸出魔爪，讓爵士成為第十二名犧牲的偵探。就像布朗寧爵士的死前留言所暗示的……對了，說到這裡，我先針對死前留言的案例，做一個基本整理。」

路易絲的死前留言課

「若要詳加解釋何謂『死前留言』兇殺案，大概就是這樣：被害者在臨死之際想說出兇手是誰，因此用寫字畫圖、開口說話，或做出某種動作來傳達意思，但卻因為某些原因，無法直接令辦案者明白，成為一個待解之謎。這一類的兇殺案，就屬於『死前留言』兇殺案。

死前留言之所以會成為謎團的原因，公認有以下三點：

Ａ：留言中途被害者便耗盡體力，以至於留言不全。

Ｂ：被害者認為自己已簡單明快地道盡一切，卻因為解讀的這一方知識不足而看不懂。

Ｃ：由於兇手還在兇殺案現場，所以被害者留言時，必須不讓兇手認出，卻又要令辦案的一方了解。

我的課很簡單，不像某個囉嗦的密室派偵探。知識的炫耀就到此為止，你們儘管放心。記住以上三點之後，我想再來談談布朗寧爵士臨終前所留的留言。」

這時候，蘋可插嘴：「哎，不是很簡單明瞭嗎？那個留言『CAT IS』寫到『貓是——』就中斷了，所以符合Ａ：在途中被害者體力耗盡，不是嗎？」

路易絲以教導小孩子的口吻說：「每個人都會這樣想，一開始我也是這麼認為。這個留言沒有任何懸疑之處，純粹只是被害者想要寫出『貓』的真面目，卻在中途就無力了。但是，我仔細觀察了這個血字之後發現，這次的留言或許不屬於以往眾所熟悉的類型。這裡有血字的現場照片，你們看。」

「全部都是大寫，看起來是『CAT IS』。但是仔細看的話，不覺得有點奇怪嗎？是不是？」

「……對，I的尾巴有點勾起來，還有就是真的要講究的話，兩個字好像擠在一起了……」我說。

「一點也沒錯，我也是這麼認為。所以我就想，這該不會是一個字吧？」

「一個字……『CATIS』？從來沒聽過這種莫名其妙的單字。」蘋可嗤之以鼻。

「那麼，這樣呢？」

路易絲說完，拿紅筆在現場照片上補上一條線。

「……什麼、什麼？『CATUS』？這什麼啊！根本就看不懂。」蘋可說。

路易絲得意洋洋地環視眾人。

「『CATUS』——這是拉丁文。英文是『cat』，德文是『katze』，法文是『chat』。歐

洲表示『貓』的單字，都是由『CATUS』變化來的。布朗寧爵士在寫這個死前留言時，用的是自己的血，不是嗎？而且是在臨死之際勉強寫出來的，所以血糊掉，變成這種未完成的狀態，因此讓解讀的人誤會了。」

「哦，拉丁文啊。就是像上次在Live House表演的黑人歌手講的俚語，對吧！搞半天竟然是這樣，真無聊！」蘋可擅自做了結論。

「拜託妳不要攪局好嗎？所以說，我把這次的死前留言歸為第四類，也就是D：被害者自以為完成了，但因為什麼差錯或辦案方面的觀察不足，被當作未完成——我決定把這次的留言看作這一類。」

「但是，如果說『CATUS』就是『貓』，那說了不就等於沒說嗎？他對兇手，殺人魔『貓』的真面目完全沒有任何解釋啊。」不愧是基德，意見相當中肯。

「這就是這次的死前留言最深奧的地方。目前為止，這次的死前留言也帶有剛才所說過的B與C的色彩。也就是說，它造成解讀方的知識不足的結果，同時又採用了不讓在場的兇手發覺的表達方式。

「換句話說，拉丁文的『貓』嚴格講起來有兩種，一個是本義是『山貓』（wildcat）的『FELIS』，以及意味著『家貓』（domestic cat）的『CATUS』。布朗寧爵士透過這兩者的不同，也就是在有兩個『貓』的拉丁文中，特別選擇了『CATUS』，難道不是別有意涵嗎？」

「什麼樣的意涵？」我不由得探身向前。

「布朗寧爵士寫下『CATUS』，是特別想傳達『家貓』裡『家庭』（domestic）的這個部分。」

我忽然想到，那個百年慶晚宴時的明嘲暗諷……

路易絲皺起她的小鼻子，一臉得意。

「我記得，麥克．D．巴羅的個性不像硬漢，會細心打掃、做菜，所以被四周的人取笑，說他的教名D（Dashiell）是家庭的D。」

蘋可忍著哈欠說：「啊——真討厭，有教養的人連快死的時候都還在想麻煩的事。」

「住口！妳真的很吵！」路易絲不耐煩了。

「別氣、別氣。」基德跳進來打圓場。「但是啊，路易絲小姐，就算巴羅是『貓』，他又是怎麼離開那個密室的？」

路易絲的密室課

「我的密室說明還是非常簡單，我才不想像某個密室派的偵探那樣長篇大論。」

我們已經來到布朗寧爵士的房間。

路易絲繼續說明：「密室不是從外面上鎖，門、窗都是從內側以門閂或鎖關起來的。門戶全部都是經由內部操作才關閉的——單純思考這一點後，我認為兇手是在殺害布朗寧爵士之後，設下機關，離開房間，再讓門從內部鎖上。要啟動門閂，就必須要有動力。在兇殺案現場有這種動力的，是什麼？」

「當時在現場會動的東西……音響？」我不禁低聲說。

「對，唱機的轉盤直到隔天早上都還在轉動。所以我想，很可能就是那個轉盤的動力鎖上了門。而緊鄰牆邊面壁的阿彌陀佛像，或許也助了一臂之力。」

路易絲一面說著令人不解的話，一面站到靠走廊的門前，從口袋裡取出類似釣魚線的東西。然後，她以魔術師般的手法，將線的一端綁在門閂心軸的閂扣部分。

「這個叫作傻瓜結，雖然是綁起來了，但只要從另一端用力拉，就可以解開。」

接著路易絲拉著那條釣魚線，穿過面壁佛像右手食指與拇指形成的ＯＫ手勢，也就是「手印」的洞，以那裡為中繼點，轉了九十度的彎，再度拉長。

我們看著路易絲穿過房間，站在唱機前，以封箱膠帶把釣魚線的一端貼在轉盤迴轉部的側面。

「好，戲法已經變好了。只要打開唱機，讓唱盤轉動，釣魚線就會被拉動。被拉動的線以阿彌陀佛像的右手『手印』為中繼點，轉向九十度後，就會拉動門閂的閂扣。這麼一來，門閂的心軸被拉進牆孔之後，轉盤還是會繼續拉線。那個傻瓜結就會解開，釣魚線最後會被轉盤捲起來，我們就看不出來了。這樣一來，密室便完成了。當然囉，兇手是趁釣魚線還沒有拉緊時，從走廊那個門離開的。懂了嗎？我們來試試看。」

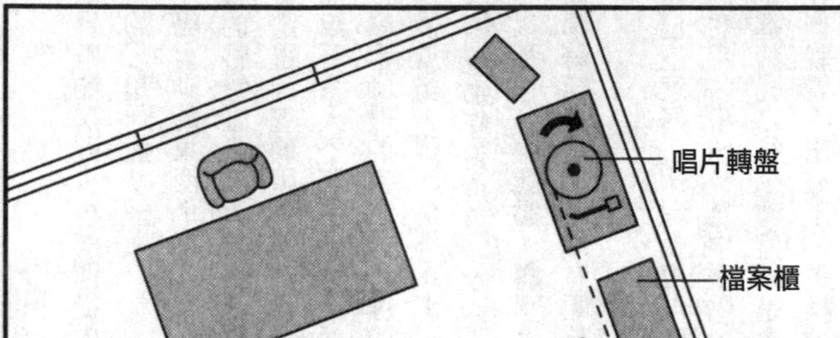

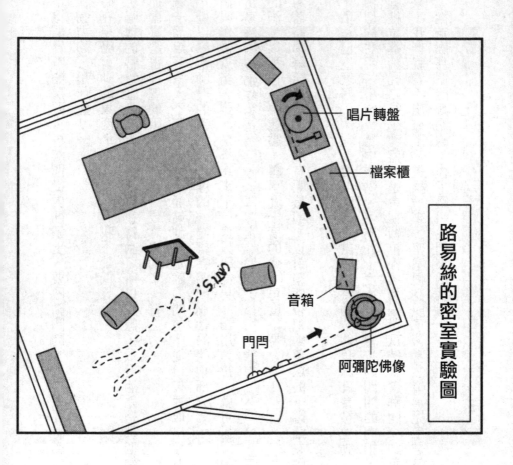

路易絲的密室實驗圖

路易絲興高采烈地打開唱機的電源。

唱盤開始轉動，本來鬆垮的釣魚線開始晃動。轉盤繼續收著釣魚線，讓它漸漸繃緊了。釣魚線的鬆緊，與我們的緊張程度一致，房內的氣氛非比尋常。

釣魚線繃緊後開始抖動，所有人的緊張達到最高潮時，傻瓜結鬆開了。但門閂的心軸依然在原來的位置，動也不動。不知道是轉盤的力道太弱，還是門閂太緊，大概兩者皆有吧。

門閂最終沒有鎖上，密室詭計實驗以失敗告終。

「耶——！被阿咪頭耍了！」蘋可誇張地喧鬧著。

3

我們再度回到路易絲的事務所。

「這失敗還真是令人感到遺憾吶。為什麼名偵探老是愛鑽牛角尖，想這種笨到極點的事啊？怎麼不搖滾一下、乾脆一點？」

基德發出譏笑，並轉向蘋可，看她同不同意。

「就是啊，我最討厭上物理和國語了，好無聊。」

路易絲佇立在房間中央，在屈辱的包圍之下咬著嘴唇。基德又落井下石了。

「而且，就算妳所說的『傻瓜結密室』是對的，『傻瓜兇手』的釣魚線也會留在轉盤那邊啊。現場遺留了那種傻瓜線索嗎？」

「……這、這是──對，兇手一定是事後帶走了。」

「什麼時候？」

「呃……我知道了，約翰從布朗寧爵士那裡逃走，你們去追他，現場沒有人的時候……」

基德當然不會錯過捉她語病的機會。

「這麼說，就和妳從現場摸走那個滿月形怪兇器是同一時間了，妳該不會順手也把釣魚線帶走了吧？」

「太過分了！你分明是找我碴！」路易絲激憤地說。

基德笑著制止路易絲，又說：「那我就不用再問福爾摩斯二世兇殺案的事了，鬼扯的話我聽太多了。而且啊，妳想得這麼複雜，結果把最重要的事給忘了。」

「什麼事？」

「我問妳，妳站在那邊的搭檔當時穿著水電工人的衣服倒在現場，到底是在裡面幹嘛？他又是誰？」

路易絲面對這突如其來的問題，張大了嘴。

「這、這個，他是水電工人，巴羅想拿他當替死鬼……不、不對。討厭，我一心都放在死前留言上，完全忘了這件事……」

基德發動更進一步的攻勢：「這種漏洞百出的推理、亂七八糟的詭計解說，是沒辦法把罪推到巴羅身上的。我再告訴妳另一件有趣的事，你們其中一個偵探大師，吵著說妳才是殺害布朗寧爵士的兇手。」

我聽完這些話，緊張已經達到極點了。不安緊緊攫住了我。這樣一來，不就等於什麼都沒有解決嗎？還有，我所信賴的偵探大師竟然被別人指為兇手，這又是怎麼一回事？我再也受不了這種鬧劇了！

我放聲大叫，衝出房間……

開端：睡著的貓

下弦月在黑暗中朦朧浮現。月亮的上緣汩汩滲出的紅色液體，逐漸覆蓋蒼白的月亮表面。紅色的月亮在黑暗中浮現。

仔細一看，紅色的月亮正微微顫動。月亮的顫動幅度愈來愈大，最後宛如生物般開始蠕動。

月亮顫動著，不知不覺還開始有了聲音，像低低的雷鳴。聲音也隨著月亮的顫動，愈來愈響。

突然間，我發現那聲音不是雷鳴，而是令人厭惡的笑聲。發自咽喉深處，像貓叫聲般呼嚕呼嚕的笑聲。

——對，那是貓的笑聲。而在黑暗中浮現的紅色月亮，則是因嘲笑而顫動且滿口是血的貓嘴。

我望著浮現在黑暗中那張令人發毛的貓嘴，不知為何，茫然地想著：那該不會是我在鏡子裡的身影吧？

黑暗鏡面上的貓，不知是否看出我的心思了，牠繼續笑著，宛如瘋狂。貓的笑漸漸開始撕裂黑暗……

雪白的世界從黑暗的裂縫中溢出，擴大為一整面。我必須眨上好幾次眼，才明白那雪一般的白色是天花板的顏色。

——看樣子，我從夢的世界裡醒來了。

……這裡究竟是哪裡？

我記得以前也這樣醒來過。對，那時我也是望著白色的天花板，然後……

——我在布朗寧爵士的房裡醒來。

我發現自己再度躺在布朗寧爵士房裡。看樣子，我似乎又在這個可怕的地方昏倒了。

我從一道走廊之隔的偵探大師事務所衝出來之後，過了多久？我甚至覺得一切都像是夢。

我緩緩撐起上身，看看手錶。已經過了下午四點。之前我在這個房間裡醒來的時候是早上，現在卻看到夕陽從窗戶射進來。西方的天空彷彿吸了在這個房間裡遇害的男子之血，一片通紅。

……遇害的男子！

我一驚，往前方的地板看去，以為喉嚨被割斷的布朗寧爵士的屍體還在那裡……

但是，此刻屍體已經不在了，唯有屍體流下的血所形成的黑色汙漬，黯然地在地板上開展。迎向夕陽的窗框，將影子縱橫投射在那片地毯的汙漬上。

死者的死前留言也還在嗎？我凝神細看地毯。

……還在。

淡淡的血字還沒有被清除，仍留在地毯上。

我正想出聲唸出這個血字的那一瞬間，突然出現了一個影子，蓋在血字上。那是形狀有如棕櫚葉般的奇特影子，我認得它。我戰戰兢兢地抬起頭來。

「基德……皮斯托……」

頂著一顆衝天龐克頭的龐克刑警背對著殷紅如血的夕陽，佇立在窗前。基德露出和三天前一樣的殘酷冷笑，望著我。我一轉頭，看到通往會客室的門那裡，站著與他如雙胞胎般形影不離的搭檔，蘋可刑警，她依舊大剌剌地嚼著泡泡糖。

基德開口了：「你醒了？」

「嗯，我好像又昏過去了……」

「覺得怎麼樣？」

我深深地嘆了一口氣之後才說：「爛透了……我委託的偵探大師失敗了。愛德華法的時限七十二小時已經過了……一切都完了。你們會逮捕我，把我送到警場去嚴刑逼供，是吧？」

基德與蘋可不懷好意地笑了笑，不肯回答。

「怎麼了？不逮捕我嗎？我不會再逃了，來吧，銬上手銬吧！」

基德哼了一聲，說：「哼，我偏不要。你叫我抓，我偏不抓。再說……你又不是『貓』……」

我吃了一驚，問道：「我不是『貓』？你已經知道『貓』是誰了？」

基德搖動他那頭棕櫚葉般的頭髮，點點頭。

「對，我已經知道了，因為我和那些昏庸的偵探大師不同，可是有在動腦子的。」

「告訴我！『貓』究竟是誰？」

基德還是笑而不答，賣關子說：「哎，你就讓我從頭說起吧！偶爾我也想學學偵探大師，擺擺架子。雖然這麼說，我查到真相所用的線索，和偵探大師可是截然不同的。」

「什麼線索？」

「叫你別急啊。線索，其實就藏在一開始我們和你在這裡相遇時，我和蘋可的對話中。是不是？」

說著，基德朝蘋可看，只見她開心地點頭。

「那些偵探大師完全沒當一回事，但其實關於布朗寧爵士的死，有兩個要點應該要好好思考才對。

「其中之一就是，布朗寧爵士的屍體為什麼移動了？

「另一點則是：為什麼『貓』只有在布朗寧爵士兇殺案時，放了兩件與貓相關的物品？

「第二個疑問，其實就隱含了第一個疑問的提示，也隱含了夏洛克·福爾摩斯兇殺案的提示。」

我腦筋一片混亂，說：「你說什麼？我聽不懂……你是說，布朗寧爵士的屍體被移動過……？」

「正確地說，其實不太算。喏，你還記得我和蘋可的對話嗎？蘋可是這麼說的：死亡留言的血字明明朝向走廊，屍體的頭和指尖卻朝著窗戶。這樣要寫血字很不自然，因為姿勢完全相反，所以一定是有人移動過屍體的位置。

「我也認為很有道理。這雖然是件小事，但確實很奇怪，我想，如果有人動過屍體，一定是有原因的……」

「什麼原因？」

基德聳聳肩。

「不知道。」

我撲了個空，感到非常困惑。

「你不知道……」

基德像個落榜生般皺著眉頭說：「沒辦法啊，我就是不知道。但是呢，我發揮了龐克人的精神，沒有採取先入為主的觀念，完全顛覆最初思考的方向，決定從和一般人完全相反的方式來思考。」

「什麼意思？」

「也就是說，我們假設布朗寧爵士本來就是以不自然的姿勢寫下那些血字的。布朗寧爵士是朝著窗戶倒地的——這一點從屍體下方的血跡沒有摩擦的痕跡就看得出來。爵士就是以這樣的姿勢留下了血字。換句話說，文字就是在那個狀況下倒著寫出來的——布朗寧爵士有不得不這麼做的理由……」

我更加困惑，問道：「……不得不這麼做的理由？」

「嗯。我是在思考另一個疑問——『貓』留下兩件物品時，發現這一點的。你也知道，除了貓木乃伊的蠟像之外，不是還有另一件物品，完全沒被糊塗偵探大師們當作一回事嗎？」

「……啊，的確，死者的上衣口袋裡有大英博物館的明信片。」

「對，那張明信片畫著月與狩獵女神——以貓為形體的帕絮特神。在黑暗中發光的貓眼是月光，而月光是太陽光的反射。也就是說，帕絮特神是在黑暗中代理太陽神拉的神。正當我專心想著這件事時，我的腦海裡也射進了美妙的光。靈光一閃哪！這是太陽神的引導。」

基德很亢奮，眼睛像貓神般閃閃發光。

「布朗寧爵士朝著窗戶方向的姿勢，簡直就是在臨死之際，向從窗戶射進來的太陽神拉，祈求更多的光，不是嗎？對，光，就是太陽光。好啦，再看一次地板上的血字吧……」

基德說完便輕快地往旁邊一踏，離開了窗畔。鮮紅如血的夕陽再度從窗戶落進來，照亮了我的腳邊。我聽基德的話，望向地毯的血字。眼前所見的景物，讓我像結了冰般動彈不得。

因為，『貓』的真面目就寫在那裡。

CAT'S

LORD CHRISTPHER BROWNING

MASTER OF DETECTIVE

從窗戶落進來的夕陽，投射在地毯上的不只是窗框的影子而已。玻璃上以塗料書寫著房間前任主人之名（從房內看起來左右相反而難以判讀的名字），如今受到鮮血般的夕陽照射，投下影子。而那影子簡直像是想要挨近地毯上的血字似的，清清楚楚地浮現出來。

「死前留言本來就已經完成了。也就是說，這件兇殺案，一開始就破案了。」基德這麼說。

「……原來布朗寧爵士就是『貓』……」我喃喃說著，動彈不得，像是腳底生了根似的。基德走到我身邊，和我一起看著地板上的死前留言，並說：「我發現這個的時候，也大吃了一驚。我是在前天傍晚回到這個現場的時候看到的。」

「我當初在這裡醒來時沒看見。」

「那時候是陰天，光線很弱，而且是早上，不是嗎？這個窗戶是朝西的。就算在案發當天，也只有在像現在這樣的日落時分，強烈得像吸過血一樣的夕陽，從窗戶照進來時，才看得見這個已完成的留言。在冬季太陽難得露臉的倫敦，能發現這個幾乎形同奇蹟，真是個奇特的偶然。『貓』一定也沒想到，那首童謠『受到滿月照耀』的歌詞，和他所留下的明信片貓神帕絮特眼裡的太陽神『拉』的光，竟然為我們照出了真相的一角。

「留言一開始就完成了。臨死的布朗寧爵士在逐漸模糊的意識之中，看見自己的名字受到夕陽的照射浮現在地上，於是就在影子上以血字加上『貓是……』，指出了『貓』的真面目。在夕陽之中，自己的名字在地板上的位置是固定、無法移動的，所以布朗寧爵士不得不配合那個影子的位置留下血字，即使這樣一來，他得採取不自然的姿勢。這就是第一個疑問，屍體與血字位置的答案。

「這是前所未有的死亡留言。雖然有的偵探大師擅長把各種先例分類，但他們就是太制式了，所以老是想錯方向。像這次案例，大概沒辦法歸入任何一種死亡留言中。再怎麼說，留言本來就已經完成了，但留言最重要的部分卻受到自然現象控制，有時出現、有時消失——這種事情會動搖死前留言理論的基礎。」

我想起自己和委託的偵探大師一起展開調查的第一天晚上，躺在沙發上望著飄過事務所窗外的霧時，有一種似乎有所發現的奇異感受。當時，是我的潛意識在告訴我：注意玻璃窗。

我在布朗寧爵士那裡醒來的時候，確實看到爵士的名字以塗料寫在玻璃窗上，左右相反。原來打從一開始，「貓」的真面目就在我眼前了。只是這貴重的線索一直沉澱在潛意識的最底層。

但如果是這樣的話……我向基德提出心中產生的另一個疑問。

「……可是，布朗寧爵士為什麼要留下自己真正的身分？」

基德好像老早就在等我問這個問題了。

「對，這一點，也和過去的死前留言理論不符。一說到死前留言，每個人都會以為寫的，一定是兇手的名字。這也未免太先入為主了吧？像這次，死者的留言，就是為了向所有人揭示自己的真實身分。

「促使『貓』這麼做的動機，想必又是他的自我表現欲吧。布朗寧爵士躲在『貓』的假面具之下，一再犯下執著於自我表現欲的罪行。像他模擬鵝媽媽童謠殺人時，一定會在現場留下與貓有關的物品來替代署名；看到世人對模擬兇殺案渾然不覺時，還特地把童謠的歌詞寄給媒體。還有，就是在『偵探大師百年慶』那時，他主動在錄影帶中現身……總之，『貓』的謀殺案簡直可以說是由他自我表現的內心衝動，所支持的一連串罪行。所以，當『貓』明白自己已經一步步邁向死亡時，在最後拚命把自己的真面目寫下來，也很合理不是嗎？

「雖然晚了點，但偵辦權終於來到我手上了，所以我就去調查布朗寧爵士的公寓。結果找出了類似手札的東西。克里斯多佛．布朗寧——不，本名克里斯多佛．莫里亞堤的爵士，本來準備在血祭夏洛克．福爾摩斯二世之後，將表明身分的訊息發送給各媒體，然後藏身到南美內陸去。喏，『偵探大師百年慶』的錄影帶當中，『貓』最後不是說，要摘下面具也可以嗎？準備發送給媒體的草稿，就在他房間的抽屜裡。內容是這樣的：『被捧得高高在上、得意忘形的糊塗偵探狗，你們抓不到的殺人魔「貓」，竟然就是英國第一名偵探——「偵探皇帝」克里斯多佛．布朗寧，這是多麼諷刺、多麼錯亂啊。』

「布朗寧爵士，不，克里斯多佛．莫里亞堤在十來歲的時候，就已經從瑞士來到我國，他利用種種手段，成功化身為名門布朗寧家的繼承人。這一切都寫在他公寓裡那本帶有自傳風格的手札中。」

因為太過震驚，我一時之間說不出話。但一個疑問忽然浮上腦海，我問基德：

「可是，如果布朗寧爵士是『貓』的話，已經死亡的『貓』，又要如何犯下第十三件謀殺案，殺害福爾摩斯二世？」

基德露出英雄所見略同的樣子，點點頭。

「沒錯，這個案子麻煩之處就在這裡。好，我就按順序說明吧。

「死前訊息讓我心裡有了『貓』就是布朗寧爵士這個想法。但在當時，我還是無法相信布朗寧爵士等於『貓』這個離譜的等式。後來我之所以會確信是……」

「是因為我告訴你的。」蘋可在基德身後得意地說。

「對，沒錯，多虧了她。喏，昨天晚上那場瘋狂晚宴之後，你和蘋可曾一起拜訪了福爾摩斯二世家，不是嗎？」

蘋可立刻把話搶過去。

「嘿，你還記得當時福爾摩斯二世的孫女是怎麼說的吧？我記得她說，福爾摩斯二世到倫敦失蹤的那天早上，心情很不好。」

「對，我記得，她說福爾摩斯得了口內炎，說紅茶太燙喝不下，因此發火。」

「對，就是這件事。福爾摩斯二世那天早上因為口內炎，沒辦法喝熱的東西。然後，他來到了倫敦，他沒把自己的所在之處告訴任何人，就這樣被偽裝成出版社員工的『貓』殺掉了。這表示，如果福爾摩斯二世在見『貓』之前，沒有見過任何人，那麼除了孫女以外，有機會知道他得了口內炎的人，就只有『貓』了。

「口內炎是嘴巴裡有破洞，喝了熱的東西會刺痛，對吧？別人會知道這種狀況，大概就只有一起喝茶或吃飯的時候吧？我猜想，福爾摩斯二世被殺之前，一定不知道眼前的人就是『貓』，還和他喝茶說話。我可以想像得到，當時福爾摩斯二世心情很差，向『貓』說自己得了口內炎……」

基德插嘴：「但是，在案件的相關人士之中，卻有一個人知道福爾摩斯二世得了口內炎。」

「啊——基德，你不可以先說啦！是我要說的，嘿嘿！」蘋可得意地動了動鼻子。「那時候，我啊，又想起了另一件事。那個瘋狂貓宴的晚上，那群黑貓不是大鬧打翻了湯嗎？蓋爾多夫總長被湯淋到，差點燙傷。」

蓋爾多夫總長燕尾服冒著蒸氣、滿臉懊惱的樣子在我的記憶中浮現。

「可是啊，我男朋友——基德也被湯潑到了，他卻跟我說：『好冷，我會感冒』。」

我想起在前往福爾摩斯二世家的路上，蘋可很不高興地說了這麼一句話。

「所以，我覺得很奇怪。話說，基德淋到的湯，的確是要端給福爾摩斯二世的沒錯。這表示當天晚上，只有端給福爾摩斯二世的湯是冷的。」

蘋可像是為了確認自己說的話有沒有效果似的，頓了一下。

「你應該懂吃的吧？那一晚，端給其他人的都是熱清湯，只有福爾摩斯二世的席位上了洋芋冷湯，究竟是誰下了這個指示的？」

「……布朗寧爵士。」我沒多想就低聲說。

「對，蓋爾多夫總長說過，布朗寧爵士十日中午打電話給他，要他改變福爾摩斯二世的菜色，所以布朗寧爵士一定知道。當天他和福爾摩斯二世一起吃中飯，聽他抱怨口內炎，才會在打電話給蓋爾多夫總長時，不自覺地指示他，要他把湯改成冷的。這對聰明的布朗寧爵士來說，是個大失誤。因為，他對蓋爾多夫總長說過，那天晚上才要和福爾摩斯二世聯絡，所以那天中午應該還沒有聯絡才對。福爾摩斯二世的孫女也沒說布朗寧爵士打過電話。

「所以呢，福爾摩斯二世得口內炎的十日那天，在中午之前，布朗寧爵士已經和福爾摩斯二世聯繫上的可能性就很大了，不是嗎？兩人八成是一起吃午飯吧！我啊，那時候突然想到，搞不好布朗寧爵士就是『貓』，所以就跟基德說……」

「她很聰明吧？不如不要待在警場，去拿個偵探大師資格來執業，可能還比較賺錢。」基德說。

「才不要咧！我已經打定主意要組搖滾樂團了！」

基德寬容地點點頭，把話拉回主題。

「因為剛才蘋可那番話，和我說的死前留言的那件事，我才確信布朗寧爵士等於『貓』這條異想天開的等式沒有錯。

「說到這裡，先倒回去一下。那個死前留言讓我開始懷疑布朗寧爵士就是『貓』的時候，我轉換了想法，重新思考密室裡發生的事。結果，我發現一則可以成立的假設。

「首先，乍看之下是被『貓』殺害的第十二位名偵探布朗寧爵士，其實是殺人魔『貓』，而被懷疑是『貓』也只能認命的你不是『貓』的話，那理所當然就會產生一個疑問：你究竟是誰？另一方面，房間裡似乎發生過血腥打鬥的痕跡。如果布朗寧爵士是『貓』的話，那麼和他打鬥的，究竟是誰？」

「……偵探嗎？」我半信半疑地說。

「沒錯，『貓』所選的犧牲者全都是偵探。他在那場瘋狂貓宴的錄影帶裡也說了，繼承了莫里亞堤之血的『貓』痛恨名偵探，一心想找他們報復，才企劃了可笑的連續謀殺案。既然這樣，我就開始想，在這裡和『貓』發生打鬥的你，會不會就是個偵探？

「換句話說，偵探布朗寧爵士是殺人魔『貓』，而被懷疑是『貓』也只能認命的你是偵探，這是個『反常的假設』。更進一步來看，如果真是這樣，不就可以說，被殺的布朗寧爵士其實是要殺人的那一方，而活下來的偵探，你，其實應該是被殺的那一方了嗎？在這狀況之中，你們倆的角色完全倒過來了。

「這麼一想，我隱約就明白密室裡發生的事情了。身為『貓』的布朗寧爵士，想在這個房間裡殺了身為偵探的你，為了避免你逃跑，把門鎖上。鎖上之後，布朗寧爵士攻擊你，打鬥發生了。結果，爵士死了，而你撞到頭昏過去……」

「這麼說，是正當防衛……？」我忍不住大叫。

「嗯，是啊。因為沒有目擊者，不能說得很篤定，不過差不多就是這樣吧。總之，設下這個假設之後，有一個疑問就得到了解答。」

「兩件兇器，對不對？」蘋可從旁插嘴。

「對。我一直覺得很奇怪，為什麼拿著槍的布朗寧爵士會死在刀下。如果爵士是『貓』，就解釋得通了。

「之前『貓』對兇器和殺人方法很講究。他仿照童謠殺人，幾乎可說是到了偏執的地步。所以，如果他無論如何，都想按照〈十三個獵人之歌〉的第十二段歌詞『受到滿月照耀』的描述，用具有滿月形刀刃的圓斧作為兇器的話，他會怎麼做？用利刀這種東西和用槍比起來，前者會讓對方更有機會反擊。尤其是圓斧，外行人根本很難駕馭，一不小心還可能失敗。於是，『貓』一手拿槍牽制犧牲者，另一手拿圓斧步步逼近——我在心裡描繪了這樣的情景。拿槍的偵探布朗寧爵士，與拿著利刃的『貓』對決被殺不太合理，但我試著想像，身為『貓』的布朗寧爵士拿著兩樣兇器，因為自己處於絕對優勢，大意接近犧牲者時，遭對方意外的抵抗，結果就落得那樣的下場。

「雖然說話順序有點顛三倒四的，但說到這件兇器圓斧，我們也像布爾博士一樣，從『受到滿月照耀』的方向聯想，有了著落。我以前去倫敦塔的武器博物館的時候，看到那武器，覺得很喜歡，對它印象深刻。後來我去找海茲曼館長，得知東西被一個姓齊塔維克的女人帶走了。另一方面，我也從布爾博士的祕書那裡，得知案發第二天早上，路易絲從兇殺案現場帶走了什麼東西。種種情況引領我們去調查路易絲，結果掌握了路易絲就是齊塔維克的事實。之後，我們找她和她丈夫齊塔維克先生來進行緊急偵訊。身為偵探大師的路易絲原本不可能會答應接受偵訊，但當時她一心陶醉在自己架構的巴羅兇手論中，沒想到就老實告訴我了。她說，她因為不願意讓自己看起來有殺害布朗寧爵士的嫌疑，所以把圓斧放進十吋的唱片封套裡帶走了。」

「路易絲真的是布朗寧爵士的情人嗎？」

「對，她真的是。她會把圓斧從倫敦塔帶走，好像也是布朗寧爵士唆使的，但她完全不知道爵士就是恐怖的『貓』。在現場發現圓斧的當下，第一個要懷疑的明明就是他。她真是太遜了。雖然說戀愛是盲目的，但在我看來，這個驕傲的女偵探大師還欠缺一樣東西，那就是現實感。她沒看出自己所愛的男人，有可能是可怕的『貓』。不僅如此，甚至還一心一意，想把另一個知道自己持有圓斧的人，也就是討人厭的巴羅，塑造成兇手。」

「布朗寧爵士利用了路易絲？」

「八成是。要是布朗寧爵士沒死，也許會殺了路易絲，免得她洩露兇器的來源。還有，既然他打算在幹掉福爾摩斯二世之後立刻遠走高飛，也可能直接拋棄她，讓她出盡洋相。無論如何，女人都很蠢。」

蘋可皺起眉頭哼了一聲。

基德不理會她，繼續說下去：「所以，兇器的問題大致解決了，既然要使用那種特殊又不順手的兇器，凡事慎重的『貓』同時用槍也是很合理的。所以，布朗寧爵士在密室內一手握槍、另一隻手上拿圓斧的想像圖，就變得相當鮮明了。」

比起兇器，我還有更想知道的事。

「你說我可能是偵探，這一點我明白了。可是，我還是想不起來，我到底叫什麼名字……？」

「喔，我正想說呢。我假設你是喪失記憶的偵探，就叫部下拿著你的照片找遍倫敦市內，尋找失蹤人口，尤其是失蹤的偵探。另一方面，關於你的真實身分，我也有所發現。

「昨天，你要去福爾摩斯會館的晚宴會場時，按錯電梯的樓層了吧？」

我想起昨晚在找晚宴會場時走錯了地方，到了三樓，與基德遇個正著。

「那時候，我就覺得奇怪。搭電梯會把二樓和三樓按錯，這是怎麼回事？我要說的是習慣的不同，英國和其他國家的樓層算法不同。」

我頓時明白了。

「對，你好像懂了。英國的樓層和別的國家差了一層。例如美國的一樓，在英國是G樓（ground floor），美國的二樓是我們叫一樓（first floor），美國的三樓我們叫二樓（second floor）。電梯的標示也一樣，所以……」

「所以，想去二樓，卻不小心按了標示為2，其實是三樓的按鈕，可見我不是英國人？」

「對，你說的是一口流利的英式英語，所以或許在英國受過教育，但我當時懷疑你可能是外國人，所以特別叫人調查，看看有沒有來到英國的外國偵探失蹤。」

「然、然後呢？找到了嗎？我是誰？」

我站起來，抓住基德的胸口一陣猛搖。

「喂喂，別這麼激動，不然又會搞壞我的腦袋。今天早上接到報告了。你的名字叫Chikamatsu Rintarou（近松林太郎），果然是偵探。你來自日本，報紙上也介紹過你。嘿，昨天晚宴的日本代表偵探不是缺席了嗎？那就是你。」

近松林太郎——一聽到這個名字，我的腦海裡有一種甜甜的、令人懷念的感覺，差一點就要甦醒過來了，但它終究還是無法明確成形。Chikamatsu Rintarou……這就是我的名字嗎？

基德不等我回答，逕自說下去：「你眼睛是藍灰色的，又講英語，所以一開始我沒想到你是日本人。但聽說你父親是日本的駐英外交官、母親則是英國人，不是嗎？你的髮色和眼睛遺傳自你母親。而且，你孩提時代在英國和日本之間來來去去，英語也溜得很，可是卻在搭電梯的時候露了餡。

「你——近松先生，在數個月前就已經來到英國，隱身於城東的廉價民宿，悄悄調查『貓』的連續兇殺案。好像是因為第四件謀殺案『顛倒的房間』遇害的艾瑞克．詹森爵士夫人認識你父親，委託你調查的吧？所以你一直都在調查『貓』的案子。我們查過你在城東區的住處，找到一些你查出的證據，它們指出詹森爵士的兇殺案，以及其他兩、三件『貓』謀殺案是布朗寧爵士做的。你挺厲害的嘛！

「布朗寧爵士的行程預定表上，四點的地方寫著『與C見面！』當初我以為是『貓』

的C，但那其實是Chikamatsu的C吧？你準備在當天會面時，徹底抓住布朗寧爵士，不，『貓』的尾巴是吧？喏，怎麼樣，還是想不起來？」

基德一本正經地注視著我，好像要把我看穿了。但是，我的記憶依然埋在深處。受到基德話語刺激的記憶，似乎正在恢復，但距離想起一切，就是差了一步。

我抱著頭苦思片刻，嘆了一口氣，對基德說：「不行，想不起來……我的腦袋好像有問題……不過，基德，我必須向你道謝，謝謝你給了我找回記憶的線索，不，應該已經是解答了……」

我伸出手來想和他握手，但他卻不握我的手，而是冒出一句：「啊，我忘了還有一件事要做……」

話還沒說完，基德猛烈的右直拳就問候了我的下巴。我的脖子發出喀啦一聲，膝關節也脫力了。正面受到拳頭衝擊後，我搖搖晃晃地踉蹌了兩、三步，後腦勺往背後的窗框結結實實地撞了上去。撞擊力大得讓我覺得腦袋裡的腦漿像布丁一樣晃動著。

基德不懷好意地笑了笑，望著頹然倒地的我。在他身後，我朦朧看見歡欣雀躍的蘋可。

該死的龐克族！

在逐漸模糊的意識中，我好像聽到基德的聲音：

「在握手之前，得把之前的帳先算清楚啊。」

——接著，黑幕降臨，我失去了意識……

2

等我再次恢復意識時，我發現基德除了和我把「帳」算清了，也給了我意外的禮物。我心中的所有記憶都恢復了——包括我是誰，在那要命的一天裡發生了什麼事，這一切的記憶都回來了。

我擦著嘴唇滲出來的血，緩緩站起來。然後，在暮色凝重的死亡房間裡，向基德他們訴說當天發生的事。

十二月十日，下午兩點。我換上白色的連身工作服，前往諾丁丘門的「偵探大師會館」。我和布朗寧爵士約定的見面時間是下午四點，但我想早一步進爵士的事務所，調查一些事情。自從接受艾瑞克．詹森爵士未亡人的委託後，經過這幾個月的調查，我幾乎已經確定布朗寧爵士就是殺人魔「貓」了，但我還是不滿意。在將他送交警場之前，我要親自調查他的事務所，我也有幾件事要當面與布朗寧爵士對質。

兩點十五分左右，我抵達「偵探大師會館」，搭電梯上三樓。在進電梯時，我感覺到管理員的視線，但他可能以為我是電機工程作業員，很乾脆地讓我進來。由於我不是英國偵探協會的偵探大師，不得不以這身可笑的變裝進行祕密調查。只不過，我聽說當天會館沒有什麼人，所以對我應該很有利。

在電梯裡，我把雙手插進工作服的口袋——糟了，我不小心把手槍放在住處了。這下，我必須手無寸鐵地與「貓」對決。霎時間，我心頭掠過一絲不安。但是，我認為只要小心應付，應該不成問題，便決定不去想這件事，反正也沒有時間讓我折返。

我戴上手套以免留下指紋，在走廊上以別針打開通往會客室的門，進入室內。我早已調查過，這天布朗寧爵士讓祕書休假。接下來一個小時左右的時間，我埋頭在會客室和辦公室調查文件。

三點四十五分，我正想調查辦公室的辦公桌時，通往會客室的門突然開了。我原本就認為房間的主人可能會提早到，而此時站在門口的，正是布朗寧爵士——「貓」。

「喔喔，到得真早。你雖然打扮成這樣，不過，你就是近松林太郎吧？來自日本的新銳偵探。」

布朗寧爵士反手關上門，轉動門把上的鎖鈕上了鎖。

「哼哼，我記得你和我約的時間應該是四點啊？你提早來，在這種地方像隻老鼠般偷偷摸摸，是什麼意思？」

「因為我想找出證明你就是『貓』的證據。」

我說，小心不讓聲音變調。

布朗寧爵士緩緩橫越房間，打開音響的開關，露出冷笑，在會客用的沙發上坐下。

「來，別呆呆站在那裡了，你也坐啊。邊聽唱片、邊輕鬆聊聊吧！你討厭爵士樂嗎？我也很少聽，不過偶爾聽聽也不錯。這首曲子叫作〈Cat Walk〉……」

我在布朗寧爵士對面的沙發上坐下，同時打斷他的話：「〈Cat Walk〉啊。你好像很喜歡貓。不過，既然你本人就是那可怕的『貓』，也難怪會喜歡貓了。」

「你硬要找我麻煩就是了？」布朗寧爵士的聲音變得異常高亢。

「我之所以會要求與你會面，就是為了告發你。你的真面目就是『貓』。」

布朗寧爵士以狡猾的眼神看著我，一聲不響。

我以充滿自信且強而有力的聲音說：

「兇手，就是你吧！」

3

破案

「兇手，就是你吧。」

偵探凝視著對方的臉，像是要確認自己說的話有沒有效果。

「哦，兇手就是我？這倒是挺有趣的。你這話有什麼根據？」

「貓」說話的同時，以狡獪的眼神回敬偵探。他那聽不出是男是女、是老是幼的尖銳嗓音，刺激著偵探的神經。

「證據要多少有多少。」偵探舔舔乾透了的嘴唇，開始說話。「六月發生的『顛倒的房間』兇殺案中，被害者艾瑞克．詹森爵士的屍體旁，放著塗有發泡鮮奶油的禮帽——這條線索指出兇手就是你。你無論如何都必須掩蓋禮帽頂上沾到的番茄醬，於是便大量抹上餐桌上現有的鮮奶油。

「接著是八月的『瘋狂聖經』兇殺案。被害者留下的死前留言『約翰頭朝東』，指的也是你。你這次也蓋下了藏書章，留下比亞茲萊為愛倫坡初版《莎樂美》畫的插畫圖像。但是，你蓋錯了地方。莎樂美所捧的約翰頭部朝向了另一個方向——東方。被害者在臨死之際指出了這一點……

「九月的『粉紅幽靈』兇殺案，也是出自你的手筆。你那個電話詭計實在高明，只不過切換了一次開關，就讓死者死而復生。

「而最巧妙的，莫過於十月的『四個鬧鐘』兇殺案吧？你在那樁兇殺案中，把第二個鬧鐘的指針……」

「夠了！」

「貓」突然歇斯底里地打斷偵探的話。房間頓時被沉默籠罩，偵探不由得嚥了一口口水。但是，「貓」立刻平復了心情，瞇起眼睛開口：

「你相當聰明，不愧是超一流的名偵探啊！至今沒有半個偵探把我逼到這個地步，你比那個無能的老傢伙──夏洛克．福爾摩斯二世聰明多了。」

「夏洛克．福爾摩斯二世？」偵探重複了「貓」說的最後幾個字，語氣不由得激動起來。「果然不出我所料，犧牲者名單當中，果然也有福爾摩斯二世。殺死十一位著名的偵探之後，你想要血祭繼承偉大名偵探血脈的前『偵探皇帝』，以此作結，這就是你邪惡的目的！」

「嘻嘻嘻嘻！誰知道呢？」貓嗤笑著，以裝蒜的表情望著天花板。偵探把握這個機會，丟出最厲害的一張王牌。

「我知道你真正的名字。」

「貓」的身體略略顯得有些僵硬。

「哼！不要隨口胡扯，這種瘋言瘋語……」

「我說的不是瘋話，你真正的姓氏是莫里亞堤。」

「貓」沒作聲，以銳利的眼神看著偵探。偵探不理會「貓」的反應，繼續說下去。

「前些日子，我到瑞士去調查過了。我徹底調查了萊辛巴赫瀑布那一帶，也就是約一百年前，福爾摩斯與死對頭莫里亞堤教授展開殊死鬥的地方。經過為期數週的調查後，我查出距離瀑布車程約兩小時處，有個叫羅森勞伊的地方。我在那裡的戶政事務所發現了一樣東西，那就是……」

「──我的出生證明。」貓終於忍不住了，自己把話接下去。「沒錯，我就是莫里亞堤教授的後人。」

「莫里亞提沒有死？」

「不，死了。福爾摩斯後來說得沒錯，在打鬥之後，教授不敵福爾摩斯的東方武術，墜落瀑布而死。但是，他有個兒子。在那件事發生後一週，他來到瑞士領取被人發現的遺體，悄悄將遺體埋葬，之後便在羅森勞伊這個鎮上定居。託福爾摩斯與華生的福，在那件事之後，莫里亞提這個名字便成為『犯罪』的代名詞。因此，莫里亞提家族再也無法安心住在英國了。我們家族根本沒有犯過什麼重大罪行，但拜他們之賜，大家開始認為：莫里亞提教授才是犯罪的拿破崙，君臨倫敦黑道，幾乎所有的懸案以及半數的罪案，都是教授的傑作。真是胡說八道！後來我親自調查，發現當時與教授有關的案件只有寥寥數起，那些人卻把教授塑造成前所未有的大罪犯……」

「與莫里亞提教授有關的寥寥數起案子是……？」

「例如，妓女連續殺人案——」

「原來莫里亞提教授就是開膛手傑克？」

「貓」似笑非笑地說：「是啊。」

「『是啊』？光是這一系列兇殺案，就已經是遺臭萬年的大犯罪了！」

「貓」似乎完全不以為意，更加得意地說：

「還有，利物浦港口打撈起來的埃及貓木乃伊離奇失蹤案——」

「那果然也是莫里亞堤教授幹的？」

「對。但是，貓木乃伊根本不值錢。辛辛苦苦得到的十八萬具木乃伊，只能當作田裡的肥料。教授上了福爾摩斯的當，那是狡猾的福爾摩斯設下的陷阱——一種誘捕偵查。」

「你相當痛恨福爾摩斯，是吧？」

「什麼相當？我們家族代代就是為了報仇雪恨，才存活下來的。父母會向子女述說怨恨，我的雙親也不例外，他們一邊咒罵、一邊扶養我長大。有時，我還得接受萊辛巴赫的瀑布洗禮，進行東洋式的精神訓練，將快要消弭的復仇之念重新激起。」

「接受瀑布的洗禮啊……」偵探低語，聲音有些無力。

「你一定是在想，我們很有耐性吧？萊辛巴赫的事已經都快一百年了，再說，冤家債主福爾摩斯早就已經死了。我個人在來到英國之前，對於自己是否真的打算復仇，也是半信半疑……」

「然而，這時候卻發生了那件事，讓你下定決心。」

「哦，不愧是名偵探，調查得真透澈。沒錯，距今十年前，我最愛的人受到某案牽連。那是個小小的醜聞案，我的愛人明明是無辜的，某個三流偵探卻窮追不捨，害對方最終走上自殺這條絕路。」

「你的意思是，那個偵探就是夏洛克．福爾摩斯二世？」

「沒錯，命運真是諷刺啊！沒想到他們父子兩代都惹惱了我們家族……於是，我復仇的決心變得堅定不移，我不只想對福爾摩斯復仇，也開始痛恨所有低等獵犬般，對無辜民眾窮追猛打的偵探。」

「……所以，十一個人遇害了，每個都是偵探。兇手按照鵝媽媽數數兒童謠的內容，在半好玩的心態下殺人。在我看來，你仿照童謠殺人的動機，還是和莫里亞堤家族有關吧？」

「當然。你既然會這麼說，我想你應該明白，我並不是瘋子，不會做無意義的事情。那首童謠，確實與莫里亞堤家族有關──雖然那已經是四百年前的事了。」

「四百年啊……為什麼事到如今才……」

「因為今年正是『偵探大師百年慶』，來自世界各地的名偵探將齊聚一堂，這個國家的偵探大師也會備感光榮。這是對偵探來說最輝煌燦爛的時刻，我就是想在這最精采的一刻讓他們顏面掃地，告訴他們：『怎麼樣？「貓」比你們高明多了。』只要能成功，我就滿意了。我想，等世人拜見第十三個犧牲者，也就是福爾摩斯二世的屍體之後，要我摘下『貓』的面具，也沒關係了。我要向世人宣告：『如何？這一切都是我幹的。』我要震驚世界。所以，在那之前……」

「第十三個犧牲者？數數兒童謠的最後犧牲者就是夏洛克·福爾摩斯二世？」

「是啊，他高踞『偵探皇帝』的寶座多年，可說是偵探大師的代表。當然要以地位最高超的名偵探作為最後的高潮，否則豈不是太不夠看了嗎？」

「這麼說，在那之前，還會犧牲一個人，也就是會有第十二個犧牲者出現……」

窗外夕陽如血，逐漸昏暗的房內，唯有「貓」奸笑的嘴角形狀清楚浮現。簡直就像《愛麗絲夢遊仙境》當中的赤郡貓，在微暗中朦朧浮現，不懷好意地笑。

「對，你算得很清楚，我打算依照童謠的歌詞，殺死十三個人。第十三具屍體將會是福爾摩斯二世，所以必須再殺一個人充數——是的，這光榮的第十二具屍體，就請你這位天才偵探來當吧！嘻嘻嘻嘻……」

「貓」的手上不知何時已握著兇器，在夕陽的照耀下，兇器發出不祥的光芒，看起來像吸了血般。

「貓」的喉嚨發出呼嚕呼嚕的笑聲，突然襲向偵探。

4

布朗寧爵士——「貓」，取出一件奇特的兇器。

那東西表面有美麗的鑲嵌工藝，很像一個金屬環。「貓」以裹著手帕的左手拿著那件東西，右手握著手槍，緩緩站起來。我也擺出戒備的架式，站了起來。

「這東西叫作圓斧，是印度錫克教教徒的武器。無論如何，我都想用它來殺人。你看，它就像滿月一樣漂亮吧？第十二個獵人，非得『受到滿月照耀』而死呀……」

「貓」還沒說完，突然就向我襲來。

事情發生在轉眼之間。我以空手道鍛鍊出來的飛踢，將「貓」手中的手槍踢飛，同時間不容髮地踢出第二腿，命中對方的左肋骨。

「貓」挨我一腳，飛到通往走廊的門那裡。而連踢兩腳的不自然姿勢也讓我失去平衡，後腦勺重重撞上辦公桌桌角。

癱軟在地、漸漸失去意識的我，看到和我一樣倒在地上的「貓」，正拚命想將不小心刺進自己喉嚨的邪惡兇器拔出來。

「貓」的喉嚨流出來的血，顏色是多麼鮮豔啊！

——我內心想著完全不相干的事，意識逐漸沉入黑暗深處……

5

「……我就這樣失去了記憶。」

聽我說完後，基德聳聳肩說：「原來如此，所以大致和我們想的一樣。早知道稍微撞一下就能讓你恢復記憶，第一次見到你的時候，就應該好好給你一拳。」

「喂喂，我可不想再挨揍了，我又不是畫質差的電視。」

「也對，抱歉啦！日本產品的性能好得很。」

我們彼此笑了一陣，但我想起剛才有些事情還沒有得到答案，便問基德：「對了，基德，我知道布朗寧爵士房裡發生了什麼事。但如果爵士，也就是『貓』，就這樣死去了，那麼第十三個犧牲者的出現，也就是福爾摩斯二世兇殺案又該怎麼解釋？總不會是『貓』死而復活，去達成目的吧……」

「嗯，這件事我還沒說。這一點正是這個案子驚人的地方。『貓』，布朗寧爵士，意外成為第十二個犧牲者，當然不可能殺了最後一個，也就是第十三個犧牲者福爾摩斯二世，任誰都會這麼想吧？但是，近松先生，你為什麼會認為布朗寧爵士是第十二個犧牲者，而福爾摩斯二世是第十三個犧牲者？」

「這是因為……從屍體發現的順序來看也好，從那首童謠歌詞的順序來看也好，都是這樣不是嗎？」

「是啊，一般都會這麼認為。但是，你仔細想想，你剛才舉出來的兩個理由，嚴格說來，和兩名死者的實際死亡時間，並沒有關聯吧？」

「這麼說，實際的順序是不同的？」

「對。因為『貓』過去一直依照既定模式，如偏執狂般忠實地仿照童謠來執行他的謀殺計畫，所以大家心裡已經產生了先入為主的觀念，將童謠的歌詞與兇殺案緊密連結在一起。正因為有這樣的背景，當第十二個『受到滿月照耀』，和第十三個『埋在雪崩裡』的屍體，都依照歌詞出現在眾人面前時，偵探大師就以為命案也是按照這樣的先後順序發生的。在『偵探大師百年慶』的錄影帶畫面中，『貓』裝模作樣地說：『我現在就在這個會場裡。』

那些話也產生了效果。那卷錄影帶當然是布朗寧爵士生前拍的，但一旦那樣播出來，大家就會覺得『貓』似乎還活得好好的。

「所以，偵探大師們就陷入童謠殺人模式的陷阱裡了，他們追逐著根本已經不存在的『貓』的尾巴；但另一方面，對『貓』的犯罪模式反而遲鈍到極點。要是機警一點，也許能找出這一連串兇殺案的端倪。」

「你指的是？」

「嗯，就拿布朗寧爵士這件兇殺案來說好了，『貓』的犯罪模式就和之前的產生了微妙的偏差，不太對勁，偵探大師應該要注意到才對。

「首先是象徵『滿月』的兇器不見了。既然是『貓』一手策劃的犯罪，圓斧便是模擬童謠的象徵，無論如何都必須留在現場才對。然而東西竟然不在，那就應該要覺得奇怪。就算推論不出『貓』本身已死，但也應該要想到一定是發生了什麼意外，阻礙了『貓』的計畫。布爾博士雖然看出了這一點，卻完全走偏了。

「第二點不尋常的地方，是我們最先也提到過的疑問：為什麼『貓』只有在布朗寧爵士這件案子當中，留下了兩件東西。

「我們稍微嚴謹地來思考一下。『貓』是一個追求完美的人，不會做沒有意義的事。他在每件兇殺案中留下的東西，一定可以找出與案件之間的關係。而這兩件東西當中，與『滿月』案關係比較深的，應該是帕綮特神的明信片吧！因為我之前也說過，帕綮特神的貓眼是月光的象徵。

「另一方面，讓路易絲迷失追查方向的貓木乃伊蠟像，則和福爾摩斯二世兇殺案比較有關。因為『貓』本人在錄影帶中，便為祖先在貓木乃伊失竊案中遭到陷害抱不平。在那個場合下，『貓』會留下當作署名的東西，當然是貓木乃伊蠟像最為恰當吧。當時因為真正的活貓從箱子裡跳出來，大家以為那就是『貓』留下的物品，但其實應該不是。布朗寧爵士本來應該是準備若無其事地出席那場『偵探大師百年慶』，看著自己主演的錄影帶，把那個貓木乃伊蠟像放在會場某處的吧。但是因為他本人已經死了，這一點終究沒有執行。

「就這樣，作為『貓』記號的兩件物品，都沒有派上用場，而留在布朗寧爵士的口袋裡。我們應該針對『貓』犯罪模式要素，所產生的微妙關聯和偏差，多加研究調查才對的。」

我一面在腦中整理基德所說的話，一面說：「……照你這麼說，實際死亡時刻是……」

「布朗寧爵士的死亡時刻，是四點半到六點半左右。照你剛才所說的，應該是四點半左右吧。而福爾摩斯二世因為遭到冷凍，拉大了死亡時刻的範圍，是十日下午到十一日早上這段期間。所以，如果說福爾摩斯是在四點半之前，也就是在布朗寧爵士死前，遭到爵士殺害，在時間上並沒有矛盾。

「我認為真相應該就是這樣。喏，福爾摩斯二世本來和出版社的人──其實是『貓』約好，十一日在倫敦見面的，卻因為他一時興起，改成十日那天，不是嗎？」

我想起福爾摩斯二世的孫女淚眼汪汪地這麼說的情景。

「我想，這對『貓』來說，也是意料之外的事。因為，『貓』本來是準備殺害要求當天下午四點會見的你——來自日本的名偵探近松林太郎，作為第十二個犧牲者的。」

「這樣啊，在見我之前，布朗寧爵士就已經見過福爾摩斯二世了。」

「嗯，這也和我們從湯那件事推測的一樣。我想，布朗寧爵士是臨時把殺害福爾摩斯這件事加進當天計畫裡的。如果福爾摩斯二世依照原定計畫行動的話，爵士應該是十一日才準備殺他的，但兩人的會面時間卻臨時改成十日下午，他大概不想錯過單獨與福爾摩斯見面這個千載難逢的機會吧。『偵探大師百年慶』就迫在眼前，他大概認為即使有些勉強，也應該執行計畫。」

「這麼說，殺害時刻是？」

「大概是他和蓋爾多夫總長檢查完百年慶的各項安排，下午三點半以後的事吧。不然，也可能是中午碰面吃過飯就加以殺害，藏在冷凍庫的一角。不管怎麼樣，十日和十一日福爾摩斯會館都公休，布朗寧爵士安排起來很方便。將十三日晚宴推出屍體的節目效果納入考量後，你就會明白：行兇日期並不是重點，選定福爾摩斯會館為殺害地點，才是吧。」

「所以，布朗寧爵士是在安排好那場瘋狂貓宴的殺人鬧劇之後，若無其事地出現在我眼前？」

基德拿出類似大麻的細菸卷，點了火，瞇起眼睛抽菸。

「對，就是這樣。反正福爾摩斯二世已經冷凍起來了，很難推斷出精確的死亡時刻，只要以『埋在雪崩裡』的狀態出示屍體，對童謠歌詞深信不疑的世人，就會依照他的熱切盼望，認定福爾摩斯二世就是值得紀念的最後一名犧牲者。」

「而我們被童謠的歌詞蒙蔽了，以為『貓』還活著，不斷殺人？」

基德突然陷入沉默。我覺得奇怪，仔細打量他的臉，他卻突然放聲大笑。蘋可也傻了，盯著笑得龐克頭抖個不停的基德看。

基德笑了好一陣子才終於停住，再度開始說話：「哎，抱歉，因為實在太好笑了。我剛剛才想到……這案子真是太龐克了！被害者是偵探，嫌犯也是偵探，兇手是偵探，然後追查案子的偵探當然還是偵探。也就是說，如果不是從頭到尾都是偵探，事情就不會搞得這麼莫名其妙。

「要不要我告訴你，這個案子最諷刺、最邪惡的地方在哪裡？

「那就是：專門拿偵探開刀的童謠兇殺案的兇手，在計畫進行到一半的時候意外死亡，但那個兇手本身也是偵探，所以他被當作被害者，像一片拼圖一樣被收進了童謠殺人的模式裡。正因為兇手等於偵探這一點，被放在連續兇殺案中的適當位置，所以童謠連續謀殺案還是在兇手已死的情況下，毫不中斷地完成了。

「童謠殺人的模式，吞沒了做出這個計畫的兇手，簡直像有生命的生物一般，自行其是。這是多麼諷刺、多麼邪惡的案子啊！真是笑死我了。

「說到諷刺，布朗寧爵士本來準備拿他最痛恨的第一偵探大師福爾摩斯二世，來做第十三次血祭的犧牲者，可是實際上第十三個死的卻是……喂，蘋可，如果我是童話作家的話，這個可笑童話的結局，我一定會這樣寫──『死掉的第十三個名偵探，就是兇手』！」

聽到他這麼說，蘋可打趣地說：「哎呀，要是我來寫，一定比你高明……對，我會套用那首鵝媽媽童謠的歌詞。」

「哦？怎麼套？」

蘋可乾咳一聲之後開始吟誦，就像個天真無邪的小女孩：

「第十三個埋在童謠裡，兇手一溜煙地逃走了。」

6

再度回到開端

死者房間的色彩，這時候變成了奇特的混合色：夕陽餘暉的紫色與帶著霧般的青灰色夜影交融在一起，暮色呈現出一片淺薄的陰暗。我佇立在其中，宛如被鴿子羽翼所覆蓋。

在這鴿子灰的微暗裡，龐克族亞當夏娃的影子搖動著，笑聲迴響著。我心中忽然興起了一個疑問：這真的是現實嗎？

──對，還有一件事讓我無法釋懷。

「……兇殺案的真相，還有我是誰，這些我都明白了……可是，還有一件事讓我想不通……不，想不通不足以表達，是讓人百思不得其解。」

昏暗中，基德的嘴唇露出獰笑。

「哦，是什麼事？」

「……我委託偵探大師調查讓我受到牽連的兇殺案……但是，不知道是不是我的記憶迴路出了問題，現在回想起來，我好像在同一時間，分別和三名偵探大師一起行動。可是，和每個偵探大師行動的時候，又沒有和其他偵探大師一起行動的記憶……我覺得我好像活在三個獨立並行的世界裡……說到這裡，基德，你的推理當中，也提到了好幾個偵探大師的想法。這到底是怎麼回事？」

「哦，你注意到了啊？嗯，要解釋這個很簡單。你從現場逃出去之後，進了電梯旁的包廂，操作電腦，選擇偵探大師，對吧？」

我默默點頭。

基德直截了當地說：「在那個包廂裡，你體驗了所謂的『虛擬現實』。」

「『虛擬現實』……？」

「對，就是電腦做出來的虛構的現實。但是，你所體驗到的視覺、聽覺、觸覺等，都與現實沒有兩樣。也就是說，你進入其中後，便能夠親身體驗現象學的泰斗喬治·帕拉·方卡博士於著作《幻想現實見聞錄》中，提倡的『虛幻即現實』。從你進入包廂、戴上頭罩式螢幕那一刻起，就進入了幻想的世界。」

「……這麼說，我之前的體驗……怎麼說，都是一種模擬？」

「對，那個包廂是『偵探大師協會』設置的模擬機。我們雖然一度被你甩掉，但馬上就回頭，發現你進了那個包廂。於是，我們就利用外部的顯示器偷看你的『虛擬現實』體驗，還得急急忙忙配合你的調查遊戲。」

「聽你這麼一說，我在和每個偵探大師行動時，都發生過怪事。每當我在命運的路口做了錯誤的行動選擇，一切就會像錄影帶倒帶一樣，讓我回到路口，得以重新來過。和布爾博士在倫敦塔調查的時候，因為追幽靈浪費時間錯失線索，但我馬上就回到登上白塔階梯的場面。和巴羅一起行動的時候，明明被龐克族用剃刀殺死，卻又起死回生……」

這時蘋可忍住笑把話接過去：「你和那個驕傲得要命的路易絲結婚，差點就要被她使喚一輩子，幸好被救回來了。」

基德繼續解釋：「那也是模擬的一部分。每次你做了錯誤的選擇，我們就會在顯示器室裡重新啟動，重新調查。你的人生重來了好幾次，這是在現實中絕對無法獲得的體驗，所以你不是賺到了嗎？」

「賺到了……」我感到非常困惑。

「但是，在三名偵探大師當中，總有一個是現實吧？既然現在案子都已經偵破了，應該實際進行過調查才對。告訴我，哪一個偵探大師是現實的，哪些偵探大師是虛構的？」

基德再次笑了出來。

「……不知道耶，哪一個才是現實的？我們也不清楚。」

我著急地說：「喂，不要糊弄我，你剛才說的破案是現實吧？我都已經像這樣離開包廂、來到這個房間了，我一定委託過某個實際存在的偵探大師，在現實的時間與空間裡……」

說到這裡，不安突然來襲。我膽顫心驚地舉起手來，摸摸我的臉，指尖感覺到柔軟的肌膚與刺刺的鬍子。我試著走兩、三步，鞋底下確確實實有地板與地毯的觸感。這是現實沒錯……我想。

但是，如果「虛擬現實」繼續模擬、提供我所有的觸感呢？如果這是虛構的，我還在包廂裡戴著奇特的頭罩式螢幕——這並非不可能。

這時候，我想起一件事。在辦案的第一天晚上，我躺在會客室的沙發上，望著自己映在窗上的臉，感覺似乎有所發現。剛才基德在說明時，我把這種感覺解釋為「潛意識在告訴我，解開死前留言之謎的關鍵就在窗上」。但那時的那股奇異感受，真的只有那個意義嗎？

直到這一刻，我才想起一件事。開始辦案的第一天晚上和第二天晚上，我在事務所的會客室過夜時，的確看到了窗戶，但是白天時，我卻不記得那裡有窗戶。

在隔間構造上，三名偵探大師事務所的會客室裡，根本就沒有窗戶。那天晚上的感覺，其實是潛意識在警告我，我眼前的窗戶不是現實的東西。無論選擇哪個偵探大師，在會客室過夜的體驗都是一樣的，與每一個偵探大師行動時，我都看到了窗戶。這麼說，這些體驗全都不是現實嗎？如果三名偵探大師都是「虛擬現實」的話，那麼現實中就什麼都還沒有發生，我還是處於兇殺案的「開端」……

「請問，現在的我所在的這個空間、這個時間，是現實吧？基德，你至少要告訴我這一點。」

昏暗中，只見基德的嘴唇鮮明地浮現。

他的嘴唇邊依然帶著笑意：「我都說了，我們也不清楚啊。不然你說，在這個世界裡，什麼是現實，什麼是幻想？

「這個世界本來就是由事件──也就是表相所組成的。說起來，就像量子力學，運動本身是一種現象，絕不會以占據位置的點出現……」

「喂，你在說什麼？我聽不懂。」

「這樣啊，那麼我來舉個例子好了。對，由貓開始的故事，就由貓結束吧！『睡著的貓』怎麼樣？」

「睡著的貓？」

「嗯，某處有一隻睡著的貓。但是，嚴格說起來，睡著的貓不在那裡。因為『睡著』和『在那裡』都是運動，是不會在一個位置上停留的。這個世界就是這樣成立的。只要搞清楚這一點，應該就不會產生這是現實還是幻想，這類無聊的問題了。」

說完，基德又笑了，蘋可也跟著笑了。

黑暗中只聽見笑聲迴盪。鴿子灰的昏暗不知為何顯得粗糙無比，感覺就像電視螢幕的「雪花干擾」。

在「雪花干擾」的昏暗中，浮現兩張笑開了的嘴，讓我想起小時候看過的某個童話場景。

貓消失在黑暗裡——

唯有笑容停留在空中……

——FADE OUT——

後記

1

本書《第13位名偵探》，是由一九八七年JICC出版局以「冒險小說系列」發行的《第13位名偵探》改寫而成。該系列為遊戲書。所謂的遊戲書，就是每當故事發展到關鍵情節時，系統會設下選項，讀者選擇不同選項，故事就會有不同的發展。這樣的形式，可說是書面版的電玩遊戲，而《第13位名偵探》便是以這樣的形式寫成的。

自己寫了這類小說還這麼說好像不太妥當，就是我當時對遊戲書並不感興趣，至今也未曾讀過任何一本，但我卻接受了這樣的企劃。當時的我雖然有意寫小說，但由於我進入這個世界是半路出家，實在提不起勁去參加小說獎，心理狀態有些閉塞。那時只要有人邀稿，我都認為是寶貴的機會，無論小說形式為何。

就這樣，儘管我對遊戲書這種形式心懷抗拒，仍舊展開了工作。但既然要做，不如就把這種形式發揮到極致，所以我決定在《第13位名偵探》中，設定多重時空的背景，由三名偵探各自調查同一案件。出場人物的選擇不同，也使多重並行的時空，如網眼般擴散開來，好幾個可能的世界同時開展——這種行進方式波赫士（Jorge Luis Borges）曾經嘗試過，但我認為這種故事實驗仍富有可能性。如果採用遊戲書的形式，至少可以做一次這樣的實驗。這次，我刪去了原版以段落進行的繁雜選擇，改以章節的方式依時間序排列，方便一般小說讀者閱讀，但仍可選擇三名偵探的遊戲特性帶有懸疑的趣味，因此決定保留。

說到趣味，《第13位名偵探》是一部以完全浸淫在推理趣味為目標的作品。所有出場人物都是偵探的倒錯世界、龐克偵探、環節中斷的連續謀殺案、變態殺人狂、密室、死前留言、顛覆不在場證明、暗號、冷硬派、記憶喪失的懸疑，以及以「破案」開始，以「開端」結束的顛倒結構（這次改版更增加了童謠殺人以及最後解謎的新趣味）等。總之，是作者以「盡可能塞入各種構想」為目標的作品。

或許是因為太過貪心吧，有好幾個創意最後不免流於陳腐。現在重讀，對於描寫的密度也感到極為不滿。至於原因，恐怕無法完全歸咎於形式的制約、以遊戲書為讀者等。說穿了，是作者的能力不足。

帶了點遺憾的習作——長久以來，這正是《第13位名偵探》在我心中最確切的地位。我的長篇小說處女作自始至終是《活屍之死》，《第13位名偵探》不過是在那之前，以不牢靠的步伐進行的助跑而已——我向來這麼想。

話雖如此，如果東京創元社的戶川安宣總編輯沒有注意到《第13位名偵探》，我也就不會有機會寫《活屍之死》，而我自己對這部作品也並非全無感情。除了戶川總編輯，推理研究家小山正先生也支持這部作品。我還聽說，幾乎未出現在一般小說讀者眼前便已絕版的原版本，在狂熱分子之間以高價交易。我自己也曾為高價絕版書所苦，因此激起了我幾分義憤之情，也興起了有朝一日一定要讓這部可憐的習作再次正式出版的念頭。

就這樣，聽取戶川總編輯的建議後，我將這部可憐的習作改為新版《第13位名偵探》，在《創元犯罪俱樂部》之下再次出版。再次出版時，文章中想修改的部分多不勝數，但如果全部都改，要花的時間可能會相當於寫一部新書的時間，因此我將改稿控制在一百頁左右。

現在如果以同樣的目標來寫，一定會大不相同——這個念頭在我心中揮之不去。但無論如何，我想這部作品至少已經變成本格叔叔所管理的熱鬧遊樂園了。如果推理迷能夠在這個遊樂園裡玩得輕鬆愉快，身為作者，我將感到不勝之喜。

山口雅也，一九九二年記

2

「東京創元社」出版的《第13位名偵探》付梓以來，已經過了十多個年頭。本作於講談社NOVELS出版時，曾將「東京創元社」版的內容略加修改，添加新出場人物便是一例。本作品還有另一個版本，是由TONKIN HOUSE製作的電玩作品，將來也有壓製成ＤＶＤ遊戲光碟的預定。在編入講談社文庫版之際，本文雖以NOVELS版為主，但圖版等也做了若干訂正。我想藉此機會，向盡力完成這些繁雜編輯作業的講談社文庫森澤德子小姐，表達感謝之意。

山口雅也，二〇〇四年記

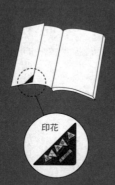

□集滿4個印花贈品（二款任選其一）：

A：【推理謎】LOGO皮質燙銀典藏書套一個

（黑色，25開本適用，限量1000個）

B：【推理謎】吉祥物『獨角獸』圖案皮質燙金典藏書套一個

（咖啡色，25開本適用，限量1000個）

□集滿8個印花贈品（二款任選其一）：

C：【推理謎】LOGO皮質燙金證件名片夾一個

（紅色，11.5cm x 8.6cm，限量500個）

D：【推理謎】吉祥物『獨角獸』圖案環保購物袋一個

（米色，不織布材質，41.5cm x 38.6cm，限量1000個）

□集滿12個印花贈品（三款任選其一）：

E：【推理謎】LOGO不鏽鋼繩鑰匙圈一個

（限量500個）

F：【推理謎】吉祥物『獨角獸』圖案馬克杯一個

（白色，320cc容量，限量500個）

G：【密室裡的大師特展】限量專屬T-SHIRT

（黑色，限量150件。尺寸分為XXL、XL、L、M、S，各尺寸數量有限，兌換時請註明所需尺寸，如未註明或該尺寸已換完，則由皇冠直接改換其他尺寸，恕不另通知，並不接受更換尺寸）

【注意事項】

◎本活動僅限台灣地區讀者參加。

◎贈品兌換期限自即日起至2011年12月31日止（以郵戳為憑）。

◎贈品圖片僅供參考，所有贈品應以實物為準。

◎所有贈品數量有限，送完為止。如讀者欲兌換的贈品已送完，皇冠文化集團有權直接改換其他贈品，不另徵求同意和通知。贈品存量將定期在【22號密室】官網上公佈，請讀者在兌換前先行查閱或直接致電：（02）27168888分機114、303讀者服務部確認。

◎皇冠文化集團保留修改或取消謎人俱樂部活動辦法的權利。辦法如有更動，將隨時在【22號密室】官網上公佈。

國家圖書館出版品預行編目資料

第13位名偵探 / 山口雅也著；劉姿君譯. -- 初版. -- 臺北市：皇冠, 2010.07
面；公分. --（皇冠叢書；第4002種）（山口雅也作品集；01）
譯自：13人目の探偵士

ISBN 978-957-33-2679-3（平裝）

861.57 99010473

皇冠叢書第4002種
山口雅也作品集 01

第13位名偵探

作　　者一山口雅也
譯　　者一劉姿君
發 行 人一平雲
出版發行一皇冠文化出版有限公司
台北市敦化北路120巷50號
電話◎02-27168888
郵撥帳號◎15261516號
皇冠出版社(香港)有限公司
香港上環文咸東街50號寶恒商業中心
23樓2301-3室
電話◎2529-1778　傳真◎2527-0904
出版統籌一盧春旭
責任編輯一尹蘊雯
版權負責一莊靜君
外文編輯一黃鴻硯
美術設計一王瓊瑤・黃惠蘋
行銷企劃一林泓伸
印　　務一江宥廷
校　　對一劉素芬・余素維・尹蘊雯
著作完成日期一2002年
初版一刷日期一2010年7月
法律顧問一王惠光律師
有著作權・翻印必究
如有破損或裝訂錯誤，請寄回本社更換
讀者服務傳真專線◎02-27150507
電腦編號◎530001
ISBN◎ 978-957-33-2679-3
Printed in Taiwan
本書定價◎新台幣280元/港幣93元

謎人俱樂部贈品兌換卡

我要選擇以下贈品（須符合印花數量）：□A □B □C □D □E □F □G 尺寸：______

1	2	3	4
5	6	7	8
9	10	11	12

我的基本資料

姓名：______________________

出生：________ 年 ________ 月 ________ 日　性別：□男 □女

職業：□學生 □軍公教 □工 □商 □服務業

□家管 □自由業 □其他 ______________________

地址：□□□□□ ______________________

電話：（家）______________________（公司）______________________

手機：______________________

e-mail：______________________

□我不願意收到皇冠新書edm或電子報。

我對【山口雅也作品集】系列的建議：

寄件人：

地址：□□□□□

北區郵政管理局登
記證北台字1648號
免 貼 郵 票
〔限國內讀者使用〕

10547
台北市敦化北路120巷50號
皇冠文化出版有限公司 收